D38
9 €

le dragon du lac de feu

J'AI LU

WAYLAND DREW
d'après le scénario original de
HAL BARWOOD & MATTHEW ROBBINS

le dragon du lac de feu

traduit de l'américain par John Headline

Éditions J'ai Lu

Ce roman a paru sous le titre original :

DRAGONSLAYER

CRAGGANMORE

La tour était carrée et épaisse. Elle occupait d'un air de défi le faîte d'une colline, ses étroites fenêtres et ses meurtrières tournées au nord et au sud, à l'est et à l'ouest, comme des yeux étrécis et aveuglés. Autrefois gardienne d'une superbe forteresse, elle était maintenant entourée de décombres et de ruines et se désagrégeait elle-même, inexorablement. Des siècles de pluie et de gel avaient grignoté sa maçonnerie. Ses poutres et sa charpente étaient rongées par la moisissure.

Tout autour, la vallée était recouverte d'un lourd crépuscule; la rivière argentée s'était obscurcie et disparaissait derrière son écran d'arbres.

Le soleil se couchait à contrecœur. Il toucha l'horizon, se bomba, commença de disparaître.

C'était la veille de l'équinoxe de printemps; le jour suivant appartiendrait moitié à la lumière, moitié à l'obscurité.

Suspendue la tête en bas à la rude écorce d'un chêne, sans mouvement, une petite chauve-souris brune observait le coucher du soleil qui se reflétait dans l'œil composite d'un scarabée gras, à cinq centimètres de là. Le scarabée se sentait béat et somnolent, en regardant le soleil; il ne se doutait pas qu'il allait mourir.

Il avait été imprudent. La chauve-souris s'était tenue si tranquille, et sa couleur naturelle se fondait si bien avec le ton brun et moussu de l'écorce, que le scarabée ne l'avait pas aperçue.

Tous deux s'étaient figés, l'insecte et le prédateur. Puis, comme le soleil rétrécissait jusqu'à n'être finalement plus qu'un simple rayon, l'aile gauche de la chauve-souris se déplia avec le plus léger des chuchotements soyeux, passa au-dessus du scarabée ensommeillé, et l'engloutit. L'insecte cria, mais la chauve-souris fut seule à l'entendre. Il se débattit brièvement sous la membrane, avant d'être écrasé contre l'écorce. Quand les mandibules tranchantes de la chauve-souris se refermèrent sur lui, il se convulsait encore, bien qu'il fût tout à fait mort.

L'aiguillon de sa faim émoussé, la chauve-souris poussa des cris, les cris plaintifs d'une créature en quête d'un de ses semblables. Nulle réponse ne vint, et les oreilles tremblotantes de la chauve-souris ne reçurent que le murmure de myriades d'insectes nocturnes. La chauve-souris bâilla. Ses griffes s'enfoncèrent dans l'écorce du chêne et son dos se voûta comme celui d'un chat. Ses ailes se déplièrent et s'étirèrent avec un bruit pareil à l'ondulation d'une soie moelleuse. Puis d'un mouvement indolent, elle relâcha sa prise et glissa à travers les feuilles du chêne, portée par l'air du soir. Devant elle se dressait la tour de pierre où, son instinct le lui disait, elle trouverait une pitance de choix : vers remuant leurs museaux pâles dans le fossé stagnant, lucioles grasses et imbéciles, salamandres épaisses rampant parmi les sombres fondations.

La chauve-souris ne se trompait pas. En approchant de la tour, elle fut frappée par la superbe odeur de putréfaction, odeur si délectablement riche que la chauve-souris en défaillit, serrant ses ailes de peau contre son abdomen et glissant vers le sol sur un léger courant d'air. Cette odeur réveillait un ancien souvenir à la base de sa moelle épinière, l'odeur de la mort de créatures que la race des chauve-souris n'avait pas vues depuis des générations. Avidement, la chauve-souris descendait, se dirigeant vers une surface sombre dans l'étendue du mur qu'elle devinait être une ouverture. Derrière cette ouverture, les larves succulentes se terraient.

La chauve-souris sourit par anticipation.

Mais tout à coup elle vira de bord, terrifiée. La grise beauté du soir venait d'être fracassée par un jaillissement de lumière si brillant qu'il lui blessa les yeux. Un craquement de tonnerre l'accompagna, mais au lieu de lancer des serres de feu vers la terre ou de vaciller à travers un brouillard liquide dans de distantes vallées, l'éclair avait jailli de la fenêtre du château. Sa forme était effroyable. C'était celle d'une chauve-souris, mais avec une queue tombante. En un effort soudain et désespéré pour éviter ces mâchoires fantômes, la chauve-souris jeta un chapelet de cris aussi perçants que ceux du scarabée qu'elle avait ingurgité. Cependant, en un instant, la vision disparut. Les ailes iridescentes et le cou arrondi s'amoindrirent dans le miroitement étoilé des membranes de la chauve-souris, qui virevoltait dans la vallée en un zigzag terrifié, s'éloignant du château.

Une lumière plus pâle et régulière avait remplacé le flamboiement de l'éclair. Elle venait d'un brasier charbonneux à la fenêtre du deuxième étage de la tour, un brasier dont les brusques embrasements magiques avaient terrorisé la chauve-souris.

Si la chauve-souris avait pénétré dans la pièce, elle n'aurait pas découvert ce à quoi elle s'attendait. Çà et là, dans les recoins les plus éloignés, l'égouttement d'eau avait filtré la chaux des vieilles pierres et formé de grotesques et bulbeuses stalactites; mais dans son ensemble, la pièce était sèche, obscurcie par la fumée d'innombrables feux. Au plafond étaient suspendus non seulement des candélabres, mais également les cadavres momifiés d'animaux minuscules, et d'étranges instruments qui auraient pu être des outils de torture ou de sorcellerie. Des livres et des parchemins, porteurs de symboles mystiques, jonchaient des pupitres de lecture surélevés, et d'autres manuscrits couvraient un mur entier. Des passages et des escaliers, montant et descendant, partaient de divers points de la pièce en des angles curieux; en réalité, il s'agissait moins d'une simple pièce que du cœur d'un labyrinthe, que l'on pouvait atteindre par bien des chemins.

En son centre se tenait un vieil homme. Ses pieds étaient écartés et raidis sous une tunique fauve de toile grossière. Ses yeux et ses mains déployées palpitaient d'un feu irradiant. Si la chimère du dragon n'avait pas effrayé la chauve-souris, l'homme l'aurait fait. Son nom était Ulrich, maître de Cragganmore, et il était le plus puissant de tous les sorciers. C'était lui qui avait enflammé le brasier avec une force suffisante pour expédier dans la nuit l'image d'un dragon, tel un bolide. Le spectre l'avait surpris; il voyait en lui une prémonition, et il avait marqué un temps d'arrêt avant d'allumer les autres appareils de la pièce.

Soudain il virevolta. « *Omnia in duos. Duo in unum. Unus in nihil. Haec nec quattuor, nec omnia, nec duo, nec unus, nec nihil sunt.* » Il rit, sa voix usée pareille à de la pierre sur du métal rouillé. Ses doigts repliés frémirent infinitésimalement et, à cet instant précis, des bougies enfoncées dans les coins des murs s'enflammèrent brusquement et la cire chaude se mit à couler, épaississant les stalactites du dessous. Les flammes allumèrent d'étranges excroissances et des concavités insoupçonnées çà et là dans la pièce, et ramenèrent à la vie de singuliers occupants. Sur un piédestal de chêne, un gerfaut leva la tête et contempla attentivement la fenêtre, sentant le passage de la chauve-souris. Sur un rebord, plus haut, trois pigeons remuèrent avec inquiétude, guettant l'homme, mais ne s'envolèrent pas. D'un côté, si immobile qu'on aurait pu le prendre pour une statue, un héron majestueux dormait, en équilibre sur un pied palmé. Un corbeau, d'un blanc immaculé, se tenait, ramassé, sur l'un des chandeliers. « Ulrich, dit-il calmement, mauvais artisan. » Sa voix sonnait comme un instrument à cordes exotique et sans âge.

Le vieil homme l'ignora. Il se tourna vers une table circulaire qui occupait le centre de la pièce, préoccupé par un bol de pierre qui y était posé. Il se déplaçait avec difficulté, tournant en une série de petits pas précautionneux à la façon des hommes âgés, s'appuyant sur une canne noueuse. Malgré la force sinueuse qu'on devinait encore dans les mouvements de ses épaules, il était visiblement très vieux, et la lassitude s'accrochait à lui comme les plis de sa tunique, pesant lourdement sur son cou et ses épaules, et les abaissant vers l'avant. Sa démarche était crispée et traînante, comme s'il boitillait. De plus, il était évident que le passage solitaire des années l'avait rendu peu soucieux de son apparence; en effet, il avait presque complètement renoncé à ses soins personnels, et maintenant, lorsqu'il se penchait vers le bol de pierre pour fixer le liquide immobile qui y reposait, il était saisi par le reflet d'un vieillard pleurnicheur et répugnant, qui surgissait vers lui, comme sorti du passé. Il apparaissait tel un souvenir de sa propre enfance, un de ces innombrables vagabonds qui erraient par les chemins de forêt en ce temps-là, lugubres, opiniâtres et clopinant, des hommes qui depuis longtemps avaient oublié le motif de leur quête et pour qui le simple fait de se déplacer était devenu une raison de vivre. Etait-il semblable à ceux-là? Oui, tels ces célébrants séniles qu'il avait autrefois croisés dans les taillis d'aulnes, dans un endroit jadis sacré, pratiquant au milieu de leurs dolmens des rites rendus obscènes par l'oubli, il était vieux. Son visage avait maintenant pris l'aspect de ces souvenirs : les cheveux disparus; les yeux, des huîtres liquides dans des poches de chair; la bouche bavant dans une barbe pâteuse et jaunie; la peau grêlée et abîmée. Etait-ce vraiment *lui*? Oui. La chose à l'intérieur du bol avait acquiescé, *oui.* Et ce fait le surprenait d'autant plus qu'à cet instant même il apercevait derrière ce spectre une vision merveilleuse, une vision fugace tour à tour en robe blanche ou en pantalon et justaucorps, une magnifique jeune fille qui, avant de disparaître dans les ombres du bol de pierre, avait fait volte-face le temps d'un dernier, long regard. Se pouvait-il véritablement qu'elle ne fût plus là, qu'elle soit hors d'atteinte même du pouvoir de son souvenir?

Une fois encore, la tête sinistre acquiesça : « Oui! »

« Quelle consolation, alors? »

Au son de sa voix, les oiseaux piaillèrent en retour et s'agitèrent avec nervosité sur leurs perchoirs. Un souffle de vent chuchota à travers les corridors obscurs. La *Puissance.*

Ulrich sourit et secoua la tête tristement. Si seulement le fait d'acquérir la puissance pouvait compenser la perte de ce qui rendait les hommes humains! Pour certains, il le savait, elle le pouvait; mais pas pour lui. Il lui fallait davantage. Toute sa vie il lui avait fallu davantage. Et maintenant, tandis que les visions commençaient de se former et de disparaître dans le liquide visqueux du bol de pierre, il reconnaissait une fois de plus que ce n'était pas la puissance qui l'avait séduit toutes ces années auparavant, mais la *connaissance.* C'était l'incessant, l'insatiable picotement de la curiosité qui l'avait conduit à la solitude de Cragganmore.

Quelle consolation? Le maigre réconfort que le monde n'était pas ce que la plupart des hommes le croyaient, mais qu'il était encore, après ces longues et solitaires décennies de recherches, un mystère complet.

En soupirant, il appuya sa canne contre la table, se redressa autant que possible, et se prépara à conjurer au-dessus du bol. C'était la veille de l'équinoxe de printemps. Deux fois l'an, lors des équinoxes, il explorait le passé et l'avenir plus loin qu'à tout autre moment, grâce aux mystérieuses régions du bol de pierre. Des événements étranges et imprévisibles se produisaient dans le liquide du bol.

Le temps n'y était pas ce que les humains imaginaient et, souvent, Ulrich se lançait dans un voyage vers ce qu'il croyait être le futur, pour s'apercevoir ensuite qu'il sondait une époque datant d'avant sa naissance. En vérité, d'avant la naissance du monde lui-même. Il commençait toujours, cependant, par demander une quelconque vision du présent, et le bol répondait en lui donnant une clé, en lui montrant comment (du moins jusqu'à l'équinoxe suivant) le passé, le présent et le futur se mêleraient pour ne faire plus qu'Un.

Ainsi, il ordonnait maintenant : « Le Présent! », et faisait les gestes requis et adéquats au-dessus du bol. Le bol réagit. Il trembla légèrement et son liquide s'obscurcit tout d'abord, comme s'il se refermait sur lui-même, puis s'éclaira rapidement, présentant une image limpide. La pièce à l'intérieur de la vision ressemblait à celle où se trouvait Ulrich, mais en plus petit et sans les oiseaux habituels. La table de chêne était identique à celle qu'il avait en face de lui, et le bol de pierre semblable à celui qui contenait la vision d'Ulrich, dans laquelle un jeune homme penché sur ce bol n'arrivait aucunement à conjurer une vision par sa propre volonté. Son front surmonté d'une tignasse ébouriffée était plissé par l'exaspération, et pendant qu'Ulrich regardait, il essaya par deux fois de reproduire, maladroitement et futilement, les gestes qu'Ulrich le Maître avait accomplis si facilement, s'interrompant après chaque tentative pour observer le bol insensible. Finalement, il abattit furieusement son poing sur la table et, bien que le vieil homme ne pût entendre ses paroles, il lui était clair que la patience de l'adolescent était à bout.

– Oh! Galen, Galen. (Le vieil homme secoua la

tête.) Mon cher garçon. Mon pauvre apprenti brouillon. Ce n'est *pas* la bonne façon. Je te l'ai dit cent fois.

– Mauvais artisan, dit le corbeau blanc, qui avait voleté jusqu'à l'épaule du vieil homme. Pas de chance. Jamais riche.

– Va-t'en, Gringe!

Distraitement, Ulrich haussa les épaules et le corbeau s'envola en grommelant. Les autres oiseaux remuèrent et se déplacèrent sur leurs perchoirs. Le gerfaut s'était tourné vers la fenêtre, attentif aux bruits ambiants : le ululement d'un hibou, les cris aigus des chauves-souris en chasse, et un son non identifiable qui était énorme et distant, ou bien infinitésimal, vibrant contre le tympan du gerfaut comme un minuscule insecte. L'oiseau se tenait ramassé sur lui-même, immobile, à l'écoute. Mais le son s'était éteint, couvert par la voix du vieil homme.

Rerum gestarum memoria, disait Ulrich puis, après un moment d'hésitation : « L'histoire de Galen. »

– Histoire, mystère, dit le corbeau blanc, bougeant parmi les ombres derrière d'anciennes piles de livres et de manuscrits, Galen peut apprendre...

– Le garçon peut apprendre, disait Ulrich, mais les mots n'étaient que l'écho des souvenirs du vieil homme, et un Ulrich plus jeune les prononçait dans les profondeurs du bol, l'Ulrich de quinze ans auparavant, au crâne richement fourni de cheveux blanc, à la barbe étincelante, à la démarche vigoureuse.

Il s'adressait autant à lui-même qu'au père anxieux et à la mère qui l'accompagnaient, et il songeait à l'enfant Galen qui, sous ses yeux, venait de créer, en agitant les poings avec virulence, un essaim de monstres, étranges et velus mammifères qui haletaient affectueusement devant lui, langues pendantes, certains flânant sur huit jambes, certains sur dix, certains ondulant tels des serpents.

La mère, sincèrement effrayée, eut un mouvement de recul.

– Vous voyez, seigneur, fit le père. Il peut faire ça à volonté.

– Je vois, dit Ulrich, acquiesçant. Il a le Don.

– Mais ce n'est pas un don, c'est une malédiction! (La mère se tordait les mains, et commença à pleurer.) Comment cela peut-il être un don de créer des monstres? Il le fait même la nuit. Il les *rêve!*

Le père hocha la tête, l'air absent.

– Et ensuite, ils s'en vont tranquillement. Dehors. Dans le monde. Qui peut savoir où? Comment survivent-ils?

– Des rêves, fit Ulrich. D'autres gens rêvent qu'on les nourrit.

– C'est terrible! (La mère frémit d'horreur et le père l'étreignit dans un geste de réconfort.) Pourquoi cela nous est-il arrivé? Pourquoi? Les *autres* enfants sont tous normaux.

Ulrich regarda les parents en silence, avec une profonde pitié. Il ne possédait pas la réponse à cette question – « Pourquoi moi? » –, bien qu'il se la soit posée lui-même à d'innombrables reprises. Il se pencha vers l'enfant et prit sa tête ébouriffée entre ses mains.

– Un tel don! dit-il. Si seulement...

Il ne termina pas sa phrase, mais tomba dans une rêverie d'où seuls les pleurs déchirés de la mère le tirèrent enfin. Le père émit une question plaintive :

– Pouvez-vous... Pouvez-vous le *guérir*?

Alors Ulrich prit sa décision, une décision influencée par le fait qu'en toutes ces longues et solitaires années de sa quête de magicien, jamais il n'avait vu un don aussi naturel et exubérant que celui qui envoyait ces étranges créatures bouler autour de ses pieds, et par le fait (fort poignant) qu'il n'avait nul héritier à qui transmettre sa connaissance de l'Art ancien en voie de disparition.

– Le guérir? Non. Cela, je ne puis le faire. Je peux seulement maîtriser ses pouvoirs. Mais...

– Oh merci!

La mère agrippa la main d'Ulrich.

Les sourcils du père se froncèrent.

– Est-ce que cela... coûtera cher, cette guérison?

– Rien. Mais plus tard, quand l'enfant sera devenu un adolescent, il lui faudra venir ici, à Cragganmore, pour y vivre. Je veux l'instruire. Telle est ma condition.

Poussant des soupirs et séchant ses yeux, la mère fit oui de la tête.

– Et vous comprenez bien, avertit Ulrich en levant un doigt, que cela sera dangereux. Il est toujours périlleux de jouer avec un tel pouvoir. Si je faisais une erreur... Si je jetais un sort trop puissant...

– Oh, chuchota la mère, vous ne sauriez vous tromper. Vous êtes un magicien.

Ulrich sourit tristement.

– C'est décidé! dit le père. Marché conclu!

Ulrich plissa le front et soupira lourdement, en se souvenant.

Toutes les visions disparurent. Le liquide à l'intérieur du bol était calme, reflétant seulement les flammes des brasiers et des candélabres, tandis que le vieil homme rêvait au passé, sa langue remuant au coin barbu de sa bouche. Il avait certainement fait une erreur en supprimant ce pouvoir innocent : son incantation, une incantation dangereuse, s'était retournée contre lui. Elle avait flétri le don de Galen, le laissant stupéfié et facilement distrait. Plus tard, quand Ulrich avait commencé à l'entraîner selon la tradition, en suivant les préceptes de son maître Belisarius, il découvrit que le garçon manquait de concentration. Et en quinze ans... Quel échec! quelle honte! Ulrich ne l'avait même pas encore amené au Premier Degré. Après tout ce temps, le garçon ne pouvait toujours pas léviter, ne savait pas effectuer la transmutation, ne pouvait voir l'avenir. En d'autres termes, il était incapable d'accomplir les tâches les plus rudimentaires. Très bientôt, Ulrich en avait peur, on ferait appel au garçon, et alors il lui faudrait de l'aide; oui, il lui faudrait beaucoup d'aide.

Avec raideur, se massant la hanche, le vieil homme se redressa. Il grogna et soupira. Les oiseaux remuèrent, dans l'expectative, observant Ulrich qui s'avançait vers une seconde table, plus petite et juchée sur une estrade au centre de la pièce. Sur cette table reposait un objet recouvert d'une étoffe de soie blanche. Elle était actucieusement brodée, cette étoffe, colorée de symboles mystérieux entrelacés et, comme le magicien s'en approchait, elle commença à chatoyer d'une lumière qui n'était pas un reflet, mais qui irradiait par intermittence des broderies et de l'objet qu'elle recouvrait, luisant et s'éteignant selon un rythme surnaturel.

Lorsque Ulrich souleva cette étoffe (ou plutôt lorsqu'il la fit s'élever par un frôlement de ses bords et un geste vers le haut), une lumière merveilleuse et fascinante envahit brièvement la pièce. Les oiseaux de nuit clignèrent des yeux et fixèrent l'objet qui avait dégagé une si singulière clarté. C'était une pierre, sertie d'or et pendue à une chaîne dorée. Dans l'œil du gerfaut, elle avait la taille d'une petite souris galopant à travers les chaumes de novembre.

Gringe marmonna, reculant jusqu'aux ombres les plus profondes de la pièce. Ulrich prit l'objet, l'enferma dans sa main, obscurcissant momentanément la clarté, puis rassembla la chaîne dorée de façon que l'amulette soit nichée dans ses replis comme un petit œuf. Puis il relâcha de nouveau l'étrange lueur du creux de sa main, juste au moment où elle commençait à s'évanouir.

A le voir de près, l'objet semblait presque dépourvu de couleur, teinté de bleus, de blancs et de roses si subtils qu'ils se volatilisaient et réapparaissaient, telles des mers mouvantes et superposées par magie. Une étincelle infime gisait en son centre, prisonnière, et était la source de l'ondulant rayonnement lunaire de la pièce.

Ulrich porta l'amulette jusqu'à la table où reposait le bol, dont le liquide trembla légèrement, sentant cette approche. Il la soutenait avec la dernière révérence; la lueur des bougies étincela faiblement dans l'or oscillant de la chaîne. La tenant tout en s'adressant au bol, il chuchota :

– *Nunc, illo tempore!* Et maintenant, l'ancien, ancien temps!

Une fois encore le liquide fit tournoyer des visions. Mais cette fois elles mirent plus longtemps à se former et le bol bouillonna avec une frénésie plus sombre et plus profonde qu'auparavant. De petites éclaboussures jaillirent vers les mains d'Ulrich, comme pour s'emparer de l'amulette qu'il tenait et l'attirer dans le gouffre ténébreux du bol. Car un gouffre s'était bien formé, tourbillonnant dans le sens des aiguilles d'une montre, révélant le fond même du bol qui paraissait tout à coup, alors qu'Ulrich le contemplait, stupéfié, s'ouvrir plus profondément vers de sombres et larges espaces mouchetés de feux épars.

Ulrich se retrouva observant de nouveau *le Passé* – pas uniquement les quelques millénaires d'histoire humaine, mais le Temps qui ne connaissait pas d'autres vestiges que certaines énigmes enfouies dans le sol, enfouies dans les mythes et les rêves des hommes. Tout d'abord apparut une masse ondulante de plasma, grise et noire et pourpre rehaussée de filets blanc pâle, puis brune, puis orange, puis enfin jaune, s'élargissant et fluctuant jusqu'à ce que finalement se forment les horizontales irrégulières du ciel, de la terre et de l'eau. Parmi celles-ci se déplaçaient les premières formes de vie, ombres amorphes et pesantes, qui soulevaient des museaux monstrueux au milieu de la vermine, se traînant le long de chemins désespérés. Puis, plus tard, de frêles carcasses s'élevèrent sur les vents d'orages incessants, s'accouplèrent maladroitement, se reproduisirent, moururent et se virent balayées pour devenir pierre enfin, leur chair liquéfiée, leurs os pulvérisés par la pression.

Ulrich observait avec lassitude. Il savait depuis longtemps, il avait compris longtemps auparavant. Mais ce qui se produisait maintenant dans le bol était nouveau pour lui, et malgré les douleurs perçantes dans son dos et ses jambes, il se pencha avidement pour mieux voir.

Il vit d'abord un homme; un homme vêtu de peaux, debout dans une posture de sorcier qu'Ulrich connaissait bien : c'était la posture que l'on adoptait pour tenter une incantation au-delà de ses pouvoirs, déterminée, et en même temps circonspecte et défensive. Alors que la vision s'éclaircissait, l'enchantement fut lancé par cet autre sorcier, le laissant vidé et affaibli, et la scène se modifia de façon qu'Ulrich en voie les effets, apparemment par les yeux de son collègue.

L'enchantement, dirigé vers le sol, y avait pénétré. Au premier abord, on aurait cru qu'une simple secousse assez faible en résulterait; les buissons s'agitèrent et de petites pierres roulèrent le long d'une corniche rocheuse. Mais ensuite l'agitation augmenta, et très vite la terre, qui était par endroits semblable à une peau squameuse, se mit à onduler en rythme. Des flammes percèrent sa surface en jaillissements coniques et y ouvrirent des fissures, et d'étroits ruisselets de feu serpentèrent le long des pentes. Les ruisseaux avoisinants disparurent, brusques nuages de vapeur.

Le sorcier recula en chancelant, ébloui par la chaleur, et à ce moment même, une fissure plus béante que toutes les autres mit au jour des lèvres magenta, d'où émergea une créature. Deux paires de griffes vinrent en premier, suivies d'une patte, et des pointes membraneuses d'ailes incandescentes. C'était un lézard ailé, encapuchonné de lourds sourcils visqueux. Sa tête était incrustée de joyaux, de rubis, et son mufle surmonté d'un bouclier gris-brun. Sa langue épaisse était d'un écarlate pur, tel du grossier poivre rouge. Des embryons de cornes ornaient son crâne. Aussi loin qu'Ulrich put voir, il n'avait que deux pattes. La pointe de sa queue était serrée au coin de sa bouche. Des lambeaux de membranes pendaient de ses écailles et dispensaient la puanteur du liquide amniotique. Ses yeux s'étaient ouverts et semblaient scellés ainsi, ne cillant jamais. Les pupilles fendues étaient horizontales, et les contempler équivalait à admirer les vastes horizons du Temps lui-même.

Alentour et en dessous, la terre retrouva graduellement sa quiétude, le tremblement s'amenuisa. Il y eut encore le sifflement de la vapeur sur les rochers brûlants, et une plainte profonde lorsque les dernières petites avalanches se produisirent, puis la terre reprit son calme. Du lointain parvinrent les cris apeurés et endeuillés d'un oiseau étrange. Incroyablement, Ulrich entendait tous ces sons avec précision, bien qu'il s'agît seulement d'une vision.

Soudain le petit dragon rugit. C'était un cri monstrueux, semblable aux cris d'un cheval éventré. Le sorcier recula brusquement, comme Ulrich qui observait cette vision dans le bol. Encore et encore le cri se reproduisit, plus réjoui à chaque pas en arrière de l'homme, et la bête leva des griffes décharnées en signe de triomphe. Tentant de s'enfuir, l'homme se tourna vers Ulrich, et Ulrich vit le masque figé par l'horreur et le désespoir qu'était son visage, et il vit aussi, comme si elle était gravée sur la pierre du bol, la pensée qui traversait son esprit : *Est-ce moi qui ai fait cela? Qu'ai-je fait?*

Ulrich fut profondément ébranlé par cette vision. Il agrippa la table, et s'aperçut qu'il lui était difficile de respirer, et qu'une étrange douleur circulaire enserrait le centre de sa poitrine. Mais ce n'était pas terminé. Avant que les images disparaissent à tout jamais, il vit une dernière fois le sorcier vêtu de peaux. On aurait dit que des années avaient passé.

L'homme paraissait hâve et hagard et sans doute très proche de la mort. Son énergie lui avait été visiblement dérobée en presque totalité. Il était agenouillé et offrait à un garçon dont la main était tendue pour la recevoir, la même amulette qu'Ulrich tenait et qui dégageait une bizarre lueur. Mais le sorcier ne regardait ni la pierre récemment forgée, ni le garçon. Il montrait du doigt l'horizon, et en suivant sa ligne de vue, Ulrich put distinguer, s'approchant dans la distance, très bas au-dessus du sol, la silhouette terrifiante d'un dragon volant.

– C'est ainsi, fit Ulrich, hochant la tête avec lenteur. C'est ainsi.

Le liquide à l'intérieur du bol s'assombrit, s'apaisa, s'éclaircit, resta inerte.

Le dos d'Ulrich le faisait atrocement souffrir. En grognant, il prit l'amulette d'une main et, de l'autre, s'appuya sur la table. Ses genoux s'étaient raidis, et il accomplit une petite danse traînante pour activer la circulation du sang dans ses veines. Il remua les lèvres en silence. Il n'avait jamais vraiment appris à jurer, encore qu'étant enfant, au milieu des marais, il s'y était essayé avec acharnement, en latin, et en celte, et en anglo-saxon également.

– Vieux torticolis, dit Gringe, le corbeau blanc, se précipitant à travers le sol carrelé pour trouver refuge sous la table.

– Ouste! lui cria Ulrich, levant sa canne de chêne noueux. Va chercher Galen!

– Galen peut vaincre.

– Va le chercher!

Le corbeau proféra plusieurs sons obscènes en rapide succession.

– Gringe! (Ulrich avança son poing qui contenait l'amulette.) Je te préviens!

Le corbeau se plaignit encore un peu, mais se mit en route. Un œil tourné vers l'amulette, il dépassa à toute vitesse le gerfaut haut perché, et, voletant d'un dos de chaise à l'appui d'une fenêtre, s'éloigna dans la nuit. Un moment après, Ulrich l'entendit claquer du bec au carreau de Galen.

L'instant suivant, un coup léger à la porte retentit et Galen fit une entrée mal assurée.

– Vous m'avez fait chercher, maître?

– Je t'ai envoyé Gringe, dit Ulrich, le regard morose, fixant les profondeurs du bol.

Galen acquiesça, en se frottant le cou.

– Je m'exerçais sur le nouvel enchantement que vous m'aviez donné, et comme je ne suis pas venu ouvrir tout de suite, il est entré et m'a donné des coups de bec.

– Hum! Le fait est qu'il ne t'a jamais pardonné de l'avoir rendu blanc.

– Je sais. Pourtant, je lui ai fait des excuses. C'était un *accident*, dit Galen, plus fort qu'il n'était nécessaire, fronçant les sourcils en direction du corbeau qui avait reparu sur le rebord de la fenêtre.

Gringe cligna des yeux, l'air lugubre.

Ulrich eut un geste d'impatience.

– Quoi qu'il en soit, tu as été trop impétueux. Je t'avais bien dit de ne pas essayer ce sort; je t'avais averti qu'il fallait y ajouter une conclusion, un danger...

– Euh...

– Mais tu t'y es quand même risqué. Tu t'es livré à des expériences. Et Gringe passait par là.

– Je...

Galen haussa les épaules et tourna les paumes de ses mains vers le haut en signe de désarroi. Il n'avait aucune excuse. C'était un garçon élancé, âgé de dix-huit ans maintenant. Il possédait un visage honnête et de grands yeux confiants de la couleur vert-bleu des étangs de la forêt. Sa tête, qu'il inclinait avec déférence en présence d'Ulrich, était recouverte d'une toison blonde bouclée et ébouriffée. Il avait de larges épaules et un pas élastique. Son geste avait révélé des mains ouvertes, caleuses et aux ongles noircis et cassés, des mains de travailleur.

– Ainsi, demanda Ulrich, le regard toujours plongé dans son bol, aurais-tu réussi à maîtriser le nouvel enchantement?

– Non, maître.

– Le geste? T'es-tu entraîné à faire le geste pour conjurer le présent exactement comme je te l'ai montré?

– Eh bien, maître, c'est ce que j'ai cru. J'ai *vraiment* essayé.

– Mais de toute évidence tu n'y es pas arrivé.

– Non, maître. (Galen soupira.) En réalité, Ulrich, dit-il en rejetant résolument ses cheveux en arrière, je ne suis pas sûr d'être un sorcier.

– Ineptie!

Galen haussa les épaules.

– Oh, je sais bien que vous croyez que j'en suis un, et c'est vrai que je réussis parfois un enchantement occasionnel; mais d'habitude ils ratent tous et quelque chose de dément se produit. Un arbre se couvre de fourrure, ou des fleurs se mettent à rire, ou quelqu'un qui passe par là, comme Gringe, se met à changer de couleur. (Il haussa une nouvelle fois les épaules.) Comme la semaine dernière, quand nous avons eu cet orage.

Ulrich hocha la tête.

– Eh bien, je suis descendu au petit lac et j'ai essayé de calmer les eaux. Juste un petit charme de rien du tout, comme ça. Et qu'est-ce qui arrive? Des douzaines de poissons qui sortent de l'eau et viennent se frotter à mes pieds comme des chats!

– Tu dois essayer encore, Galen. Tu dois te discipliner. Tu dois te concentrer!

Le garçon fit la grimace.

– Je sais, maître. Mais je me concentre *vraiment. Vraiment.* Et il y a certaines fois où j'ai presque l'impression que...

Ulrich se pencha en avant, les paupières crispées.

– Quoi?

– ... que je m'éloigne de moi-même. Vers le haut, en quelque sorte. Et je sens que si cela se produisait, je serais capable de réussir *n'importe quoi.* Tout deviendrait possible.

– Et qu'arrive-t-il alors?

– Eh bien, je ne sais pas exactement. Quelque chose me ramène à terre. Je *vois* quelque chose. Quelque chose d'ordinaire. Peut-être un oiseau, ou un reflet de la rivière, ou quelqu'un qui marche aux alentours... Et alors, voilà... c'est perdu.

Ulrich se voila la face.

– Je sais, dit Galen, je sais. Mais ce qui est bizarre, c'est que tout de suite après je me sens mieux. Je me sens... humain, comme avant, et ça ne me gêne plus tant que ça d'être un sorcier raté. Ça n'a plus l'air d'avoir de l'importance, sauf la déception que je *vous* cause.

Ulrich balaya cela du regard, haussa les épaules avec lassitude, et fit de petits pas traînants en décrivant un cercle. Puis tout à coup son vieux poing commença à battre l'air avec agitation.

– Et pourtant, tu avais le *Don*, Galen.

Galen leva les yeux avec vivacité.

– C'est vrai? Quand cela?

La main d'Ulrich retomba.

– Quand tu étais petit, dit-il, parlant avec davantage de précautions, j'ai découvert que tu avais des... possibilités. Que tu pourrais être capable de grandes actions. Je... J'aimerais penser que cela est encore vrai.

Galen fronça les sourcils, rempli de doutes, et quand il leva les yeux son visage était pâle.

– Le fait est, maître, que j'ai peur. Je ne comprends pas la puissance. Je crois... je crois que j'aimerais être un simple humain, et laisser la puissance s'en aller.

Ulrich laissa tomber sa main et se dressa de toute sa hauteur.

– S'en aller? S'en aller où donc?

– Retourner d'où elle vient, je suppose.

– Mais c'est de toi qu'elle vient, mon garçon. De *toi*! Et si tu y renonces, si tu en abandonnes le contrôle, tu créeras des monstres; tu lâcheras des monstres sur la terre! Ne te souviens-tu pas de la première condition de la Regulae : « *Quiconque a accumulé la puissance grâce à la chance, au zèle, ou au labeur, que celui-là sache que le devoir d'en assurer la protection est sien à tout jamais.* »

– Oui, dit Galen, je m'en souviens.

– Alors... (Ulrich respirait profondément. Sa colère s'était évanouie, et un sentiment de crainte pareil à un serpent furtif, plus fort que tout autre qu'il avait connu, l'avait remplacée.) Alors tu ne dois jamais envisager de renoncer à ton pouvoir. *Jamais*. Tu dois le contrôler, et le maîtriser, et l'utiliser. Tu dois...

Sa voix se perdit, comme dans le lointain.

Il avait failli dire au jeune apprenti qu'il se devait d'utiliser son pouvoir pour le Bien, et autrefois il lui aurait été possible de le dire, et de le penser. Mais à présent, malgré sa propre croyance en un Bien, il était beaucoup moins certain de la façon de l'atteindre. Il n'avait que trop connu d'enchantements lancés au nom du Bien qui étaient allés de travers, se retournant tels des serpents, pour causer de la douleur, du chagrin et des larmes. Le Temps, il le savait, en était responsable; le temps et les circonstances et le hasard, mais surtout le temps. Tous ses efforts n'avaient eu qu'un seul but : transcender ce tourbillon ambivalent du temps, pour pénétrer un éther plus pur, où les intentions brilleraient comme le cristal, et ne seraient jamais ternies par l'action. Il avait conquis la gravité, mais pas le temps, et la preuve de son échec se trouvait là, dans son dos et ses jambes perclus de douleurs, dans ses épaules voûtées, dans son visage couturé et marqué, dans ses mains vacillantes.

Il soupira profondément.

La Puissance. Qu'était-ce d'autre, après tout, qu'un assortiment de coïncidences qu'il n'avait pas, malgré toutes ses recherches et sa magie, commencé de sonder? Au contraire, plus il avait gagné en puissance, plus l'énigme s'était approfondie, plus elle s'était élargie, s'éloignant de lui à travers des passages labyrinthiques; et sans autre possibilité, il s'était aventuré plus profondément dans ces passages jusqu'à ce qu'il lui semblât avoir perdu tout contact avec les fils qui le reliaient aux calmantes simplicités du ciel et de la terre et de l'eau...

– Je sais, disait le garçon, méditant toujours, je sais qu'il y a là *quelque chose*, mais ce n'est pas comme *votre* Don, Ulrich. Je ne suis pas un grand sorcier comme vous ou Belisarius, ou n'importe lequel des autres.

– Tu aurais pu l'être, dit doucement Ulrich. Tu le peux encore.

– Eh bien, peut-être. Je n'en sais rien. Quelle est l'utilité d'avoir la puissance, après tout? Y a-t-il quiconque qui ait besoin d'aide? Non, je crois...

Il marqua un temps d'arrêt.

– Continue.

– Je crois que si vous n'étiez pas là, Ulrich, j'arrêterais d'essayer. Je voyagerais. Peut-être que j'irais au sud, ou peut-être bien au nord, sur le prochain drakkar qui remonterait le Raggenfirth jusqu'au lac.

– Naïvetés! grogna Ulrich. Divertissements de rustre!

Mais pendant un instant, il avait été lui-même tiraillé par ces vieilles aspirations.

– Pensez-y, maître! J'ai entendu dire qu'au-delà des Iles de l'Ouest, là où se trouvent les Chrétiens, il y a des montagnes toutes en glace qui tombent dans la mer et voyagent d'elles-mêmes.

Le gerfaut remua, inquiet. Il s'inclina sur le bord de son perchoir et déploya ses ailes, fixant le vide comme s'il partageait la vision du garçon. Mais il ne s'envola pas.

– J'ai entendu ces histoires, dit Ulrich. Mais je n'y crois pas.

– Elles sont vraies! J'ai entendu...

– *Tu* as entendu? De qui? Qu'en sais-tu? Non, Galen, tu dois rester avec moi un certain temps encore. Puis tu seras libre de prendre tes propres décisions; de te servir de ton pouvoir comme bon te semblera.

– Que voulez-vous dire... Seulement un certain temps?

– Viens, dit Ulrich, entraînant le garçon par le bras et le conduisant à la table de conjuration. Regarde et tu sauras tout ce que je sais moi-même à présent.

Il fit un geste de sa main qui contenait toujours l'amulette.

La substance à l'intérieur du bol eut une étincelle de vie, d'un vert pâle, mais les images qui s'y formèrent étaient moins substantielles que celles qui y étaient apparues précédemment, car elles étaient des suggestions de ce qui allait arriver. Galen y plongea son regard, totalement absorbé, car la première chose qu'il vit fut la pierre qu'Ulrich tenait. Pendant un bref instant, elle conserva sa forme, puis, lentement, inexorablement, elle commença à gonfler avec une force terrible, éclatant en une myriade de fragments, chacun éclatant à son tour, se dilatant à l'infini en des particules de plus en plus infimes, et finalement voguant au gré d'une pluie fraîche et universelle, qui noya toute trace de feu dans la vision, ne laissant que les verts mouvants, les turquoise et les bleus d'un monde d'eau. Pourtant, au cœur de la vision, comme reposant au cœur de l'amulette au creux de la main d'Ulrich, un éclat de feu persistait.

– Qu'est-ce que cela signifie, Ulrich? chuchota Galen.

Le vieil homme secoua la tête.

– Eh bien, vois-le par toi-même...

Il indiqua de nouveau la scène changeante à l'intérieur du bol.

Ulrich s'y trouvait lui-même à présent, et on aurait dit qu'il volait, car il était transporté par magie dans les airs, toujours plus haut. Au-dessous de lui, les couleurs n'étaient plus marine, mais s'étaient transformées en jaune et orange éclatants, et l'espace au-dessus de lui palpitait d'une lumière métallique. Un court instant, la surface de l'eau se contracta soudain, attirée par son tourbillon, puis entra violemment en une turbulence incontrôlable de petites vagues s'entrechoquant parmi des geysers d'eau. Au même instant, le sorcier poussa un cri et tressauta si brutalement que Galen craignit de le voir s'effondrer. Puis tout changea, le cataclysme s'effaça, et l'image qui se forma dans le bol fut celle d'un Ulrich transparent, souriant avec béatitude, s'élevant toujours plus haut comme les eaux se calmaient...

– Au bout de mon temps, souffla le vieil homme.

– Mais qu'est-ce que cela *signifie,* Ulrich?

– Cela signifie que je vais mourir. Et dans peu de temps, bien que je ne puisse savoir quand et où. Cette connaissance-*là* reste toujours dissimulée. Mais cela signifie aussi que ce sera un départ sublime. Un moment où toutes choses convergeront. Et toi, Galen, tu en *feras* partie! Tu sauras alors quoi faire, sans le moindre doute.

Ulrich avait commencé à frotter l'amulette avec délice, et il allait ajouter autre chose quand il marqua un temps, à l'écoute.

– Mais, Ulrich, vous ne pouvez pas mourir! C'est horrible!

– Inepties. Bien sûr que je le peux. Ce n'est pas du tout si horrible. C'est plutôt intéressant, l'idée d'être à nouveau transmuté en éléments, pour commencer des milliers de voyages. Et puis, mon fils, quand on vieillit, les choses deviennent... disons différentes, tu le verras, et la mort commence à ressembler à *soi*, comme un frère, et un vieil ami. (Il se secoua.) En tout cas, je sais qu'elle est pour bientôt. Et je sais, bien que je n'imagine pas comment, que tu seras impliqué dans ma mort...

– Je ne veux pas que vous mouriez!

Le vieil homme était loin, oublieux de la détresse du garçon.

– Shh, fit Ulrich, posant sa main sur l'épaule du garçon. (Il fixait le vide au-dessus de la tête de Galen, bien au delà des larmes que l'apprenti essuyait d'une main embarrassée.) Ecoute! dit Ulrich.

Galen leva la tête, la tournant de droite à gauche comme un animal aux aguets; mais il n'entendit rien, rien excepté les maugréements de Gringe, qui avait sauté sur la table de conjuration et observait le bol en une parodie d'Ulrich; rien excepté les mouvements agités et la respiration douce, reptilienne des autres oiseaux.

– Ça a commencé, chuchota Ulrich. Ça commence en ce moment même.

– Mais...

– Ecoute! (Le sorcier plaça la main du garçon sur l'amulette.) Sers-toi de cela!

Alors, sa main berçant l'amulette, Galen commença en effet à entendre, bien que tout d'abord les sons fussent si faibles qu'il les prit pour les battements de son propre sang dans ses veines. Mais ils retentirent à nouveau, clairement, bien qu'encore étouffés par la forêt et la distance : le cliquettement d'une bride; le pas des sabots d'un cheval sur un sentier d'humus; le léger fragment d'une phrase.

– Des visiteurs, dit Galen.

Ulrich acquiesça.

– Des pèlerins qui voyagent de nuit, venus demander asile.

Galen se précipita vers la porte.

– Je vais chercher mon épée. Je vais réveiller Hodge. Ils ne vous emmèneront pas, Ulrich, pas sans une bataille!

– Non, non, mon fils. Personne ne nous menace pour l'instant. Ces hommes sont pacifiques et inoffensifs, des gens ordinaires, pris dans les replis des circonstances, comme nous tous, harassés par des difficultés dont ils espèrent que je pourrais les soulager. Peut-être... Peut-être...

Il y eut un frottement de sandales sur l'escalier de pierre, et des coups sourds retentirent à la porte de la tour.

– Qu'y a-t-il, Hodge?

La porte s'ouvrit et un vieux serviteur entra. Il était courbé et grisonnant, et sa peau avait la couleur du cuir fumé.

– Des torches, maître. Elles arrivent par la forêt. J'les ai vues parce que j'avais un cauchemar, un affreux cauchemar à votre sujet, maître, et ça m'empêchait de dormir, j'vous demande pardon. Alors j'me suis levé et j'étais tout tremblotant, et j'me suis dit : « Hodge, espèce de vieil idiot! » J'me dis : « C'était qu'un *rêve.* » « Alors, j'me dis à moi-même, si c'était qu'un rêve et qu'il n'y avait là aucune vérité, comment ça se fait-il que ça me fasse tant d'effet que ça? » J'étais tellement secoué, maître, et tout baigné des sueurs froides de la nuit, et le rêve était si affreux, maître, oh oui, tellement affreux...

Les yeux pâles d'Hodge se perdirent dans le vague, et il resta plongé dans ses souvenirs pendant plusieurs secondes, les bras ballants.

– Et puis? demanda Ulrich, fronçant les sourcils

en direction de Galen, qui avait commencé à tapoter du pied contre le carrelage en signe d'impatience.

– Et puis je me suis secoué, dit Hodge. J'me suis dit : « Debout, vieil idiot! Debout et trouve-toi quelque chose d'utile à faire pour occuper ton cerveau et tes pauvres os! » Voilà ce que j'me suis dit, et c'est ce que j'ai fait, car j'me suis levé et j'ai commencé à préparer le bois et allumer le feu pour le matin. Et alors (Hodge s'accroupit, une main à l'horizontale au-dessus de ses yeux) alors j'les ai vus venir, maître. Arrivant de la forêt. J'les ai vus par-dessus le mur. Venant par ici!

– Je sais, Hodge.

– Dix, ou même douze, maître!

– Oui, Hodge.

– A moins que je me trompe, maître, ils... (Il marqua un temps, l'oreille tendue, et au même instant le bruit les atteignit tous trois en même temps, un haussement de voix belliqueux.) Ils psalmodiaient, maître.

Ils se tournèrent vers la fenêtre, de concert. De l'autre côté de la rivière, ils virent une ligne de torches qui serpentait à travers les brumes et en suivant le sentier qui menait au château, leurs feux semblables à des parcelles égarées de la grande aube orangée qui enflammait l'horizon au-delà des collines. En effet, les pèlerins psalmodiaient; d'abord une voix jeune et claire comme de l'eau vive sur des rochers, puis le chœur en retour, plus assourdi et las, tournoyant à l'arrière. C'était un son craintif, un son faible et humain, un son destiné à repousser la nuit environnante.

Gringe maugréa sur le rebord de la fenêtre derrière les trois spectateurs.

Lentement, avec ce que Galen pensa être l'ombre d'un sourire, le sourire du guerrier qui accueille une bataille tout en sachant que ce sera son dernier combat, Ulrich leva la main. Le corbeau se lança silencieusement du rebord, et s'éloigna dans l'aube fraîche, s'évanouissant et réapparaissant contre les blancs et les noirs du paysage, glissant lentement vers les voyageurs effrayés.

VOYAGES

Gringe glissa très bas au-dessus des têtes des pèlerins surpris, si bas que la fumée de leurs torches noircit ses plumes. Ils étaient treize. Quelques-uns chantaient, mais la plupart dormaient sur leurs chevaux qui avançaient péniblement. « Quoi? Quoi? » les entendit-il demander, se réveillant sur son passage comme il rasait la cime des arbres, « Quel oiseau? Quel oiseau blanc? »

– Méchant, répondit-il, virant en arrière. Suivez!

Et il fut gratifié de rires nerveux.

Ça alors! s'écria quelqu'un, ce n'est qu'un corbeau! Un corbeau blanc! Un phénomène!

Quelques mètres plus loin, le tunnel d'arbres s'élargit, s'ouvrit, et les remparts effondrés de Cragganmore se profilèrent, silhouettés par les premières lueurs de l'aube. La lumière d'une bougie débordait d'un carré de fenêtre, et les Urlandais, parvenant au bord du fossé, purent clairement distinguer les silhouettes d'un homme et d'un garçon qui les observaient. Ils ne s'avancèrent pas plus, car une requête belliqueuse les stoppa net :

– Qui êtes-vous ?

C'était le vieil Hodge, hérissé d'une armure rouillée, brandissant une lance toute tordue et tristement émoussée (mais cela, les pèlerins ne pouvaient le voir). Il les scrutait par un créneau situé directement au-dessus du pont-levis.

– Que venez-vous chercher à Cragganmore ?

Il y eut de la confusion parmi les visiteurs. Ceux qui étaient encore endormis se réveillèrent brusquement et commencèrent à grommeler et à poser des questions idiotes. Un bon moment d'agitation s'ensuivit, au cours duquel un nom précis fut prononcé plus souvent que tout autre :

– Valerian ? Valerian ?

D'abord sur un ton interrogatif, puis avec assurance :

– Valerian ! Valerian parlera pour nous !

Un jeune homme élancé fut amené au-devant de la petite foule. Il se tint sur le bord herbeux du fossé, chassant de la main les nuages de moustiques que les chevaux suants avaient attirés, et risquant des coups d'œil à la forme indistincte et casquée d'Hodge qui trônait parmi les remparts.

– Nous sommes des Urlandais, dit-il, de la ville de Swanscombe à trois semaines de cheval au delà des montagnes. Nous cherchons Ulrich, Magister Ipissimus, si ceci est Cragganmore, car nous sommes porteurs d'une requête qui ne concerne que lui.

La jeune voix claire chanta comme une flûte dans l'aube et, de sa fenêtre bien au-dessus de là, Ulrich entendit tout avec netteté.

– Humph ! fit-il. Je l'aurais parié !

– Vous venez en paix, dans ce cas ? demanda Hodge, plus bas.

– Oh oui... oui, certainement... serions pas là autrement...

Un concert de commentaires semblables s'éleva de la foule.

– Oui, répondit à nouveau la jeune voix, réprimant une toux. Nous venons en paix.

– On n'sait jamais, dit Hodge, dont le casque commençait à vaciller lentement comme il s'acharnait sur un tourniquet dissimulé et comme le pont se mettait à descendre en craquant. On n'sait vraiment jamais. La campagne grouille de malandrins! Charlatans! Imposteurs! Ouais, et des vagabonds, et des vandales aussi! Mais vous avez l'air plutôt pacifiques, et trop idiots pour vouloir faire du mal, vous qui arrivez à travers une forêt nocturne où il pourrait y avoir une douzaine de coupe-jarrets qui vous trancheraient la gorge pour vous arracher les vêtements de votre dos! Il doit y avoir une puissance qui vous protège, comme je vois les choses!

– Eh bien, on n'est pas des Chrétiens, si c'est ça que vous insinuez, dit un homme indigné, d'une voix âgée, au fond de la foule.

– J'ai pas dit qu'vous l'étiez, fit Hodge, continuant à tourner. J'vous accuserais pas sans bonne raison. Tout c'que j'ai dit, c'est que vous aviez une drôle de chance.

Il se pencha et cracha avec précision dans le fossé. Le pont-levis s'abbatit enfin sur le sol, et Hodge leur fit signe d'entrer.

– Restez longtemps?

Le jeune homme fut le premier à mettre pied à terre, et à conduire son cheval de l'autre côté du pont-levis branlant.

– Non, lança-t-il à Hodge en passant au-dessous de lui, du moins j'espère que non. Je l'espère...

– Dans ce cas, dit Hodge, essuyant la sueur qui coulait dans ses yeux, je le laisse baissé jusqu'à votre départ. Fermez seulement les portes et mettez les barres en place après être passés. Suivez-moi!

Il descendit l'escalier délabré le long du mur et se dirigea vers la cour intérieure, émettant des sons nasillards qui, aux oreilles des voyageurs, ressemblaient à un rire contenu. Ils échangèrent des regards inquiets.

Un petit sentier cheminait parmi les mauvaises herbes de la cour intérieure, et les pèlerins, en file indienne, suivirent Hodge jusqu'à la porte de chêne du grand hall.

– Laissez vos chevaux, lança Hodge par-dessus son épaule, faisant de vagues gestes. Ils n'ont qu'à brouter.

Ceux qui avaient des chevaux détachèrent brides et licous, puis suivirent les autres dans le hall obsur, battant des bras pour avoir un peu de chaleur. Cependant, il faisait encore plus froid à l'intérieur qu'à l'extérieur, car il n'y avait nulle fenêtre par laquelle les rayons du soleil auraient pu pénétrer; et bien qu'il y eût des bûches de bouleau dans la grande cheminée, nul feu n'était allumé. Les pèlerins s'amassèrent à un bout d'une table de chêne massif, scrutant le hall avec émerveillement. Les larges blocs de granite qui formaient les murs soutenaient d'immenses poutres de chêne, noircies par les ans et par la fumée d'innombrables feux. Couverts d'une épaisse couche de poussière et de toiles d'araignée, des écussons, des oriflammes, des sabres, des épées et des haches de bataille ornaient les murs. Hodge avait gravi les marches d'une entrée d'un côté du hall. Il se racla la gorge et cogna la base de sa lance contre les dalles pour se faire remarquer.

– Bienvenue à Cragganmore, demeure d'Ulrich, et demeure avant lui de Belisarius, et avant lui de Pleximus, selon la légende. A votre gauche, vous pouvez voir le grand panneau d'armoiries...

Une étincelle blanche voltigea dans l'obscurité du hall, derrière lui, et avant que les spectateurs aient eu ne serait-ce que le temps de sursauter, elle avait surgi dans la pièce et s'était posée sur la rambarde près de l'épaule de Hodge... un oiseau.

– Radoteur, fit Gringe. Prépare la soupe.

– La *soupe?* dit Hodge, les yeux exorbités par cet outrage. Hodge est là, en train d'accueillir des invités, commençant à peine la visite, et tu me dis...

– Pas Gringe, Ulrich.

– Oh! Eh bien, dans ce cas. Si *Ulrich* me le demande. (Il contempla la petite foule frissonnante des pèlerins.) Et je vois bien qu'ils sont glacés. Très bien. De la soupe. Combien... (Il compta rapidement.) Douze.

– Treize, dit Valerian, Malkin est resté avec les chevaux.

Maugréant, Hodge se dirigea vers les cuisines, laissant à Gringe la garde du petit groupe.

– Ulrich va arriver, appela-t-il par-dessus son épaule. Il s'habille.

En effet, c'était ce qu'Ulrich faisait, avec l'aide de Galen, dans la pièce en haut de la tour. Il était si raide après la conjuration et les visions de la soirée qu'il pouvait à peine remuer, mais il avait insisté pour rester debout pendant que Galen lui apportait sa cape et la drapait autour de ses épaules. D'un geste impérieux, il repoussa les cannes que le garçon lui tendait.

– Veux-tu qu'ils s'imaginent que je suis un vieillard décrépit? Inutile?

– Mais vous pouvez à peine marcher, protesta Galen. Regardez-vous!

– Mon garçon, dit sévèrement Ulrich, crois-tu que j'aie *besoin* de marcher?

– Non, maître. Mais je pensais...

– Ecoute-moi bien! Tu vas me précéder et accueillir nos invités et leur souhaiter la bienvenue. Et tu feras cela d'une telle manière qu'ils comprendront qu'ils sont arrivés dans la demeure d'un sorcier. Comprends-tu? (Il tenait fermement l'épaule du garçon.) Tu te serviras de la puissance qui est tienne par nature, Galen, autant que de celle que tu as acquise.

– Mais...

– Mais rien du tout! (Ulrich leva un doigt d'avertissement.) Très bientôt, *très* bientôt, tu seras seul, et tu gagneras le respect d'autrui par ton propre mérite, ou pas du tout. En cas d'urgence, de *réelle* urgence, quand tu agiras pour d'autres que toi-même, alors tu pourras recevoir une aide spéciale. Mais, pour le moment...

Galen hocha la tête avec incertitude.

– Et souviens-toi, mon fils, continua solennellement le vieil homme, que quoi qu'il arrive avant la fin de ce jour, il sera à toi de porter le flambeau, malgré la faiblesse pitoyable de ton savoir. Quand je serai parti, c'est *toi* qui me succéderas. C'est *toi* qui es mon héritier, et pas Hodge ou n'importe qui d'autre. *Toi*, Galen, toi seul!

– Si vous le dites, maître, répondit Galen. (Il était troublé. Rarement auparavant avait-il entendu son professeur parler avec autant d'intensité.) Mais je ne suis pas prêt à...

– Quand le besoin se présentera, tu seras prêt. Et maintenant, plus de bavardages sur la mer, ou les voyages aux terres soyeuses de l'est, tant qu'il restera une seule Grande Chose qui demande à être accomplie.

– Oui, Ulrich.

– Bon.

Ulrich laissa reposer sa main sur l'épaule du garçon pendant un long moment. Puis il sourit.

– A présent, ne faisons pas attendre nos hôtes plus longtemps. Descends en premier, je te rejoindrai ensuite.

La tête respectueusement inclinée, Galen s'éloigna à reculons d'Ulrich jusqu'à ce qu'il eût passé la porte; puis il dévala les escaliers. Les visiteurs, quels qu'ils soient, étaient rares à Cragganmore, et en deux occasions seulement depuis qu'il servait Ulrich comme apprenti avait-il vu arriver des voyageurs aussi jeunes que lui. Le plus souvent, ceux qui venaient apportaient des suppliques : vieux conseillers mâchonnant leurs barbes, ou parents effrayés, ou encore renégats maraudant à la lisière des bois, facilement repoussés par une terrifiante boule de feu conjurée autour de leurs jarrets. C'est pourquoi il était maintenant si anxieux de rencontrer Valerian (qui lui plaisait déjà sans qu'il sache bien pourquoi) et d'entendre parler davantage d'Urland, car des récits étranges étaient déjà parvenus à ses oreilles. Il était si impatient qu'il surgit presque dans le hall sans aucun décorum. Au dernier moment, il stoppa sa course dans le corridor, reprit sa contenance, et fit signe à Gringe qui était toujours perché sur la rambarde juste à l'entrée du hall et guettait son arrivée d'un œil sinistre.

– Annonce-moi, chuchota-t-il.

Mais l'oiseau se détourna, lui montrant un dos dédaigneux et souillé de noir, et proféra un unique cri rauque et inintelligible, semblable au grincement des branches de chêne dans le vent, ce qui fit sursauter les pèlerins et les tassa les uns contre les autres.

– Salutations! fit Galen, entrant dans la pièce avec un geste qu'il espérait amical. Bienvenue à Cragganmore!

Ils le dévisagèrent. Ils virent un garçon de dix-huit ans grand et maigre comme une perche, au regard ingénu, aux larges mains, et portant une cape rapiécée bien trop grande pour lui.

– Oh non, dit-il, devinant leurs pensées. Non, non. Je ne suis pas Ulrich. Ulrich va arriver. Il m'a envoyé vous accueillir. Je suis son apprenti. Je me nomme Galen.

– *De la magie, pas de paroles!* fit la voix d'Ulrich, mais Ulrich n'était pas là. Il n'y avait que Gringe, qui nettoyait ses plumes en gloussant.

– Eh bien, dit Galen, un peu de lumière!

D'un geste large, il embrassa tous les bouts de cierges que Hodge aurait dû remplacer depuis longtemps : sur la table, dans les candélabres de fer, à l'intérieur des niches murales.

– *Habeas lucem!*

Il parla avec confiance, car il se savait capable de cela, sinon d'autre chose. C'était un jeu. Quelque chose frémit en lui, une grande sensation de chatouillement dans son estomac, comme un souvenir brusque de longtemps auparavant, d'au-delà du seuil perdu de l'enfance. Cela lui procura un bien-être quasi enfantin. Il rit. Aussitôt les bougies s'enflammèrent, fondant et laissant s'égoutter de la cire comme si elles brûlaient depuis des heures, et la pièce, soudain plus claire, sembla aussi plus chaude. Galen jeta subrepticement un regard à Valerian et se réjouit de voir que l'autre adolescent était impressionné, bouche bée.

– Et, voyons, que diriez-vous aussi d'un peu de musique ?

Une fois encore il fit un geste, dirigé vers la petite galerie de musiciens où autrefois, il le savait, des flûtistes et des joueurs de luth avaient diverti les invités lors de banquets nocturnes. Une fois encore il ressentit la sensation dans son ventre et il sut avec exultation qu'il avait réussi. L'instant d'après, une musique spectrale glissa, venue d'un passé mort depuis longtemps, le genre de musique que l'on jouait quand les réjouissances étaient terminées, quand les jongleurs avaient fini d'amuser et quand, enfin, les invités se carraient dans leurs fauteuils, pour que le poète puisse s'avancer au centre du dais et commence à évoquer de hauts faits et des temps proportionnés aux rêves des hommes; et elle tint ses auditeurs captivés, scrutant la place des musiciens fantômes.

Avant qu'elle ne s'évanouisse, Galen se tourna vers les bûches froides dans la cheminée et murmura, trop vite :

– *Habeamus calorem!* Que la chaleur soit!

Mais il ne sentit rien, si ce n'est la musique perçante qui se taisait, et il sut, avant même d'avoir terminé le charme, qu'il n'y aurait pas de feu. Quelques pèlerins l'avaient entendu et se tournèrent vers lui, l'air interrogateur, et il se rendit compte qu'il devait réitérer son ordre ou être discrédité, et cela lui inspira des frissons de panique. A nouveau il se concentra sur les bûches inertes, et cette fois, lorsqu'il prononça *Habeamus calorem!* ce fut d'une voix augmentée, d'une voix qui contenait le pouvoir résonnant de la voix d'Ulrich; et les bûches s'enflammèrent, et le hall se réchauffa et, quand il se retourna, Ulrich lui-même, resplendissant, se tenait à ses côtés.

Il était comme autrefois, comme quand Galen était venu pour la première fois à Cragganmore, Ulrich la tête haute, viril, et insensible au poids des ans. Ulrich! la barbe flamboyante et les yeux lançant leur calme défi au monde entier.

– Bienvenue, dit Ulrich, levant son bras droit, et instinctivement le petit groupe de pèlerins s'inclina profondément.

Puis il descendit les marches et prit chacun par la main, en commençant par les deux qui étaient le plus en avant, Valerian et Greil. Valerian présenta les autres : Malkin et Regulus, et Rixor, et Henery fils d'Henery, et Devlyn Major, et Stepanus, et Mavour, et Harold Wartooth, et Marcellus Minor (fils de Marcellus d'Ur), et Adamaeus Brittanae, et finalement Xenophobus le muletier, qui eut l'air fâché et grogna alors même qu'il serrait la main d'Ulrich.

– Mes amis, déclara Ulrich quand il les eut tous accueillis, vous êtes les bienvenus à Cragganmore, et en ce qui concerne l'affaire qui vous amène ici, je l'entrevois, ainsi que son importance pour moi. Mais nous parlerons de cela plus tard; pour le moment, rompons le silence de la nuit, et réchauffons-nous, et oublions les périls que vous avez dû traverser pour arriver ici et ceux qui vous attendent encore.

A la fin du repas, le jour était complètement levé, et Ulrich fit signe qu'on enlève son écuelle, et il se carra dans son fauteuil. En un moment, le silence s'était fait autour de la table, et un à un les pèlerins se tournèrent vers Valerian, le regard attentif. Le jeune homme se leva, ouvrant la besace qu'il avait portée sur l'épaule jusque-là, et instantanément Galen fut frappé par ses mouvements gracieux, et par la finesse de ses traits, et par le drapé désinvolte de sa tunique, et par la clarté de sa voix.

– Seigneur Ulrich, dit Valerian, la raison de notre venue peut être dite sans ambages : depuis plus longtemps que quiconque puisse s'en souvenir, Urland est sous le règne de terreur d'un dragon, un dragon qui s'est installé dans une caverne sur un flanc de la montagne qui surplombe la ville de Swanscombe.

– Et pourquoi, l'interrompit Ulrich, la barbe blanche saillante, est-il resté ?

– Il est resté à cause... à cause d'un... pacte.

– Ah ! répliqua Ulrich. Une fois encore je le devine. Je devine qu'il s'agit du même *arrangement* (il prononça ce mot comme s'il laissait un mauvais goût) que bien des villages ont conclu dans les années passées, avec le Monstrueux.

– A chaque moitié de l'année, continua Valerian, faiblissant légèrement, à chaque équinoxe de printemps et d'automne, nous... c'est-à-dire la population d'Urland offre au dragon une jeune femme, dont le nom est tiré au sort.

Ulrich hochait lentement la tête.

– Une femme de moins de dix-huit ans, *pulchra et casta integraque filia,* une vierge pure et belle, n'est-ce pas là la définition de l'ancien Code ?

Valerian acquiesça.

– Elle n'est pas suivie à la lettre, bien sûr. Il y a celles qui ont... qui ont essayé d'échapper à ce tirage au sort par le mariage ou par d'autres liaisons, et celles qui ont recouru au déguisement et à la dissimulation et... (le jeune homme rougit) à d'autres moyens pour y échapper. Mais le fait est que le dragon n'a pas l'air d'attacher trop d'importance à ce que la victime soit pure ou non. Ces dernières années, il y a eu plusieurs femmes mariées conduites au sacrifice. Y compris des mères.

– Il a emporté ma fille, dit Greil.

– Et la mienne, fit Malkin.

– Et ma nièce, ajouta Henery.

– Mais, en échange, dit Ulrich, son regard se posant sur chaque visage tour à tour, répartissant également les responsabilités, en échange, il laisse le village tranquille.

Un à un, ils hochèrent la tête honteusement, incapables de soutenir son regard, à l'exception de Valerian.

– Ah, oui, soupira Ulrich, c'est une vieille histoire familière, bien que je n'aie pas eu l'occasion de l'entendre depuis bien des années.

– Il y en a parmi nous, poursuivit doucement Valerian, et de nouveau Galen admira la calme résolution du garçon, qui pensent que c'est un marché honteux. Que cela nous dégrade tous. Que cela a duré assez longtemps. Que cela doit cesser maintenant.

– Il est déjà trop tard pour une pauvre âme, dit Malkin. Tu as oublié; aujourd'hui c'est l'équinoxe.

Valerian baissa la tête, acquiesçant.

– Nous avons été retardés. Néanmoins nous ne serons pas là trop tard pour la prochaine, et nous viendrons pour de bon à bout du péril.

Ulrich souriait.

– Courageusement parlé, dit-il.

– Avec votre aide, fit Valerian. C'est pour cela que nous sommes ici, bien entendu.

– Et venez-vous avec la bénédiction de votre roi ?

Le petit groupe s'assombrit et remua. Valerian parla avec amertume :

– Non. Casiodorus ne sait pas que nous sommes venus, ou il aurait envoyé ses cavaliers pour nous ramener. Il ne croit pas comme nous qu'il peut exister une puissance aussi grande que celle du dragon, ou qu'il peut être possible de détruire la bête. Il parle d'équilibre, de compromis, de marché. Pour lui, la vie de deux jeunes filles par an est un bien petit prix pour maintenir la paix avec la bête.

Ulrich rit.

– Et quelqu'un a-t-il pensé à demander son opinion au dragon ? Peut-être qu'il est rassasié.

– Il n'y a pas de quoi plaisanter, seigneur.

– Non, non, bien sûr, mais je suis fatigué de ces souverains qui font leurs propres solutions, créent leurs propres problèmes, et perpétuent leur lignée. Votre roi et ses laquais ont l'air d'appartenir à ce genre...

Malkin protesta belliqueusement :

– Casiodorus n'est pas un *mauvais* roi, seigneur...

– Seulement faible.

– ... faible, oui, mais il agit selon ses lumières, comme on dit. Il fait ce qu'il croit être pour le mieux.

Ulrich chassa tout cela d'un revers de la main.

– Bien sûr, bien sûr. Et en accord avec les traditions, j'ose le dire. C'est toujours le chemin le plus facile. Mais dites-moi, pourquoi est-ce à moi que vous vous adressez? Je n'ai jamais combattu de dragon. Je ne suis certainement pas un héros, comme Beowulf ou Sigurd, ou n'importe lequel des autres. Pourquoi moi?

Cette fois encore, ils remuèrent de part et d'autre, mal à l'aise, regardant Ulrich avec espoir, et Valerian dit :

– C'est parce que... parce que vous êtes le dernier.

– Inepties!

Le vieil homme sembla choqué.

– Non, seigneur. Vous l'êtes.

– Mais, et Grom?

– Mort. Tué en combattant un grand serpent au lac Bayrenrich.

– Pauvre Grom! Eh bien, Prospero, alors?

– Retiré des affaires. Il a renoncé à son pouvoir une bonne fois pour toutes. Disparu dans la foule.

– Ha! Ça ne m'étonne pas de lui. Les sœurs Merridyd, alors.

Valerian secoua de nouveau la tête.

– Une morte et les autres empêtrées dans les évocations et les chaudrons. On nous a dit qu'elles ont perdu presque tout leur pouvoir pour le Bien, et se sont abandonnées à la méchanceté et à l'or.

– Oui, telle est la tentation, le grand danger pour les sorciers. Eh bien, qu'en est-il d'Elexvir, ou de Hunneguendo, ou de Scam, ou...?

Valerian secoua fermement la tête.

– Morts. Tous morts. Nous avons vérifié. Non, vous êtes le dernier. Vous êtes notre dernier espoir.

Le vieil homme resta plongé dans ses pensées

durant une longue minute, et les autres attendirent anxieusement qu'il parle. Enfin, il dit :

– Je ne le savais pas. Les années passent, on perd le contact... Peut-être dans les Iles de l'Ouest? Quelqu'un de nouveau?

Valerian haussa les épaules et secoua la tête.

Ulrich s'enfonça lentement dans son fauteuil au bout de la table, l'air plus sérieux que Galen l'eût jamais vu auparavant.

– Parlez-moi de ce dragon.

– Mieux, dit Valerian, je vous montrerai...

Il se tourna vers Xenophobus le muletier, qui s'avança vers lui, les sourcils froncés en direction d'Ulrich, et déposa un havresac aux pieds de Valerian.

– Des vestiges.

Valerian ouvrit le sac et en sortit d'abord une poignée de pierres noircies par le feu, plutôt ordinaires d'aspect à part qu'elles exhalaient une telle puanteur qu'Ulrich fronça le nez.

Un court instant, Galen crut discerner une étincelle de peur dans les yeux du vieil homme, mais Ulrich repoussa de la main les pierres.

– Souffle de dragon? Vous allez me dire que *cela*, c'est le souffle du dragon? Bah! Inepties! Rien que du gaz fétide de marécages. Emporte ça, Galen! Dans le fossé!

Voulant éviter de se souiller les mains avec la puanteur, Galen enfourna les pierres dans un seau à charbon qu'il prit près de la cheminée, les porta jusqu'à la fenêtre et les jeta par-dessus le parapet. Un long moment après qu'elles eurent coulé, la boue du fossé crépita et bouillonna, et Galen contempla cela, fasciné.

– Et des os, disait Valerian, penché sur la table. Une victime.

Ulrich jeta un coup d'œil aux restes craquelés et noircis par le feu de ce qui avait été une main.

– Les gens meurent. Ils meurent de bien des façons. Et ils laissent *tous* des os.

– Et, dit Valerian, fouillant dans les profondeurs du havresac, cela.

Il éparpilla sur la table trois disques translucides étincelants, tous vaguement triangulaires et de la taille de sa main. Ils dégageaient la même odeur, mais leur beauté éclatante rendait la puanteur moins insupportable. Ils attiraient tous ceux qui posaient les yeux sur eux; les pèlerins s'amassèrent autour de la table, Ulrich se pencha pour mieux voir, et Galen, quittant la fenêtre, sentit un frisson aussi palpable que des doigts se déplaçant sur son échine.

– Des écailles de dragon, dit doucement Ulrich. Sans aucun doute possible.

– Je les ai ramassées, dit Valerian. Près de l'entrée de la caverne.

– Un dragon très vieux. Très, très vieux. (Ulrich rêvassait, laissant ses doigts courir sur la surface d'une des écailles.) Observez les stries, semblables à des rides sur le fond d'un lac. Si on les comptait, on pourrait déterminer l'*âge* exact.

– Des centaines, dit Greil.

– Beaucoup de centaines, dit Malkin.

– Quand un dragon est aussi vieux que cela, continua doucement Ulrich, il souffre, il souffre constamment. Au bout d'un certain temps, il en arrive à ne plus connaître que la douleur, à croire qu'il n'est lui-même que douleur et qu'il n'existe que pour la douleur. Il vient un jour pour un tel dragon où, après des années à s'être langui d'avoir un adversaire honorable, il dépasse ce désir, et commence à devenir de plus en plus dépendant de ses rejetons, oui, et même pour la nourriture...

La voix du vieil homme se fit plus douce encore, et finalement il plongea dans une rêverie qui lui était toute personnelle.

Durant un moment ils restèrent tous silencieux, contemplant les vestiges posés sur la table et particulièrement le dernier, que Valerian avait extrait du sac tandis qu'Ulrich parlait. C'était un crochet schisteux rouge-gris, long de trente centimètres, dentelé le long du bord inférieur.

– Je ne sais pas ce qu'est cela, dit Valerian.

– Moi, je le sais, rétorqua Ulrich. C'est une griffe de dragon.

Il y eut un long silence. Enfin Valerian s'éclaircit la gorge :

– Nous aiderez-vous, seigneur?

– Je n'en ai pas encore décidé.

– Vous êtes le seul qui le pouvez.

A nouveau Valerian toussa discrètement :

– Les vieux parchemins relatent que les dragons et les sorciers ont une longue histoire commune.

Ulrich tapota la large griffe.

– C'est la vérité, dit-il.

– En fait, si l'on en croit certains récits – veuillez m'excuser, seigneur –, mais il est dit que les dragons sont les créatures des sorciers, le résultat de leur soif de puissance débridée, et de certaines incantations qui ont mal tourné.

Ulrich regarda le jeune homme d'un œil perçant.

– C'est ce qu'on a prétendu, dit-il.

– On dit de plus que tous ceux qui acceptent la

puissance de la sorcellerie acceptent aussi la responsabilité de soulager ceux qui souffrent grandement.

– Certains l'acceptent et d'autres pas, répliqua Ulrich.

Il fixait toujours Valerian avec intensité.

– S'il vous plaît, dit doucement Greil, vous êtes notre seul espoir.

Les autres y ajoutèrent leurs requêtes murmurées.

La main d'Ulrich reposait presque avec affection sur la griffe. Son regard avait dépassé leurs têtes, et s'était aventuré loin, très loin des limites de Cragganmore et du temps. Finalement il inspira profondément.

– Il me faudra réfléchir, dit-il. Qu'on vous apporte de l'hydromel.

Il avait presque atteint l'escalier qui menait à sa chambre de conjuration quand il fit volte-face d'un air absent et pointa la large griffe.

– Galen, dit-il, agitant la chose, tu ferais mieux de me suivre.

Il commença de gravir les marches, posant son pied droit sur chaque palier et traînant avec peine le gauche derrière.

– Des quémandeurs! Des solliciteurs! Ma vie a été remplie par eux. Toujours après quelque chose qu'ils ne pensent pouvoir faire eux-mêmes.

– Mais ceci n'est pas une petite requête, Ulrich, n'est-ce pas? Cette fois c'est différent, non?

Le vieil homme éclata brusquement de rire.

– Oh oui, dit-il s'appuyant contre la porte de la chambre de conjuration, c'est en effet très différent!

Une fois à l'intérieur, il commença à farfouiller

avec la griffe parmi de grandes piles de manuscrits et de parchemins pliés.

– Maintenant, Galen, il va me falloir ton aide. Sors celui-là. Et celui-là. Et celui-là, là-haut.

Bientôt, il eut recouvert la table d'une montagne de documents. Tous étaient très vieux, si vieux que certains se mirent à s'effriter alors même qu'il les dépliait, devenus indéchiffrables à cause de la poussière qui les étouffait. Sur beaucoup, l'encre était à peine discernable, tant elle s'était effacée, ou tant elle s'était mélangée à d'antiques taches d'eau. Galen vit tout de suite, néanmoins, qu'ils traitaient tous de la science des dragons. Là se trouvaient diverses énormités, cornues et lisses, à deux ou quatre pattes, avec ou sans queue.

– Chacun est différent, disait Ulrich, désignant certains détails d'un doigt raidi. Tous sont mortels, fort heureusement, et la plupart sont morts. La question est : lesquels d'entre eux sont encore de ce monde ?

Galen contemplait avec horreur les dessins au fur et à mesure qu'Ulrich les écartait. Jamais il n'avait vu quoi que ce soit d'aussi repoussant. Il ne pouvait imaginer que la nature ait produit de telles créatures, ni que le monde naturel, d'habitude si raisonnablement ordonné, puisse les contenir.

– Maître...

Le vieil homme était profondément perdu dans les dessins, son pouce parcourant délicatement le bord dentelé de la griffe.

– Ulrich ?

– Hm ?

– Ce garçon, Valerian, a dit que...

– Hm ? Eh bien, quoi ?

– Eh bien, il a dit que les sorciers avaient *créé* les dragons.

– Il n'est pas le premier à l'avoir dit, répliqua Ulrich, examinant de près un document très vieux et exceptionnellement fragile.

– Mais les *sorciers*, Ulrich! Fabriquant des monstres? Ça n'est pas possible. N'est-ce pas?

– Apporte-moi ma loupe, dit le vieil homme.

Galen ne broncha pas. Un vide terrible lui torturait l'estomac.

– Dites-moi, Ulrich. Ce n'est pas possible, n'est-ce pas? Pas les sorciers.

Ulrich se redressa très lentement, et sa main trouva l'épaule de Galen, bien qu'il ne le regardât pas.

– C'*est* possible, dit-il.

– Mais...

– La terre et l'air, l'eau et le feu. Parmi tous les hommes, seul le sorcier a le contrôle des éléments; parmi toutes les autres créatures, seul le dragon. Les sorciers sont humains. Ils ont commis des erreurs. Ils en commettront d'autres. (Il regarda Galen.) *Tu* en commettras d'autres.

– Mais vous, Ulrich. *Vous* ne feriez pas une chose pareille.

Le vieil homme soupira profondément, et son bras entoura les épaules de Galen.

– J'ai commis des erreurs, dit-il. Des enchantements ont mal tourné. Mais c'est une magie plus puissante que la mienne qui a créé les dragons. La question est de savoir si la mienne est suffisamment puissante pour affronter ce dragon, qui est peut-être le dernier.

– Le dernier? En êtes-vous sûr, Ulrich?

– Rien n'est encore certain, mais je le crois. Vite,

à présent. Apporte-moi ma loupe et nous le verrons bien. Ah oui, dit-il, une fois que Galen eut trouvé et rapporté le large verre grossissant, tu vois cela? Tu vois cela ici? Ces griffes aux bords inférieurs qui ressemblent à des dents? (Il tapota le dessin, qui s'effrita à son contact.) Vermithrax! Le Ver de Thrace! Qui aurait cru qu'il eût osé s'aventurer si loin, à travers les océans et les montagnes? Vermithrax, en vérité le pire de tous! Ah, mon garçon (les yeux du vieil homme s'illuminèrent), quelle rivière de morts a coulé sur *cette* griffe!

– Irez-vous, maître? Pouvez-vous le tuer?

– Cela, je ne le sais point. Il est très vieux, mais très dangereux. Ce qu'il a gagné en audace, et en ruse, et en venin, compense largement ce que les années peuvent lui avoir dérobé. Il est peut-être à peine envisageable qu'il me soit possible de le maîtriser. Mais je ne suis nullement impatient de rencontrer Vermithrax. Oh non, nullement impatient. Pourtant...

Galen sentit son cœur bondir. Il eut une soudaine inspiration; peut-être qu'après tout il n'allait pas devoir voyager bien loin pour trouver l'aventure.

– Laissez-*moi* y aller, dit-il. Laissez-moi m'en occuper!

– Toi, mon garçon? Mais voyons, tout seul, tu ne tiendrais pas deux minutes contre ce dragon. Non. Je dois le faire. Seul. Viens, descendons pour les en avertir.

– Vous relevez le défi, dit Greil comme les Urlandais se levaient pour l'accueillir.

Ulrich le regarda.

– J'accepte la responsabilité, fit-il calmement. C'est un cas de besoin : une terre malade, un roi malade, un peuple blessé. J'irai.

Disant cela, il commanda à Hodge de le rejoindre, et plaça son bras autour des épaules du vieil homme.

– Nous sommes prêts si vous l'êtes, dit Valerian.

– Qu'il en soit ainsi. Nous partirons dans la demi-heure.

Tandis que les Urlandais se réjouissaient, il attira Hodge et Galen tout près de lui.

– Ainsi nous ferons un périple inattendu tous ensemble, mes vieux amis. Nous connaîtrons encore une aventure.

Il jeta un coup d'œil brillant à chacun d'eux.

Galen s'apprêtait à répondre, mais à ce moment il y eut des coups à la porte de chêne du hall, des coups impérieux qui mirent fin à la jubilation des Urlandais. Et immédiatement les coups reprirent, plus violents encore, et Galen entendit des voix sèches et des exclamations rauques dans la cour intérieure.

– Vandales ! s'écria Hodge, titubant vers son armure rouillée. En plein jour ! J'aurais dû remonter le pont-levis !

– Sh ! (Ulrich le retint et le secoua en un geste de douce réprimande.) Ne te blâme pas, vieil ami. Peut-être s'agit-il d'une bénédiction déguisée. Ouvre la porte.

Maugréant, Hodge obéit. La porte fit écho à ses plaintes, craquant longuement. A contre-jour devant le soleil levant se tenait une silhouette formidable. L'homme emplissait le seuil. Il était revêtu d'une armure légère, casque compris, et sa cotte de mailles aux rembourrages de cuir accentuait encore son physique massif. Il dut se courber et s'incliner légèrement de côté pour entrer. Il avança, une main sur le pommeau d'une grande épée.

– Tyrian! s'exclama Valerian.

Ses vêtements étaient noirs comme le charbon, excepté les boucles écarlates d'un serpent ailé emblasonné sur sa poitrine. Noirs aussi étaient sa barbe et ses extraordinaires sourcils broussailleux. Un petit dragon argenté surmontait le faîte de son casque. Il se déplaçait avec une grâce féline.

– Je ne veux pas vous déranger, fit-il, le sourire figé et attentif.

– C'est déjà fait, dit Ulrich.

– On le dirait. Dans ce cas, permettez-moi de me présenter. Je suis Lord Tyrian, centurion de Sa Majesté Casiodorus, roi d'Urland.

– Et certainement pas un ami des jeunes filles d'Urland, dit Valerian. (Le visage du jeune homme avait perdu toutes ses couleurs, et il tremblait.) Pas un ami d'Urland! Que voulez-vous, Tyrian?

– Non, jeune seigneur Valerian, ricana doucement Tyrian, la question est de savoir ce que *vous* voulez. Pourquoi êtes-vous venu voir ce... ce *magicien*? Que cherchez-vous?

– Ce n'est aucunement votre affaire!

– Mais bien au contraire, c'est mon affaire. La paix du royaume est mon affaire, ma responsabilité. (Son regard s'assombrit, lourd de menaces.) Et je sens que cette paix est menacée.

– Vous appelez cela la paix, ce qui règne à Urland aujourd'hui? Un dragon dans notre sein?

– Un dragon pacifié. Oui.

– Pacifié grâce aux sacrifices que vous *supervisez*, les Tirages au Sort que *vous* arrangez! Haïssable!

La voix de Valerian se brisa étrangement.

– Les Tirages au Sort auxquels vous participez.

Vous tous! (Tyrian lança la main loin du pommeau de son épée pour englober la totalité du groupe d'Urlandais.) Quels hypocrites vous faites! Quels idiots! Après avoir réussi à maintenir pendant des années un compromis qui fonctionne, voilà, maintenant, que vous vous faufilez dans l'obscurité de la nuit pour aller demander de l'aide de ce vieil homme (écartant Ulrich d'une chiquenaude), dont la faible magie ne fera qu'agacer davantage le dragon et fera déferler la colère de Vermithrax sur tout Urland. Idiots!

– Cela se peut, fit doucement Ulrich dans le silence qui s'ensuivit. (Sa voix était pincée.) Mais il existe bien des sortes de puissances, et certaines ne s'évanouissent pas avec le temps.

– Ou peut-être même avec la mort? demanda Tyrian, ouvertement méprisant cette fois.

– Peut-être.

– En ce cas, mettons-le à l'épreuve, car je ne vois aucune puissance ici, mais rien qu'un pitoyable vieil homme.

Il tira une dague du fourreau fixé à sa hanche.

Avec un cri rauque, Hodge se précipita vers l'épée qu'il avait posée dans un coin, et Galen et Valerian s'emparèrent tous deux de bûches en guise de gourdins. Instantanément, d'autres silhouettes armées obscurcirent le seuil au sifflement de Tyrian; mais ce qui aurait pu être un massacre ne se produisit pas, car Ulrich avait commencé de rire, et tous furent glacés par ce rire, qui était vif et chantant comme le cri d'un faucon au loin.

– La mort? fit-il. La mort est la *seule* épreuve que vous puissiez concevoir? Comme vous révélez vos peurs, mon ami! M'auriez-vous demandé de changer votre épée en or, ou de guérir quelque maladie de corps ou d'esprit, ou de soulager les souffrances des pauvres et des malchanceux de votre pays, alors aurais-je pu m'inquiéter, et défaillir, et ainsi compromettre le charme. Mais de la mort je n'ai aucune peur. Frappez!

– Non, Ulrich!

– Et toi non plus n'aie aucune peur, Galen. Honte sur toi, après tout ce que je t'ai enseigné! *Ad lacunam ignis,* toujours je serai là où les contraires se résolvent. Quant à vous, messire (il se tourna de nouveau vers Tyrian et bougea avec lenteur, les bras écartés comme pour l'étreindre, par-delà les quelques pas qui les séparaient), je vous donnerai l'épreuve que vous souhaitez ainsi que les résultats! Frappez! Vous ne pouvez me faire de mal. Jamais vous ne le pourrez. Frappez!

Et une fois encore il se mit à rire doucement. Galen aussi souriait. Après sa panique initiale, il avait compris qu'Ulrich avait préparé quelque merveilleux tour, quelque chose qui ridiculiserait cette brute de Tyrian. Peut-être le poignard allait-il devenir mou. Peut-être s'écraserait-il contre le bouclier invisible qu'Ulrich avait dressé tout autour de lui. Galen s'amusait également de Gringe, qui se jeta en couinant sur le visage empourpré de Tyrian, forçant l'homme à lever un bras pour se protéger et repousser l'oiseau.

Mais tout à coup Galen cessa de rire. En un mouvement meurtrier, Tyrian prit son poignard et le plongea dans le cœur d'Ulrich.

Pendant un instant, il sembla qu'une puissance plus forte que le poignard avait en effet triomphé, car Ulrich ne flancha pas ni ne cria, et on eût dit qu'il allait se retourner vers eux et continuer à parler aussi calmement que si nulle violence n'avait été perpétrée. Mais ses genoux plièrent avec une horrible lenteur, et le bas de ses vêtements toucha les dalles, et le vieux sorcier s'écroula silencieusement sur le sol. Tyrian dégagea son poignard, ruisselant de sang.

– Vieil idiot! (Il poussa le corps inerte du pied.) Et c'est *cela*, dit-il, s'adressant aux Urlandais horrifiés, *cela*, l'homme que vous vouliez envoyer comme champion? Un radoteur qui ne pouvait même pas se défendre contre ma lame? Un vieillard sénile qui n'avait pas peur, même de la mort? Pensez à ce que Vermithrax aurait fait de vous si vous l'aviez empoisonné avec la magie vacillante de cet amateur. Pensez-y! Et reconnaissez que vous aviez tort! Reconnaissez-le!

Les Urlandais remuaient, mal à l'aise et désespérés. Valerian secoua la tête, malgré sa grande pâleur.

– Non. Non. Du bien découlera de cela.

– Aucun bien n'en découlera! Rien n'en découlera! Maintenant mettez-vous en route pour rentrer chez vous, et pressons! Mes hommes et moi avons encore à faire ici, au village, et lorsque nous en aurons terminé nous vous rattraperons. Veillez à être loin d'ici et sur le chemin d'Urland quand cela se produira!

Il les contempla d'un air menaçant, puis tourna les talons et disparut aussi abruptement qu'il était entré. Ils se retrouvaient seuls avec le cadavre d'Ulrich.

Galen avait été trop choqué pour entendre ou voir quoi que ce soit depuis la chute d'Ulrich. Il avait l'impression que le poignard avait transpercé *sa* poitrine, stoppé *son* cœur. Une angoisse semblable à rien de ce qu'il avait connu l'étreignait, étouffant ses cris, étouffant même sa respiration. Il aurait voulu courir vers le vieil homme, mais ses muscles refusaient de lui obéir, et quand il finit par bouger ce fut avec le pas raidi, hésitant du grand âge, une démarche qui caricaturait pathétiquement celle d'Ulrich, tout comme le rire, le rire fou, incrédule d'Hodge qui était tout ce qu'il pouvait entendre comme il s'approchait du corps, était un écho de celui d'Ulrich. Galen se pencha et effleura la tête d'Ulrich.

– Ils sont partis, fit-il d'une toute petite voix, vous pouvez vous relever à présent.

Mais le corps du vieil homme était déjà froid et il n'y avait aucun doute qu'il fût tout à fait mort. Du sang sourdait de la coupure de sa cape et s'étendait en une mare de plus en plus large sur le dallage. Son visage était d'un calme ineffable, presque amusé. Longtemps, Galen resta agenouillé auprès du corps, la main sur la tête du vieil homme. Quand enfin il entendit quelqu'un lui parler, il se rendit compte qu'il tremblait, et que d'incontrôlables sanglots lui échappaient. Quelqu'un enveloppa ses épaules d'une cape.

– Je suis navré, disait Valerian. Nous n'aurions pas dû venir.

Ce n'est que bien plus tard que Galen se souviendrait que, dans les yeux de Valerian aussi, il y avait des larmes.

Galen secoua la tête. Il était incapable de parler.

– Y a-t-il quelque chose que nous puissions faire? Je veux dire qu'il faudra un enterrement et...

De nouveau Galen secoua la tête. Il avait du mal à se concentrer sur ce que Valerian lui disait, car sa voix se mélangeait avec celle d'Ulrich, qui était restée en lui :

– *Nihil est mori.* Ce n'est rien de mourir... C'est un retour aux éléments... le commencement de bien des voyages...

– Comment avez-vous pu vous tromper à ce point? interrogea doucement Galen, berçant le corps. Comment avez-vous pu ne pas *savoir*?

Mais il n'y avait nulle réponse dans l'énigme que posait le sourire d'Ulrich.

Du haut des marches, sur le côté du hall, Hodge éclata d'un rire convulsif.

– Qu'a donc ce vieil homme-là? chuchota Greil.

– Rien, répliqua Galen, se redressant en séchant ses yeux. C'est seulement son caractère. Il voit de l'humour dans les choses que d'autres ne trouvent pas drôles du tout. (Il prit appui sur la table de chêne.) Je crois qu'à présent, il vaut mieux vous en aller. Je suis désolé qu'Ulrich n'ait pu vous aider. Je... Je sais qu'il aurait voulu le faire... Je sais qu'il aurait essayé de le faire, en tout cas, si... si... Enfin, peut-être trouverez-vous quelqu'un dans les Iles de l'Ouest.

Valerian haussa les épaules, découragé.

– Je crois que nous n'irons jamais jusqu'aux Iles. (Les autres s'alignaient déjà vers la sortie, murmurant des condoléances à Galen, compatissants.) Nous ne pourrons plus échapper à Tyrian et Casiodorus, plus jamais. Pas pour un voyage comme celui-ci. Non, Ulrich constituait notre dernière chance.

– Je suis désolé.

– Moi aussi, fit Valerian. Vraiment.

Il détacha son regard du corps d'Ulrich et haussa les yeux vers Galen, puis lui tendit la main. Galen la prit. Elle était plus menue que la sienne. Enfin Valerian partit, à la suite de la petite troupe d'Urlandais abattus qui se dirigea de nouveau vers l'ouest le long du sentier de forêt.

Galen, Hodge et Gringe se retrouvèrent seuls avec la dépouille d'Ulrich. Le corbeau grommelait parmi les chevrons, proférant de légers son aigus qui auraient pu passer pour un rire. Hodge traînait les pieds d'un bout à l'autre de la pièce.

– Qu'allons-nous faire, Hodge?

Le vieil homme se moucha bruyamment dans le chiffon qui lui tenait lieu de mouchoir.

– Rassemble tes affaires, jeune Galen. Hodge va s'occuper du corps du vieux maître.

– Mais *après*, qu'allons-nous faire?

Hodge leva les yeux, stupéfait.

– Faire? Eh bien, quelle sorte de question est-ce donc de la part d'un magicien? Nous irons vers l'ouest, à Urland, où il y a un dragon à occire. Rassemble tes affaires, maintenant!

La voix était celle de Hodge, le ton celui d'Ulrich. Galen se mit en marche vers l'escalier, tel un somnambule.

LA DÉSOLATION

Urland, terre d'origine des voyageurs, s'étendait loin vers l'ouest, au-delà d'une chaîne de montagnes escarpées, et au-delà de la rivière Ur. C'était une terre sauvage, encadrée par ses deux grands fleuves, l'Ur à l'est et la Varn à l'ouest. Ses paysages étaient variés. L'Urland du Nord était abondamment boisé, région des élans et des insaisissables félins chasseurs. Seuls quelques secteurs en étaient dégagés, autour des villages agricoles de Turnratchit, Verymere et Nudd. Au sud, le pays avait été ravagé par des plissements primordiaux. Des montagnes anciennes prenaient naissance dans les plaines, successions irrégulières de vallées et de plateaux. A l'extrême sud, où l'étroite rivière de Swanscombe serpentait d'est en ouest et rejoignait d'autres fleuves, le paysage était particulièrement dentelé et rocailleux. Des chemins étranglés se déroulaient à travers les vallées au-dessous des mornes demeures des habitants des collines; les vallées elles-mêmes étaient exiguës et accidentées, et l'on n'y trouvait que de très rares prairies. Au creux de l'une d'entre elles, niché au milieu des monts en bordure de la rivière de Swanscombe, se trouvait Swanscombe, principal village de l'Urland du Sud.

Mais ce n'était pas seulement l'aridité du paysage qui singularisait l'Urland du Sud. Entre le village de Swanscombe et le col de Morgenthorne, l'ancestrale résidence des rois, située au nord, se trouvait une région balayée de sombres vents, qu'évitaient mêmes les animaux les plus voraces et les hommes les plus désespérés. Elle était dépourvue de vie naturelle, à l'exception de lichens rudes et rabougris, et de lézards furtifs, et d'occasionnels corbeaux égarés. Sans les quelques murmures espacés du vent entre les rochers, elle aurait été complètement silencieuse.

C'était la Désolation. Ce n'avait pas toujours été une terre dévastée, mais l'époque où elle fleurissait, verte et prospère comme le reste d'Urland, n'était dans la mémoire d'aucun vivant. Cela se passait avant qu'il y eût le dragon. Il existait des hommes à

Swanscombe et dans d'autres villages d'Urland qui déclaraient se souvenir de leurs grands-pères racontant que leurs grands-pères à eux avaient assisté à la venue du dragon et à la dévastation de la région autour des cavernes où il s'était installé. Mais personne ne savait avec certitude depuis combien de temps le dragon était là.

Le dragon, Vermithrax, était le principal habitant d'Urland. Se chauffant au soleil, perché sur la corniche à l'entrée de sa caverne, ou encore somnolant profondément dans ses entrailles, Vermithrax dominait la vie des Urlandais. Alors même que les pèlerins approchaient de la tour d'Ulrich à Cragganmore, à bien des lieues de là, Vermithrax laissa échapper un rugissement souterrain qui secoua la Désolation. Les habitants de Swanscombe, sans même regarder, se rapprochèrent les uns des autres.

Enfoui dans les profondeurs, Vermithrax ne remuait pas. Seule sa carapace bougea, frémissant et ondulant de toute son impressionnante longueur. Ses immenses yeux jaunes restaient éternellement ouverts, même dans son sommeil, leurs pupilles horizontales telles des fentes du noir le plus profond. Il avait dormi avec le bout de sa queue en sécurité entre les écailles de ses gencives.

Immédiatement au-dessous de lui se trouvait une étendue qui scintillait constamment, parcourue de flammes étranges et douces. C'était un lac de feu. Il semblait impossible que des créatures évoluent dans de telles eaux, et pourtant de sombres silhouettes se déplaçaient sous la surface, peut-être les carcassses de bêtes réelles, peut-être de simples ombres sorties de l'imagination du dragon.

Vermithrax rêvait, et il se souvenait.

Dans sa mémoire, des jours défunts revivaient. En ces aubes perdues, le ciel était parsemé d'ailes de dragons qui glissaient de leurs anfractuosités pour s'élever dans les airs vers des journées chaudes et nouvelles. Dans le souvenir de Vermithrax, leurs cris perçants résonnaient et rebondissaient parmi les falaises pour finalement retomber en fragments sonores sur le sol des vallées, bien plus bas.

En ce temps-là, il n'y avait que de vertes forêts, et les rivières argentées de la terre, et les abondants troupeaux de daims qui fuyaient comme une seule créature lorsque l'ombre chasseresse les recouvrait. Il y en avait bien assez pour tous, alors; plus qu'assez, et les dragons repus s'accouplaient à midi, hurlant leur plaisir à la face du soleil.

Le changement vint si lentement que pendant longtemps aucun dragon ne le perçut. Tout d'abord, ce furent seulement les scintillations de quelques feux isolés dans la nuit, et d'occassionnels voiles de fumée durant le jour, et des hommes se dispersant comme les autres créatures pour se réfugier dans leurs tanières. Mais ensuite le gibier se fit plus rare, plus petit et rapide. Souvent il réussissait à éviter les gouttes de feu des dragons et s'échappait. Des lunes de famine passèrent. Et les hommes devinrent audacieux, se faufilaient parfois au cœur même des labyrinthes où les dragonets sortaient de l'œuf, et les poignardaient entre les minces écailles de leur bas-ventre. Des parasites! Mais ils se faisaient de plus en plus nombreux, et leurs terres s'étendaient et s'enracinaient, toujours près des cours d'eau. Ils conspiraient avec d'autres créatures, pour rassembler le gibier, le nourrir, l'élever et le tuer. Parfois ils s'en servaient comme montures, et alors leurs attaques devenaient plus vives et plus dangereuses.

Quelquefois, un dragon mourait en hurlant, et ses meurtriers chantaient.

Quant à Vermithrax, il était arrivé à Urland le ventre vide, l'esprit brûlant de haine et de mépris. La Désolation était, à ce moment, une cuvette haute, rocailleuse, jonchée de rochers énormes et perdue dans les montagnes autour de Swanscombe, mais Vermithrax y avait été attiré par sa vastitude et par le dédale de passages souterrains qui conduisaient au Lac de Feu. Il avait volé bas par-dessus le village de Swanscombe, avec un bruit pareil à l'ouragan, laissant jaillir avec flegme sa douleur et sa frustration. En quelques secondes, à l'aide de ses immenses torrents de feu, il détruisit toute vie végétale dans un rayon d'une demi-lieue à partir de la corniche où il s'était perché. Et, voyant qu'aucun défi immédiat ne lui était lancé, il s'était replié, souple comme un monstrueux serpent, et avait disparu dans le passage principal du grand labyrinthe.

L'arrivée du dragon paralysa le village. Le premier jour, tous restèrent cachés et, vers le soir, la complainte du bétail aux pis enflés résonna dans les collines. Après le crépuscule, la première nuit, des villageois furtifs rasèrent les murs le long des sentiers pour parvenir à l'emplacement central où l'on tenait les réunions du village, le Grenier. Dans la réunion qui s'ensuivit, plusieurs jeunes héros intrépides s'offrirent pour combattre le dragon en vue de la préservation du village, et l'un d'eux au moins, Baeldaeg, un splendide jeune guerrier âgé de dix-huit ans, le meilleur lutteur et coureur de tout Urland, fut choisi par la foule. Pendant le restant de la nuit, il se prépara au conflit tout proche, se gainant du plus résistant des cuirs, choisissant le plus fin acier, le plus large bouclier. Il orna sa lance et son épée de talismans donnés cette nuit-là par des jeunes filles pleines d'espoir. A l'aube, il partit défier la bête, les villageois les plus braves le suivant à distance respectueuse.

La légende dit qu'il se montra magnifique. La légende dit qu'il défia le dragon encore et encore alors qu'il avançait vers son repaire, foulant la pente toujours fumante. Ses armes jetaient des éclairs dans le soleil neuf. Et, quand ses défis n'eurent reçu aucune réponse de la bête, il s'en remit à des moqueries, remplissant l'air de piques et d'insultes que se renvoyaient les crêtes et les rochers. La légende dit que, lorsque le dragon apparut, Baeldaeg riait avec dédain.

Une seconde après, il était mort.

Le dragon jaillit en rugissant du seuil de la caverne, une tonne d'horreur reptilienne, tendue, griffue, explosant de furie, crachant sa haine vers la chose présomptueuse qui se tenait droit devant lui. Le jeune héros n'eut même pas le temps de brandir son épée. Il fut pris dans un unique embrasement de feu et se transforma instantanément en cendres.

Les villageois se dispersèrent, se dissimulant derrière des rochers comme le dragon prenait son vol au-dessus d'eux, cueillait deux des maisons de Swanscombe en un souffle de feu et incendiait une portion de forêt sur le flanc de la montagne qui brûla pendant deux jours. Puis il s'éloigna vers l'est. Le reste de ce qu'il incendia durant son vol destructeur resta inconnu aux villageois, jusqu'à ce que, des semaines plus tard, des rumeurs et des histoires arrivèrent des terres ravagées. Mais tard dans la nuit, longtemps après le retour du dragon dans son antre, au milieu de ce que déjà alors ils commençaient à appeler « la terre dévastée », ils l'entendirent rugir parmi les cavernes.

La seconde nuit, on tint une réunion de plus au Grenier. Cette fois, il y eut bien moins de volontaires pour aller combattre, et enfin l'on décida de tirer au sort entre tous les noms des hommes âgés de dix-sept à trente-cinq ans. La doyenne tira le nom. C'était celui d'un homme d'un peu plus de trente ans, Angenwit, père de deux enfants. Sa femme poussa un cri et s'évanouit. Angenwit lui-même fixa d'un air absent le morceau de tuile où figurait son nom; il n'avait rien d'un lâche. En fait il portait les cicatrices de bien des combats contre les troupes romaines ou des brigands, et c'était un fabricant d'armures fort adroit. La nuit, le son du métal qu'on martelait s'éleva de son échoppe et, quand il parut à l'aube, il portait un imposant bouclier, un ovale creux et allongé qui aurait suffi à recouvrir un homme et audacieusement entrelacé de bandes de fer forgé. On dit plus tard qu'il espérait se jeter sous ce bouclier jusqu'à ce que le dragon lui soit passé dessus, et ensuite donner un coup de lance dans le bas-ventre mou de la créature, mais nul ne put confirmer quel était son plan, car sa femme avait passé la nuit en syncope, et il s'en était allé seul vers la Désolation, quittant le village sans cérémonie et refusant de parler à qui que ce fût en chemin.

Une fois arrivé, il lança un unique défi à la bête, comme il seyait à un guerrier saxon avancé dans ses années, et attendit, sa lance solidement ancrée contre le premier assaut.

Il n'eut pas à attendre longtemps. Le dragon s'était agité la nuit durant, parcourant les corridors du labyrinthe, et les berges du Lac de Feu et, quand l'aube survint, il se trouvait assez proche de l'entrée. Il avait entendu le guerrier avant même que celui-ci eût proféré son défi, et y répondit instantanément. Une fois de plus, l'agilité de la créature stupéfia et terrifia ceux qui avaient été assez braves pour s'aventurer jusqu'aux bords de la Désolation. A deux enjambées du seuil de la caverne, il avait pris son vol, et fondait sur Angenwit. Les spectateurs eurent à peine le temps de sursauter avant que le dragon ne soit sur sa proie. Il dédaigna même de se servir des flammes. A la place de cela, ses griffes se refermèrent, tordant la lance comme un fétu de paille, brisant en éclats le bouclier, broyant l'homme en une seconde, si vite que celui-ci n'eut pas même le temps de hurler de peur ou d'invoquer le nom de son dieu. L'instant d'après, il n'était même plus humain, il n'était plus que des rubans de peau et de liquide qui s'échappèrent brièvement des griffes écartées de la bête. Le dragon s'éleva, criant son triomphe, et se tourna de nouveau vers le village en vue de représailles. Cette fois, dix maisons brûlèrent, et le Grenier lui-même fut endommagé.

Cette nuit-là, la troisième depuis la venue du dragon, le roi arriva en personne de Morgenthorne. Son cheval et ceux de ses troupes avaient leurs sabots entourés de chiffons de façon à faire le moins de bruit possible dans l'obscurité. Seule sa présence avait pu faire venir les villageois au Grenier. A la lumière des torches, le roi semblait très vieux et fatigué, et il attendit que le silence fût total pour parler.

– Je suis au courant de votre malheur, dit-il. Je

suis ici car ce malheur est aussi celui de tout Urland.

– Facile à dire, maugréa un homme dans le fond. Vous n'avez pas perdu un fils, vous!

– Il y a, hélas, dit le roi s'exprimant avec difficulté et faisant de fréquents arrêts, peu de consolation dans ce que je vais vous dire. Et malheureusement, cette solution est la seule que je puisse vous recommander, car elle seule possède une chance de succès. Demain est le jour de l'Equinoxe. Nous savons que les dragons sont au sommet de leur activité à ce moment, bien que nous en ignorions la raison. Et... et nous savons aussi qu'ils raffolent de la chair des jeunes femmes, particulièrement des vierges...

Le roi ne put finir sa phrase ni continuer de regarder les visages pleins d'espoir tournés vers lui. Mais il n'eut pas besoin de finir. Le sens de sa suggestion parvenait comme un éclair aux villageois. Dans le long silence qui s'ensuivit, quand ils s'aperçurent qu'ils ne pouvaient se faire face et plonger leurs regards dans ceux de leurs compagnons, ils connurent les premières tortures de la culpabilité partagée, et prirent les premières précautions pour enfermer cette culpabilité dans le rituel.

– Je crois, dit enfin le roi, qu'il n'y a pas d'autre moyen.

Vermithrax dormit, cette nuit-là, au bord de sa caverne, perché sur le parapet.

Juste avant l'aube, il se rendit compte qu'il y avait du mouvement à Swanscombe. Tout d'abord, ce fut si insignifiant que le dragon ne s'en préoccupa nullement, laissant faire comme s'il s'agissait du jeu d'un lointain insecte à l'extrémité de son champ de vision. Quand enfin les yeux de Vermithrax se clarifièrent, il vit qu'un petit serpent lumineux s'était détaché du village et montait vers la caverne, à travers les bois épars et le long des gorges rocheuses. La tête du dragon se souleva; sa queue tressaillit. Il observa la petite ligne qui serpentait, se rapprochant. A sa tête se trouvait un groupe de cavaliers. Certains d'entre eux étaient armés, d'autres non. Parmi eux se trouvait un couple frappant : un guerrier tout de noir vêtu, et une femme habillée de blanc. Derrière les cavaliers suivaient plusieurs groupes de villageois, rassemblés autour d'une torche. Le regard du dragon s'aventurait çà et là, comme la ligne s'avançait. Mais c'était la silhouette en robe blanche sur laquelle revenait invariablement son œil.

Quand la procession atteignit la limite du terrain noirci, elle se déploya, et s'arrêta. Seules les montures du guerrier noir et de la jeune fille se détachèrent, galopant avec hésitation parmi les cendres et sursautant sous les éperons de l'homme. Leurs renâclements stimulèrent les liqueurs digestives du dragon, et il s'avança. Un filet de salive jaillit de ses babines, et coula sur le granite. Des spasmes parcoururent les muscles de ses pattes. Ses ailes frémirent. Il était à deux pas de glisser du parapet rocheux, pour s'élancer sur une distance d'une demi-lieue et engloutir homme et femme en une marée de feu. Mais il hésita.

Environ à mi-chemin de l'entrée de la caverne, les chevaux eurent un mouvement de recul. Le guerrier mit pied à terre, et souleva la silhouette blanche par-dessus sa monture. Vermithrax remarqua pour la première fois que les bras de la femme étaient attachés derrière son dos. Il observa avec un intérêt croissant comme le guerrier la mena à une souche carbonisée et l'y lia solidement, face à l'ouverture de la caverne. Devinant ce qui allait se passer, le dragon émit un souffle flamboyant qui s'élança à plus de cinquante pieds au-delà de l'entrée. Le cavalier vêtu de noir fit lentement retraite, un sourire figé sur les lèvres, le sourire qu'ont les guerriers terrifiés. La femme s'agitait; sa tête s'abattit sur sa poitrine, et de longs cheveux noirs voilèrent ses traits. Les chevaux hennirent, descendant en cliquetant la colline pierreuse.

Avec une douceur presque tendre, Vermithrax se laissa glisser du parapet, et atterrit sur une butte à quelques mètres de la femme. Un son pareil au déchirement de la soie éveilla l'attention de la jeune fille, elle leva la tête et fixa les yeux du dragon. Elle n'eut pas un cri. Elle avait dépassé le stade des cris ou des mouvements désespérés pour échapper à ses liens de cuir. De plus, comme elle regardait ces yeux immobiles, l'émerveillement remplaça la peur. Elle se trouva en train de regarder à travers les corridors des siècles, loin, loin, jusqu'aux premières pulsations qui marquèrent le commencement des temps. Il lui semblait qu'elle-même était le seul but vers lequel toute vie se précipitait aveuglément. La poussière et les larmes sur son visage, le sang qui séchait sur ses mains et ses poignets, le sarrau déchiré et sali qu'elle portait, tout cela cessa à l'instant même d'avoir une quelconque importance. Elle se sentait pure, d'une beauté radieuse, et sage, d'une sagesse au-delà de toute compréhension. Incroyablement, elle sourit.

Et Vermithrax, en un élan d'admiration et de désir funeste, ouvrit ses lèvres de dragon à peau fine, et soupira...

De leur distance, les villageois aperçurent une langue de flamme étendue, entendirent un son semblable à un grand oiseau qui les aurait survolés dans la nuit. Peu de temps après, ils s'en revinrent, seuls ou à deux, vers Swanscombe, et ils ne parlèrent pas, et ils ne se regardèrent pas non plus.

Plus tard, lorsque le soleil eut atteint son zénith, un Vermithrax rassasié releva la tête et émit le cri long et mélancolique du dragon, un cri de triomphe et de défaite, en fixant le soleil de ses yeux écarquillés. Encore et encore il cria, mais nulle réponse ne vint excepté les échos bondissant de rocher en rocher.

Beaucoup plus tard (cela aurait pu être un an ou dix ans après la venue de Vermithrax à Swanscombe), le dragon s'accoupla. Au lever du jour, un autre dragon survola la vallée de Swanscombe, venu de l'est, et Vermithrax s'éleva en exultant pour aller à sa rencontre. Quand enfin ils se rencontrèrent, masqués par les voiles mouvants du soleil, pas même les faucons qui les avaient accompagnés jusque-là, telles des demoiselles d'honneur fredonnantes, ne furent témoins de cette union, et les villageois dans la vallée bien plus bas ne virent rien d'autre que le soleil tourbillonnant. Il est certain qu'ils s'accouplèrent; et il est probable que les décennies de gestation des dragons s'ensuivirent chez eux.

Bien des années plus tard, à l'heure même où les pèlerins de Swanscombe approchaient de la demeure d'Ulrich, Vermithrax se terrait au plus profond des cavernes, près du lac où d'étranges flammes jouaient en surface. Seule sa carapace se mouvait, frémissant et tressaillant de toute sa longueur. Mais alors, imperceptiblement au premier regard, ses parties les plus basses commencèrent à onduler convulsivement, de plus en plus vite et fermement. En accouchant, Vermithrax vit parmi les flammes du lac l'image d'un vieil homme courbé agrippant un jeune par l'épaule. De son autre main, le vieillard tenait un objet que le dragon ne put discerner avant que la vision ait disparu en une conflagration qui, à ce moment précis, sembla confondue pour le dragon avec sa propre douleur. A l'intérieur de la chaude sécurité de ses replis, il produisit trois œufs scintillants et translucides, protégés par une unique membrane.

LE BÛCHER

Un lever de soleil aussi palpable que de l'eau emplit la chambre de conjuration d'Ulrich. Galen entra, traversa la pièce jusqu'à la fenêtre, laissant le soleil le réchauffer, contemplant la campagne. Au loin vers sa droite, au delà de la rivière et du bois touffu, s'élevait un panache de fumée qu'il savait être la patrouille de Tyrian se frayant un chemin vers le village. Plus proche de lui, il aperçut la troupe maussade des Urlandais en route vers l'ouest, en pleine retraite, qui apparaissait et disparaissait entre les arbres.

Son regard fut attiré jusqu'au fossé par de l'agitation sur le pont-levis. Hodge apparut, essuyant ses yeux avec sa manche et gargouillant quelque irrationnelle joyeuseté l'instant suivant, conduisant une mule attelée à un chariot sur lequel, recouverte de la cape de soie pourpre qu'il portait dans les grandes occasions, reposait la dépouille d'Ulrich. Galen regarda le vieux serviteur conduire la mule le long du sentier qui allait au petit lac de Cragganmore, manœuvrer la charrette de façon que le corps puisse être doucement installé dans une barque qui attendait là, et ramer jusqu'à la petite île où, selon les vœux d'Ulrich, un bûcher funéraire avait été entretenu durant toutes ces années.

Derrière lui, les oiseaux fredonnaient doucement, les pigeons, le gerfaut, le héron, s'agitant sur leurs perchoirs. Un à un, Galen les laissa aller, détachant les minuscules bandes d'argent qui entouraient leurs pattes, des bagues fabriquées des années auparavant par de petites gens disparues à jamais. Un à un ils répondirent en soulevant leurs pattes avec hésitation, et, se voyant libres, en ouvrant leurs ailes pour s'élever silencieusement dans la pièce et au delà de la fenêtre. Chaque oiseau glissa, tour à tour, vers le lac de Cragganmore et décrivit des cercles, criant et virevoltant toujours plus haut au-dessus du corps d'Ulrich. Le faucon partit le dernier; d'un battement de ses vastes ailes, il vola jusqu'au petit lac, glissant au-dessus de l'eau, et Galen put entendre son cri d'adieu plaintif, grinçant, tomber comme l'oiseau s'éloignait de plus en plus haut, devenant une simple étincelle au bord des nuages avant de disparaître.

Soupirant, Galen se retourna vers la pièce. Plus rien ne le retenait, à présent. Dans son havresac, qu'il avait apporté à la chambre de conjuration, plein de ses quelques objets personnels, il rassembla les potions dont il connaissait l'usage, avec des doutes grandissants, car il lui semblait se charger inutilement. Il s'imaginait devenu un des vieillards bizarres, en haillons, qui hantaient les chemins perdus en vendant des enchantements, et il avait presque décidé de laisser toutes les potions et les autres charmes pourrir dans les ruines de Cragganmore quand soudain il ouvrit un tiroir de la table de conjuration elle-même, directement sous le liquide immobile dans le bol de pierre.

Là se trouvait l'amulette.

Le choc de la mort d'Ulrich lui avait fait oublier la pierre, mais à présent elle se trouvait devant lui, son centre brillant comme une petite lune au fond des mers. Sa chaîne d'or l'entourait, et ce fut la chaîne que Galen prit après un instant de réflexion. L'or! Voilà un bon compagnon de route, et le moyen par lequel bien des hommes s'étaient préservés des périls du voyage. Galen savait au moins *cela* du monde. Mais qu'aurait-il pu faire de la pierre elle-même? Quel que fût le pouvoir étrange qu'elle recelait, ce n'était pas à lui de la posséder! Il referma le tiroir et se retourna pour partir lorsqu'un son haut et clair, qui ressemblait tellement au cri du faucon que Galen crut un instant que l'oiseau était revenu, le stoppa net. Mais le son provenait de *l'intérieur* de la pièce, et non de l'extérieur, et bien qu'il semblât parvenir de partout à la fois, sa source paraissait être l'alcôve où Ulrich avait rangé ses vêtements. Intrigué, Galen s'en approcha. Là, incroyablement suspendue au milieu des tuniques, se trouvait l'amulette! Il se précipita de nouveau vers la table de conjuration, et ouvrit le tiroir. La pierre avait disparu! Et elle ne se trouvait plus non plus, vit-il, dans l'alcôve aux vêtements. Pourtant le son aigu continuait à résonner, venant maintenant d'une autre table sur le côté de la pièce, une table couverte de diverses fioles de terre cuite. Alors, sans se tromper, Galen tendit la main et prit l'une d'entre elles. Le vase bourdonnait et vibrait entre ses paumes, et il était clair, à la stupéfaction de Galen, que l'amulette s'y trouvait, bien que le col du récipient fût beaucoup plus étroit que la pierre elle-même.

Doucement, il reposa le vase sur la table. « D'accord », dit-il. « D'accord. Je comprends. » Le vase éclata. L'amulette était là, luisant faiblement parmi les fragments de terre cuite. Il la prit et, au contact de ses doigts, elle se déplaça de sa propre volonté à l'intérieur de sa paume, et le bourdonnement cessa. Elle était fraîche et merveilleuse. En la tenant, Galen sut tout à coup ce qu'il devait faire, et il comprit comment Ulrich avait projeté de l'aider malgré son incompétence : grâce à l'amulette. Il irait à Urland ! Et il affronterait Vermithrax à cet endroit, et il vaincrait le dragon.

Anticipant sa victoire, il étendit son poing serré vers le bol de conjuration.

– Je suis le Tueur de Dragons !

A ces mots, le liquide s'agita. Il se mit à bouillir. En quelques secondes, il avait engendré un nuage de vapeur luminescente qui se transforma rapidement en l'image d'un dragon massif, crachant un feu pâle. Les oreilles de Galen s'emplirent d'un rugissement, et ses narines de la puanteur du dragon. Terrifié, il recula contre le mur de la chambre de conjuration, conscient que l'amulette avait commencé à palpiter. Pendant un instant, il eut peur de suffoquer ou d'être brûlé par le souffle brûlant du dragon. Mais aussi vite qu'elle s'était formée, la vision disparut, et Galen se retrouva seul avec l'amulette qui était de nouveau calme.

Il avala avec peine.

– Eh bien, dit-il, au moins, *j'essaierai.*

Encore tremblant, il repoussa la chaîne en or, passa l'amulette sur une bandelette de cuir, et la mit autour de son cou. Puis, jetant un dernier regard à la chambre de conjuration où il avait passé tant d'heures en compagnie d'Ulrich sous sa tutelle patiente, il partit. Il descendit les escaliers de pierre, et traversa le hall où le vieux magicien était mort si bêtement, et sortit dans le soleil de la vieille cour. Il ne se retourna pas. Il alla jusqu'aux berges du lac où Hodge attendait, fixant pensivement le bûcher funéraire éteint où reposait Ulrich, sur la petite île.

– Content que tu sois enfin là, dit le vieil homme, désignant l'îlot du geste. Allume le feu.

– Mais je... Je ne sais pas si j'en suis capable.

Hodge le regarda d'un air incrédule.

– Pas *capable*? Bien sûr que tu en es capable! Tu es un conjureur!

Et sa conviction semblait si totale et si simple que Galen ne pouvait accepter la possibilité de le décevoir.

– Eh bien, dit-il, d'accord.

Il rassembla sa concentration et fit un geste; il s'agissait, après tout, du même charme qu'il avait utilisé pour allumer les bougies ce matin même lors de l'arrivée de la délégation d'Urland.

– *Flammam habeamus,* fit-il d'une très petite voix.

Tout au fond de lui, il sentit le bouleversement qui lui indiquait que le charme était correct, avait réussi. Ils virent une petite flamme, si petite qu'elle sembla tout d'abord n'être qu'un reflet du soleil sur l'eau, s'agiter parmi les brindilles au centre du bûcher. Lentement, elle s'étendit jusqu'à ce que le corps d'Ulrich fût entouré d'un cercle de feu.

Galen et le vieil Hodge s'assirent ensemble sur la berge et regardèrent.

Le bûcher brûla pour le restant de la journée. Il se consuma avec des teintes surnaturelles, roses et écarlates, des bleus multicolores, d'un rythme lent, comme si Ulrich lui-même le contrôlait. Tous les deux regardèrent en silence, tandis que le jour pâlissait et que l'obscurité envahissait le ciel.

– M'avait sauvé la vie, pour sûr, dit le vieil Hodge, riant de son rire siffleur, et ce rire parut si incongru à Galen que le jeune homme se demanda une fois encore si le vieux Hodge était tout à fait sain d'esprit, ou si les marées du temps et des circonstances avaient doucement érodé sa raison. Avant ta naissance, continua-t-il, bien avant.

Le bûcher funéraire brillait, mais le corps d'Ulrich ne semblait pas déformé ou altéré par les flammes qui progressaient; il devenait simplement de plus en plus transparent.

– Un jeune gars comme toi, j'étais. Venu de Cantware, croyant que je connaissais mon chemin, que je pouvais me débrouiller tout seul, que j'n'avais pas besoin d'aide, ni des hommes ni des bêtes. Parti voir le monde. Venu par la route au crépuscule, juste à cette heure du jour. Sur la route là-bas, à mi-chemin du village, quatre grands gaillards s'approchent de moi, me rentrent dedans. En riant. Des bâtonneurs. M'ont cassé les deux bras, les deux jambes, ont fait quelque chose de bizarre à ma tête. (Il rit encore.) Rien que de l'amusement, voilà c'que c'était pour eux, car j'n'avais rien à voler. Ils m'auraient tué, oui, chef, ils l'auraient fait. Tué aussi facilement qu'on écrase une mouche et n'y auraient plus pensé. Mais Ulrich s'est amené. Venu par hasard. Les a repoussés. (Hodge gloussa de plaisir, se frottant les bras et les jambes, se souvenant du triomphe d'Ulrich et de la douleur à travers laquelle il y avait assisté.) Les a chassés avec des boules de feu... Bam! Bam!... Claquant sur leurs talons comme des gros chiens tout le long de la route jusqu'à ce qu'ils aient disparu. Et puis il m'a amené ici, à Cragganmore, m'a fait *flotter* jusqu'ici ou quelque chose comme ça, parce que je n'ai pas senti de douleur du tout, et m'a remis sur pied de ses propres mains, parce qu'il avait ce pouvoir, même sans être autre chose qu'un gars à peine plus vieux que moi. Quand j'ai été remis, il me dit : « Hodge, tu peux accomplir ton voyage, maintenant, et je te donnerai un petit quelque chose pour te protéger des canailles dont les bois sont pleins. » Mais je lui dis : « Ulrich, j'vous dois ma vie, et elle sera passée à votre service à partir de maintenant. »

Le vieil homme contemplait les reflets du feu sur l'eau. Le crépuscule tombait. Le corps d'Ulrich avait disparu.

– Et ç'a été ainsi, mon garçon, dit-il. Et ça le sera toujours.

– Mais Hodge, comment pourras-tu servir un mort?

Il rit.

– En gardant son souvenir vivant. Et faisant le bien qu'il aurait fait, en chemin. Et puis il y a d'autres moyens, il y a d'autres moyens.

Hodge souriait mystérieusement.

Après le crépuscule, les dernières flammes moururent, et les cendres ardentes s'éteignirent, refroidirent, tombèrent en poussière. Ils se levèrent et s'étirèrent. Galen mit son havresac à l'épaule et se tourna vers la route avant de se rendre compte qu'il était seul : Hodge clopinait dans la direction opposée, descendant la pente vers le bord de l'eau, poussant la petite barque sur le lac sombre.

– Encore une petite course à faire, dit-il, ce ne sera pas long.

Le bateau s'éloigna dans l'obscurité, disparut et, un moment après, Galen l'entendit toucher le sol de l'îlot.

– Des cendres! fit la voix lointaine et caverneuse de Hodge, clairement portée par l'eau; peut-être un os ou deux pour être sûr.

Il dit quelque chose d'autre en latin, riant encore.

– Allons, Hodge! appela Galen. Nous avons des choses à faire!

Il avait sans y penser porté les doigts à l'amulette et maintenant il faisait un geste de la main et la serrait, l'air absent. Instantanément, le bateau glissa à ses pieds, à son bord un Hodge stupéfait, étalé au fond de la barque.

– Ne *fais* pas ça!

– Pardon, pardon... Je ne...

– Réfléchis, garçon! Sorcier, tu l'es peut-être; mais ce n'est qu'une raison de plus de *faire attention*! Tu ne peux pas faire seulement ce que tu veux, *toi*, tu sais. Faut penser aux autres gens. (Maladroitement, le vieil homme se remit debout et grimpa hors du bateau, pliant un gros paquet de cuir, ce faisant.) Ulrich disait toujours, il disait toujours : « Hodge, si tu es un sorcier, tu ne peux pas faire du mal à ceux qui ne le méritent pas. » C'est moi, Maître Galen, et mon arrière-train! On n'a pas mérité de mal! (Maugréant toujours, il fourra le paquet de cuir dans son havresac.) Plus qu'une dernière chose à faire.

– Et qu... quoi donc, Hodge?

– Eh bien, détruire Cragganmore, mon garçon! Veux-tu le laisser pour que ça devienne un mauvais lieu pour les voleurs et les vandales, alors qu'il a abrité quelqu'un comme Ulrich?

– Eh bien, non.

– Alors, mets-y fin, garçon. Jette un sort dessus.

Il attendit, plein de confiance.

Hésitant, Galen avança l'amulette, attendit l'instant propice, et donna l'ordre :

– Cragganmore! *Silva te celet!*

Il sentit l'amulette se contracter au creux de sa paume, et dans les dernières lueurs du jour il put voir que son commandement était obéi. Des racines grimpèrent le long des murs, couvrant les remparts de tiges feuillues. Certaines poussèrent en larges troncs, et très vite, car des siècles étaient compressés dans ces moments. Les murs s'effondrèrent, envahis par la végétation, disparurent, devinrent un monticule tranquille et boisé. Le Cragganmore qu'Hodge et Galen avaient connu s'était entièrement volatilisé.

– Bien, grogna Hodge, endossant son havresac. Allons-nous-en maintenant, mon garçon. C'est un long voyage, là où nous voulons parvenir.

Ils marchèrent pendant plusieurs minutes à travers l'obscurité silencieuse.

– Hodge?

– Um.

– Tu sais, Gringe me manque réellement. J'aurais aimé qu'il vienne avec nous.

Tout à coup une forme blanche glissa tout bas au-dessus de leurs têtes, venant de derrière, et une voix singulièrement perçante dit :

– Hodgepodge!

– Te revoilà *encore*! (Hodge arracha sa coiffure et

s'en frappa le genou.) J'aimerais bien qu'tu *penses* un peu, gars! Maintenant regarde c'qu'on a sur le dos! Sacré bon sang d'oiseau!

– Pardon, pardon, fit Galen.

Mais en réalité il souriait dans l'obscurité, à la fois vers le stupéfiant objet dans sa main et vers la tache blanche que faisait Gringe, voletant juste devant eux, montrant le chemin à travers le tunnel d'arbres.

Il était plus de minuit quand ils atteignirent le campement. Ils avaient aperçu le feu au loin, brillant au milieu des arbres près d'un petit ruisseau, et ils firent halte, se consultant mutuellement par murmures, craignant que le campement puisse être celui de brigands. Ce fut Gringe qui partit en éclaireur et revint en faisant : « Ur... Ur... » Ainsi ils se remirent en marche, et virent bientôt que, si certains des Urlandais étaient endormis dans leurs manteaux de peau de mouton, la plupart étaient encore éveillés malgré l'heure tardive, et discutaient.

– ... pour un enterrement! s'exclama Greil. Tout ce chemin alors que chez nous il y a des graines à planter et des veaux à naître! Tout ça parce que *tu* avais dit que les chances étaient bonnes!

– Et elles l'*étaient*! répliqua Valerian.

A la lueur du feu, Galen trouva qu'il avait l'air extrêmement fatigué et frêle.

Greil cracha :

– Un nécromant fameux! Ha! Un vieux gâteux persifleur qui n'était pas même capable de se protéger lui-même!

– Assieds-toi, Greil, dit Malkin, découragé. Tu as assez remué ça. Laisse-le tranquille. On s'était mis d'accord quand nous sommes partis, et maintenant qu'il n'y a plus rien à y faire restons au moins un peu tranquilles.

Greil raclait le sol de son talon.

– Je sais. Mais chaque fois que je m'allonge, chaque fois que je vois les cieux au-dessus de moi et que je regarde la queue de la Grande Ourse pointée vers l'est...

Il cacha soudain son visage de sa main.

– C'est l'équinoxe pour nous tous, Greil, dit Mavour.

– C'est vrai.

Galen et Hodge émergèrent de la forêt et avancèrent dans le cercle de clarté du feu de camp, leurs pas étouffés par l'humus.

– Bonsoir.

Le camp des Urlandais se mit instantanément en mouvement au son de cette voix étrangère. Des hommes roulèrent sur eux-mêmes pour s'écarter du feu et se jeter dans les buissons, tâtonnant à la recherche de leurs armes, et en un instant quelqu'un se trouvait derrière Galen, prêt à frapper. Valerian, cependant, avait reconnu sa voix et s'était levé avec lenteur, en souriant.

– Qui va là? siffla Greil. Qu'est-ce que vous voulez, à arriver furtivement derrière notre dos?

– Oh! pour l'amour du ciel, Greil, ne vois-tu pas qui est là?

– Ha! Maintenant je le vois. Qu'est-ce que tu veux, jeunot?

– Je veux vous aider.

– Comment peux-tu nous aider?

– Je peux... Je peux tuer Vermithrax.

Pendant un moment, les mots restèrent suspendus, comme s'ils avaient été écrits en lettres de feu contre le noir de la nuit. Personne ne fut davantage surpris que Galen lui-même, car bien qu'ils fussent sortis de sa bouche, par sa voix, il n'avait pas vraiment eu l'intention de les prononcer, il n'avait pas voulu s'avancer. Mais il n'avait pas non plus anticipé le rire incrédule et amer des Urlandais.

– *Ah, tu le peux, hein?*

Greil avait parlé avec une telle véhémence qu'un filet de salive tomba sur son menton.

– Et qu'est-ce qui te fait *croire* que tu le peux?

– Parce que je possède la clé du pouvoir d'Ulrich. Je suis son héritier. J'ai hérité de sa... puissance.

Une fois encore, le rire amer.

– Et à quoi cela peut-il servir? A quoi cela a-t-il donc servi au vieil homme lui-même?

– C'est différent! J'ai quelque chose qu'il n'avait pas quand il est mort! J'ai l'...

Il aurait voulu dire l'amulette mais ne le pouvait pas; il ne pouvait pas non plus ouvrir celle de ses mains qui renfermait la pierre. Il se sentit envahi par une soudaine vague de terreur. Mais aussi vite qu'elle était apparue, cette sensation disparut, et quand Greil, levant son poignard, dit :

– En ce cas, tu ne refuseras pas de te soumettre à la même épreuve minime.

Il se sentait presque serein, et avait effectivement avancé d'un pas vers l'homme, seulement vaguement conscient de la voix de Valerian qui ordonnait :

– Il n'y aura plus de cela, Greil! Plus d'épreuve!

– Ah non? Et *pourquoi* pas, espèce de jeune morveux? Voudrais-tu le laisser venir semer le trouble à Urland? Rendre fou Vermithrax? Nous faire tous tuer? Je dis non! Je dis que Tyrian nous a montré la voie! Nous ferons l'épreuve ici et tout de suite, et pas quand nos propres vies en dépendront.

Greil jeta un coup d'œil autour du cercle, et reçut de lugubres signes d'assentiment.

– Et moi je dis (Valerian parlait calmement), qu'il n'y aura plus de tueries ici, ni de tentatives de meurtres.

Greil n'écoutait plus. Le visage crispé, il agrippa son poignard des deux mains et se jeta sur Galen. Se déplaçant avec une remarquable agilité, Valerian frappa le poignet de Greil avec une branche de bois pour le feu et, à toute vitesse, tandis que l'homme se tordait de douleur et que le poignard tourbillonnait dans l'air, il lui donna un coup de pied en plein estomac, ce qui l'envoya s'écrouler en arrière.

– Maintenant reprenez vos esprits, vous tous! (Valerian tenait encore son gourdin, mais après un moment il le jeta dans les flammes.) Quelle façon est-ce là de traiter des amis qui veulent partager nos ennuis et nous aider si possible? Offrez-leur à manger!

En grognant tout d'abord, embarrassés, les Urlandais menèrent Hodge et Galen près de leur feu, et apportèrent les restes de leur repas du soir. Bientôt Greil lui-même s'approcha et, se frottant le poignet, présenta des excuses.

– C'est une sorte de folie, dit-il. Une sorte de maladie. Nous en sommes tous atteints à Urland. Vous verrez. C'est venu parce que nous n'avons aucun moyen de combattre.

Petit à petit, le camp s'assoupit. Les conversations se firent décousues, et un à un les hommes se glissèrent dans leurs manteaux de nuit, laissant seulement un Henery qui bâillait pour monter la garde auprès du feu. Subrepticement, Galen glissa l'amulette sous sa chemise, tira sa peau de mouton sur lui, et s'endormit en regardant les derniers brasillements. Jamais de sa vie il ne s'était senti aussi épuisé, ou si plein d'impatience.

Hodge s'endormit en gloussant, une main sur le paquet de cuir dans lequel il avait rassemblé les cendres du crématoire sur l'îlot.

Valerian fut le dernier à se coucher et le dernier à s'endormir. Des visions effrayantes, des visions d'ailes déployées s'élevaient du feu. Elles ne cessèrent pas lorsque Valerian ferma les yeux et que le sommeil s'approcha. Au contraire, elles se firent encore plus intenses et terrifiantes. Aussi pénible que les horribles rêves éveillés était le fait de savoir que, pour une malheureuse jeune fille d'Urland, ces images avaient été, cet après-midi même, non un simple cauchemar mais une monstrueuse réalité finale. Valerian proféra une petite prière à Weird, dieu de la destinée et des circonstances labyrinthiques, pour que la victime fût venue de l'un des villages du nord d'Urland, et qu'elle ne fût pas de Swanscombe, pas quelqu'un que Valerian connaissait et aimait. Et pourtant, alors même que Valerian plongeait vers un profond sommeil agité, c'étaient les villageois de Swanscombe, malades de honte et de douleur, qui veillaient devant leurs âtres, cette nuit-là.

L'ÉLUE

Quand sa mère lui demanda, pleurant piteusement, si elle avait eu une existence heureuse,

Melissa Plowman ne put répondre. Elle supposait avoir été heureuse. Comme toutes les autres filles du village de Swanscombe, on l'avait autorisée à jouer bien davantage qu'on l'avait forcée à travailler, et elle se souvenait d'une enfance enveloppée de rires et d'amour. Ainsi, elle supposait, en se remémorant tout cela, avoir été heureuse.

– Je continue d'espérer, dit sa mère, que les hommes, Valerian et Greil et Malkin et les autres, reviendront à temps, et qu'ils auront trouvé le grand nécromant, et qu'il détruira la créature avant que... ou que la Chose sera morte dans sa caverne depuis l'équinoxe d'automne.

Melissa ne répondit pas. Elle s'était résignée à l'Offrande à un point tel que sa résignation s'était presque changée en résolution, et qu'elle avait pu refuser la traditionnelle potion calmante que Offa, l'apothicaire, avait préparée pour elle. Mais la mention que sa mère avait faite de Valerian la plaça dans une rêverie particulière. Valerian avait été le grand amour de sa vie. Elle avait connu bien des garçons, évidemment, camarades et intimes, à travers les turbulences de l'enfance, mais Valerian lui avait causé plus d'admiration que tout autre. Ensemble, ils avaient grandi, partagé espoirs et frayeurs, succès et déceptions, et, dans toutes leurs aventures, Valerian avait été le meneur. C'était lui qui avait proposé de monter au grand chêne à l'extérieur du mur de Morgenthorne, pour jeter un coup d'œil et entr'apercevoir la princesse Elspeth, qu'on n'autorisait jamais à jouer avec les autres enfants, s'amusant avec son poney blanc et ses lapins blancs dans le jardin. C'était Valerian qui avait proposé, bien qu'ils n'aient que neuf ans à l'époque et soient empêchés d'assister à un Tirage au Sort en vertu du Codex Dracorum, qu'ils observent le rituel, cachés parmi les rocs des collines. Et c'était Valerian qui l'avait conduite, muette de terreur, à travers la Désolation jusqu'en haut de la pente qui menait à la bouche de la caverne, carbonisée par le souffle du dragon et âcre de sa puanteur. Juste comme Valerian l'avait promis, ils avaient tous deux trouvé ce qu'ils étaient venus chercher : une parfaite écaille de dragon coincée entre les rochers, lavée et jaunie par d'innombrables pluies. Valerian avait dit qu'elle avait un pouvoir magique et qu'elle donnerait une protection magique contre le dragon, car chacune d'elles contrôlait maintenant une partie de Vermithrax luimême.

Valerian. Melissa sourit. Valerian avait compté dans sa vie pendant si longtemps, à la fois si distant et si important à sa propre façon étrange, et elle s'était toujours sentie tellement protégée par sa faculté de décision et par son optimisme bouillant qu'elle en était arrivée à partager la présomption de ses parents que leur amitié finirait par un mariage. Elle avait supposé cela, sans trop de raison, et (elle s'en rendait maintenant compte) sans aucune indication de la part de Valerian. Et quand elle avait découvert le secret de Valerian par hasard, moins d'un an auparavant, en nageant dans l'étang derrière les chutes, elle avait été à la fois horrifiée et fascinée. Petit à petit, avec le passage du temps, elle en était arrivée à voir l'absurdité et le drame de la situation. Et elle avait fini par en rire, car elle savait que, finalement, malgré toute la témérité de Valerian, c'était elle, Melissa, qui était la plus brave des deux. Et pourtant, après tout, il y avait eu entre elle et Valerian plus que de l'amitié, de cela elle était sûre, et elle emporterait le secret de Valerian avec elle dans...

– Il n'y aura même pas de tombe! sanglota soudain sa mère. Il n'y aura aucun endroit où mettre des fleurs! Il n'y aura... rien!

– Mais si, il y aura quelque chose, dit rapidement Melissa. Il y aura *toujours* quelque chose. Je serai toujours là. En toutes choses. Dans le vent, et l'eau, et les fleurs elles-mêmes. Et... et dans les enfants. Souvenez-vous-en! S'il vous plaît!

Les craquements de la charrette s'étaient rapprochés, et comme Melissa finissait de parler, ils stoppèrent devant la porte. Le père de Melissa bondit de son siège, les yeux écarquillés, comme s'il entendait ce son menaçant, qui s'était tu à présent, pour la première fois. Quelqu'un frappa doucement.

– Il est temps, fit une voix.

– Horsrick!

Plowman regardait farouchement autour de lui comme pour chercher une arme, mais Melissa vint l'embrasser, puis ce fut le tour de sa mère.

– Tout va bien, dit-elle. Ne sortez pas.

Elle ouvrit la porte.

Horsrick, chambellan Res Dracorum d'Urland, l'attendait. Il paraissait au premier coup d'œil être un jumeau de Tyrian : le même pourpoint de laine teint en noir, le même justaucorps de cuir noir, casque incrusté et ornements. Sur sa poitrine flamboyait le même dragon écarlate. La coupe de sa barbe et de sa moustache imitait celle de Tyrian. Mais il y avait une différence essentielle entre eux : Horsrick était clairement un homme dont le cœur n'était pas à ce travail, du moins à cette partie bien précise. Sa démarche, sa posture, ses gestes, tout reflétait un profond regret. Tout disait plus visiblement encore que des mots choisis :

– Je suis terriblement navré que nous soyons tous deux impliqués dans cette histoire; que cela doive se passer ainsi. J'aimerais y pouvoir quelque chose, mais, vous comprenez, moi aussi, je suis une victime.

– Montez, s'il vous plaît, dit-il, indiquant le petit chariot.

– Je crois que je préférerais marcher, Horsrick.

L'inquiétude se peignit sur son visage.

– Oh! mais c'est impossible, Miss Melissa. Ça n'a jamais été fait, vous comprenez. Ça a toujours été la charrette qui est venue prendre l'Elue à sa porte, et ne l'a déposée qu'une fois dans la Désolation. Je vous demande bien pardon, Miss Melissa, et que son pied n'a pas une fois touché le sol entre ces deux endroits. C'est dans les lois et le Codex Dracorum, et ni vous ni moi ne pouvons le changer, voyez-vous.

– Très bien. (Elle monta dans le chariot, et quand Horsrick s'approcha d'elle en déroulant une corde de cuir, elle tendit ses poignets croisés.) Et je suppose qu'on doit également m'attacher?

– Oh oui, Miss. C'est là aussi visible que le nez au milieu de la figure dans les archives et le Codex : « ... sera attachée avec une lanière de cuir de trois pieds de long, comme au commencement, et enroulée trois fois dans chaque sens, pour former une croix... » (Il farfouilla du côté de la lanière.) Pas trop serré, j'espère!

– Repens-toi!

Une voix pointue s'élevait à quelque distance derrière Melissa, et pour la première fois elle comprit qu'une foule silencieuse la suivait. Elle savait, bien sûr que les villageois viendraient, ils le faisaient toujours, mais elle n'y avait prêté aucune attention.

– Repens-toi de tes péchés, Melissa, et tu seras sauvée! Il n'est pas trop tard!

Un poing levé jaillit dans le fond et Melissa aperçut une tête ébouriffée de cheveux jaunâtres.

– Reste tranquille, Jacopus! (Horsrick fit une pause dans son travail et regarda l'homme d'un air mécontent.) Baissez-vous! C'est scandaleux! murmura-t-il à Melissa, la façon dont se conduisent ces Chrétiens Présomptueux! Aucun respect pour la tradition et le rituel consacré, aucune considération! Bon, nous y voilà! Allez, Nerf!

Aiguillonnée, la vieille jument pie se mit en route et les craquements de la charrette recommencèrent. La procession s'avança avec un unique soupir long et frémissant, semblable au souffle d'une créature à l'agonie. Çà et là, dans le cortège de gens derrière le chariot, apparaissaient des pancartes brillamment colorées portant des emblèmes de dragons, et des bannières, et quand la procession eut atteint l'orée du village, le cerf-volant en forme de dragon d'un enfant s'éleva au-dessus de la butte, luttant contre les airs. Toute cette manifestation dégageait une atmosphère de festivité. Sans la silhouette dépenaillée de Jacopus, qui s'était détaché de la procession, et se démenait sur le flanc de la colline, criant quelque chose au sujet d'un cierge allumé en l'honneur du Diable, on aurait cru qu'il s'agissait de la célébration du mois de Mai. Quelqu'un avait même tressé une petite guirlande de fleurs sauvages pour Melissa, et la jeune fille la portait comme une couronne.

La route basse qu'ils suivaient traversait Swanscombe et le pont et remontait au nord-est jusqu'à environ une demi-lieue de la Désolation. Tandis qu'ils approchaient de l'endroit où les spectateurs observeraient l'Offrande, Melissa remarqua que le cortège royal les précédait. Au contraire de son père ou de son grand-père avant lui, Casiodorus assistait toujours aux Offrandes, bien que nul n'eût pu dire ce qu'il en pensait, ou s'il savait quoi que ce fût des Elues. Comme la procession remontait le long de la butte où attendaient le roi et sa suite, Casiodorus se joignit aux autres dans une révérence profonde et Melissa était sur le point de rendre cette révérence selon sa vieille habitude, quand elle fut interrompue par le chuchotement de Horsrick :

– Non, non, vous ne devez pas faire ça, d'après le rituel! La première Elue ne s'inclina pas et vous ne devez pas le faire non plus! C'est précisé dans le Codex! « ... L'Elue est la reine d'Uroborus, le Grand et Parfait Ver, et élevée au-dessus de tous les monarques terrestres; et l'Elue est le sauveteur de son peuple et honorée par-dessus tout... »

– J'avais oublié, dit Melissa.

Elle regarda le roi incliné et sa femme qui applaudissait faiblement, et les barbes grises qui tremblaient autour de lui, et elle fut envahie d'une soudaine compassion. L'ironie de la situation la séduisit. Avec un sourire frivole, elle souffla un baiser vers eux, de ses mains liées, et fut enchantée de voir que ce geste provoquait des sursauts et des vagues de consternation parmi la foule et la suite royale. Est-ce que cela, se demanda-t-elle, va devenir une partie du rituel? Est-ce qu'un autre Horsrick, dans un autre temps, avec une autre Elue, se tiendrait à cette place exacte et dirait : « Il est écrit dans le Codex Dracorum Novus que vous devez maintenant souffler au-dessus de la paume de votre main gauche pendant que j'arrête le chariot... »?

Devant eux se trouvait la Désolation.

Sphère éclatante à l'ouest, le soleil toucha l'horizon.

La terre trembla. Quelques gravillons se détachèrent du flanc de la colline et rebondirent en descendant par petits coups métalliques. La foule sursauta et soupira ensuite, d'un ton bas, solennel et suppliant. Le cheval piaffa.

– Je marcherai à partir d'ici, dit Melissa.

Horsrick se raidit :

– Ça n'a jamais été fait. Non, le chambellan et la charrette doivent vous accompagner jusqu'au poteau : c'est ainsi qu'il en a *toujours* été. C'est ainsi qu'il est écrit !

– Je sais, c'est dans le Codex. Bon, eh bien, allons-y.

Melissa agrippa l'avant du chariot et se pencha vers la Désolation, et vers le flanc de coteau qui menait à la caverne. Elle crut voir pendant un instant un filet de fumée à son entrée. Elle avait dépassé le stade de la peur, et avait atteint un état de curiosité euphorique et d'anticipation exaltée.

Horsrick tirait à contrecœur sur la bride du cheval.

– Allons, Nerf. En avant, Nerf.

Et bien que le cheval se montrât intraitable au premier abord, il finit par céder et commença à se frayer un chemin le long de la pente. Le sol trembla de nouveau, et cette fois il y eut un énorme jet de fumée venant de la bouche de la caverne. La vieille haridelle hennit piteusement et arqua ses pattes de devant, mais Horsrick tira encore sur les rênes, et elle se remit à avancer, suivant le reste de la pente puis à travers le terrain plat jusqu'à l'endroit où se tenait le poteau noirci.

– Ne m'attachez pas, dit Melissa. S'il vous plaît.

Elle fixait l'entrée de la caverne, pétrifiée, s'en remettant au bras de Horsrick pour la guider hors du chariot.

– Désolé, mademoiselle, mais il le faut, vous savez. *Et* lire la proclamation. (Horsrick jeta un coup d'œil nerveux au flanc de la colline tandis qu'il tâtonnait avec une autre longueur de corde de cuir, il l'attachait lâchement autour du poteau.) On ne sait jamais ce que cette Chose peut faire, si on ne fait pas ce qu'il faut comme il faut. (Une secousse plus forte que les autres secoua la terre et le cheval tira vers l'arrière.) Holà! Attends un peu! (Un pied posé sur les rênes, farfouillant dans son justaucorps, Horsrick finit par en extirper un parchemin tout ridé, le déplia et commença de lire :) Oyez, qu'il soit entendu à travers le royaume que cette femme, légalement choisie par le Tirage au Sort et le destin, donnera ci-après sa vie pour le bien d'Urland...

Sa voix, rendue mince et ténue par la distance et la tension, atteignait avec peine la foule au bord de la pelouse verte.

– ... et par cet acte seront satisfaits les forces qui règnent sous terre et tous les esprits qui y rôdent. Et en remerciement de ce sacrifice, Sa Majesté a exempté la famille Plowman de toutes obligations, impôts, dîmes et taxes pour une période de cinq années...

La tête de Vermithrax s'éleva au-dessus du parapet. D'abord, il ne regarda pas vers le bas; au lieu de cela, il regarda par-dessus la Désolation jusqu'aux collines lointaines dont les sommets s'embrasaient sous les derniers feux du soleil, et vers l'horizon au delà. La grande tête squameuse, pareille à nulle autre au monde, se tourna lentement, comme si elle guettait, dans cette ligne d'horizon obscurcie, des ombres mouvantes. Une fois cela fait, elle regarda en bas, sous le bord de la grande cuvette qu'elle surplombait, loin des petits groupes de spectateurs, vers le cheval, vers la silhouette craintive de Horsrick, penché sur son parchemin déroulé, vers la fille vêtue de blanc.

Renâclant piteusement, le cheval se cabra et se mit à courir, la charrette bondissant derrière lui parmi les rochers. Et Horsrick, malgré sa longue expérience de ce dragon et son respect du rituel ancestral, se précipita à sa suite, balbutiant le reste de la proclamation – « ... ordonné et signé ce jour, etc., Casiodorus, en sa gloire monarque de ce royaume, etc., son sceau, sa marque, et lu comme il se doit, etc. » – avant de tourner définitivement les talons et de rejoindre le cheval à la bordure de la Désolation.

Melissa était seule. Elle se tenait tranquille, la tête levée, rendant son regard au dragon. Elle se sentait presque immatérielle; rien n'amoindrissait l'immense curiosité qui l'avait enveloppée.

Mais ce ne fut pas Melissa qui attira d'abord l'attention de Vermithrax; ce fut le cheval. Affolé, le malheureux Nerf avait été arrêté dans sa course lorsque la charrette s'était coincée entre deux énormes rochers, et luttait maintenant sans espoir entre ses deux brancards tordus. Pendant de longs instants, Vermithrax observa cette lutte, et puis, très lentement, et avec dignité, s'approcha du bord de la corniche et prit son vol, plongeant sur plus de trente mètres avant que ses ailes ne soient complètement déployées, et que sa queue ne soit redressée, et, virevoltant, il commença de glisser vers le cheval.

Les Urlandais eurent du mal à se mettre d'accord sur ce qui s'était produit ensuite. Mais quel que fût leur désaccord sur les détails, aucun des témoins présents ne mit en doute que le vieux cheval de trait fut inciné́ré et consumé, et qu'un certain temps s'écoula avant que le dragon ne prête attention à la femme. Le crépuscule était tombé. Certains dirent que le dragon s'était envolé et avait glissé, près du sol, sur la demi-lieue qui le séparait de la femme. D'autres dirent qu'il s'était lancé, courant avec une vitesse remarquable sur ses pattes mal formées.

Il faisait encore assez clair pour que Melissa pût voir le dragon s'approcher. De loin, ses yeux l'hypnotisèrent. Elle ne voyait rien d'autre. Ce qui restait de sa volonté, de son intelligence, de son individualité, fut attiré inexorablement par les deux tourbillons de ces yeux, et il lui sembla, en les regardant, qu'elle contemplait les horizons du Temps lui-même, infiniment profonds, et aussi des abîmes insondables de douleur et de chagrin. Jamais jusqu'à ce moment elle ne s'était sentie si belle, jamais elle n'avait été aussi certaine de son rayonnement. Pourtant elle savait que malgré ce qu'elle avait été ou ce qu'elle aurait pu être, elle ne satisferait jamais le désir qu'elle voyait soudain, un désir sans fond. Et quand elle parla, ce fut à la fois pour le dragon et pour elle-même, unis en cet instant pour l'éternité.

– Pauvre chose.

Vermithrax s'avança autour de ses yeux.

– Pauvre chose, dit-elle encore.

Et alors une grande aile déchirée se leva dans les dernières lueurs et l'engloutit.

L'ÉTANG EN FORÊT

Valerian n'avait pas bien dormi. Dans ses rêves se mouvait le dragon. Dans ses rêves, avec une terrible clarté, une aile de dragon déchirée s'était élevée au-dessus de Melissa tandis que Valerian se tenait là, paralysé, incapable de lui venir en aide. La question qui lui revenait sans cesse à l'esprit, mais surtout au moment des équinoxes, était comme peinte dans les cieux : « *Ai-je fait cela? Est-ce ma faute?* » En vérité, émergeant à la conscience, Valerian se rendit compte que les mots avaient bien été prononcés; cependant personne ne semblait les avoir entendus. Chacun ronflait dans sa couverture.

Vacillant, Valerian se leva et suivit la rivière jusqu'à un petit étang en amont auprès de légers rapides, et là, sans cérémonie, se déshabilla et glissa dans l'eau fraîche et apaisante.

Près du feu éteint, Galen rêvait aussi. Il rêvait à Ulrich, et dans son rêve le vieil homme vibrait de vie, se détournant de la table de conjuration, une question aux lèvres; pourtant la voix qui formula cette question ne fut pas celle d'Ulrich, mais une voix beaucoup plus jeune : « Est-ce *ma* faute? » Galen se souleva doucement et brisa le voile du sommeil. Il ouvrit les yeux mais ne bougea pas.

De derrière lui parvint un bruit : un mouvement, un soupir, un froissement de vêtements sur de la peau de mouton. Quelqu'un se levait. Galen resta sans bouger jusqu'à ce que les pas assourdis se soient éloignés, puis leva les yeux et aperçut le dos de Valerian.

– Hé, appela-t-il doucement, ne voulant réveiller personne; attendez-moi!

Mais Valerian était déjà hors de portée de voix. Galen s'extirpa de sa couverture, vérifia que l'amulette était toujours en sécurité suspendue autour de son cou, et enfila ses bottes. La forêt était remplie de la présence des oiseaux. Une grenouille bondit dans la rivière à son approche, et une salamandre sur un rocher moussu leva la membrane de ses yeux pour le fixer d'un air absent.

– Ne crains rien, dit Galen. Je ne vais pas te faire de mal.

Il se sentait merveilleusement bien; il se sentait pur, et puissant, et absolument certain de ce qu'il avait à faire. Il se sentait – il hésitait à l'admettre, même pour lui –, il se sentait *héroïque*.

Quand il parvint à l'étang, Valerian était déjà dans l'eau et nageait vers le centre ensoleillé, d'un crawl régulier.

– Hé! appela Galen, en commençant à se débarrasser de ses vêtements. Splendide!

– Quoi?

Valerian sursauta dans l'eau, momentanément stupéfait, puis l'aperçut.

– J'ai dit : quelle idée splendide!

– Nager? Non! Pas du tout! D'abord l'eau est très froide. Et puis il y a... des serpents! Oui, des serpents!

– Des serpents? (Galen haussa les épaules, quittant sa chemise et son pantalon.) Les serpents sont inoffensifs. Ils ne vous font rien si on ne les embête pas.

Nu, haletant un peu, car l'eau était en effet très froide, il évita les pierres glissantes et plongea. Une fois dedans, il se sentit délicieusement bien. Il avait toujours aimé l'eau, et chaque fois que le temps et ses études avec Ulrich le lui avaient permis, il allait nager dans la rivière de Cragganmore. A présent, le frais pétillement de ce cours d'eau nourri par le printemps convenait parfaitement à son humeur et il piaillait joyeusement, frappait la surface, puis exécutait un plongeon en canard sans défaut, sentant la surface glisser pouce par pouce le long de ses chevilles comme il s'enfonçait dans les profondeurs vertes et obscures.

Il s'était rendu compte que Valerian avait crié lorsqu'il avait plongé, et s'était éloigné de lui à la nage. Mais il n'avait pas compris les mots. Et maintenant, une fois au fond, contre le sol pierreux à deux mètres de la surface, il ne voyait plus Valerian que comme une forme blanche, entourée de bulles, loin au-dessus de lui. Avec de longs et aisés battements de jambes, Galen se lança à sa poursuite, la rocaille frôlant ses côtes et son ventre, l'amulette battant doucement contre sa poitrine. Il s'approcha rapidement et commença d'évaluer la glissade vers le haut qui lui permettrait de saisir l'une de ses chevilles. Pendant un instant, il s'amusa à cette course, mais soudain il distingua quelque chose qui le troubla profondément, quelque chose dont il ne pouvait être tout à fait sûr, dans les voiles mouvants de bulles et d'ombres. Mais ce qu'il croyait avoir aperçu le ramenait aux anciens jours de son enfance. Il avait autrefois, par hasard, ouvert la porte de sa sœur aînée, Apulia, et découvert qu'il y avait entre eux deux des différences dont il ne savait rien. Puis, plus tard, également dans l'eau, un jour où il s'était aventuré plus loin de Cragganmore qu'en aucune autre occasion, il était tombé sur quatre jeunes filles, près de la berge d'un méandre, et les avait entendues rire dans l'eau au moment où il avait vu leurs vêtements épars sur la rive... Ainsi, alors même qu'il saisissait la cheville de Valerian, il se trouvait de nouveau en proie à ce sentiment émoustillant de différence qui tournoyait dans son estomac, le remplissant à la fois de crainte et de joie.

L'instant d'après, ils avaient tous deux fait surface, et Valerian, crachotant, s'était dégagé de son étreinte.

– Eh bien, dit-elle, maintenant tu sais.

– Désolé !

Ses mains levées rompirent la surface.

– Pourquoi désolé ? Tu n'y es pour rien.

Elle se détourna et entama un crawl paresseux, vers la rive. Brassant l'eau, Galen l'observa, fasciné, comme elle sortait du cours d'eau, vêtue seulement d'une bande d'argent qui scintillait autour de son cou. Elle commença de s'habiller. Après un moment, il la suivit; elle attendait sur la berge.

– Bon, fit-elle d'un air de défi, les mains sur les hanches. Que vas-tu faire ?

– Que... que veux-tu dire... faire ?

– Eh bien, vas-tu leur raconter ? (Ses yeux bien espacés le fixaient intensément, et il ne pouvait s'en détacher. Il remarqua pour la première fois qu'ils étaient verts. Elle haussa les épaules.) Ça m'est égal que tu le fasses ou non. En fait, ce serait un soulagement. Ça a été un effort constant depuis des années, de devoir faire semblant, surtout ces derniers temps, depuis que... (Elle eut un geste vers sa poitrine, étroitement serrée dans le justaucorps de cuir), eh bien, tu vois, j'avais l'habitude de me sentir garçon mais ce n'est plus possible... (Elle ramassa un bâton, remuant la poussière, et le jeta dans le courant.) Alors vas-y. Raconte-leur. Si tu ne le fais pas je le ferai sans doute moi-même.

– Mais... mais pourquoi?

– Pourquoi cette mascarade? (Elle rit sèchement puis se reprit.) Pardon. J'oubliais que tu n'es pas d'Urland et que tu n'as pas grandi avec un dragon et ces stupides traditions.

– Les jeunes filles, dit Galen, frappant dans sa main. Bien sûr! Le Tirage au Sort!

– Exactement. Si on vit à Urland, et si l'on a la malchance d'être née femme, et si l'on a plus de treize ans, alors la Loi dit, ou Casiodorus dit, ou la tradition dit (elle regarda les cieux) que l'on se doit de participer à la loterie, au Tirage au Sort.

– Sans exception?

Elle secoua la tête.

– Aucune. Il n'y a que trois moyens de s'en sortir. Premièrement, d'être tellement malade qu'il est évident qu'on est proche de la mort. Et ne crois pas qu'il n'y en a pas eu pour essayer de s'empoisonner. Deuxièmement, si l'on a un père très riche qui peut se permettre de graisser des pattes pour que ton nom ne figure jamais dans les tirages. Et troisièmement, si l'on a des parents pauvres qui peuvent faire autre chose, comme (elle haussa les épaules), comme par exemple de vous déguiser en garçon à votre naissance.

– Mais c'est horrible!

Une fois encore, elle haussa les épaules.

– Ça ne te paraît horrible que parce que c'est

nouveau pour toi. Quand on y réfléchit pendant suffisamment longtemps, ce n'est plus qu'un fait naturel. Un simple fait.

– Mais... mais ça *déforme* tout.

– Oui. C'est ce que fait la peur quand on la supporte pendant longtemps. Elle pervertit tous et toutes choses. Crois-moi, je le sais. C'est pour ça que je la *hais.* C'est pour ça que j'ai organisé cette expédition, dit-elle.

– Tu l'as organisée, *toi*?

– Bien sûr. Qui croyais-tu? Greil? Malkin? Oh, je vois. Tu es surpris parce que je suis unc femme, et pas seulement parce que je suis jeune. Eh bien, ça ne devrait pas te surprendre. Après tout, j'ai fait semblant d'être un *homme,* toutes ces années, et n'est-ce pas ce que font les hommes, organiser des choses, maintenir l'*ordre,* être *efficace*?

Galen ne répondit pas. Il laçait ses bottes.

– Pardon, dit-elle après un moment.

– De quoi?

– D'avoir été brusque. C'est dur, tu sais, quand on a tout le temps peur. Quelquefois, on ne peut s'empêcher de... se laisser aller.

– Je sais.

– Comment peux-tu savoir? Comment peux-tu savoir ce que c'est de regarder, deux fois par an, une autre femme se faire tuer? (Elle se leva soudainement.) Enfin, rentrons. Nous devons nous mettre en route. Et puis, tu as des nouvelles à répandre.

Galen secoua la tête, debout lui aussi.

– Pas moi.

– Mais...

– Ecoute, Valerian, je ne suis qu'un simple magicien. J'ai quelque chose de spécial, quelque chose qui peut aider à vaincre le dragon. En fait, je suis à peu près sûr que ça *va* le vaincre. Mais c'est seulement quelque chose que je *détiens* pour un petit moment, quelque chose dont je peux me *servir.* Mais une fois que ce sera terminé, je vais m'en aller. Peut-être vers les Iles de l'Ouest. Peut-être même plus loin. (Il agita ses mains en un geste de départ, d'éloignement.) Alors je ne veux me mêler de rien. Ça m'est égal que tu sois une femme. Je ne veux même pas le *savoir.*

Valerian rit abruptement, incrédule.

– Mais tu le sais *déjà.* Alors qu'est-ce que tu vas faire ?

– Rien. Ce n'est pas ma responsabilité, c'est la *tienne.* Tu t'es fait passer pour quelque chose que tu n'es pas, et personne d'autre ne peut arranger les choses. Ne me demande pas de le faire. Je ne suis là que pour m'occuper du dragon. Peut-être.

Ils étaient debout tous les deux. Valerian le regarda pendant une longue minute, et Galen eut l'impression d'avoir passé un test, en regardant ces yeux étranges, verts et écartés, une épreuve qui n'avait rien à voir avec le fait qu'elle était une femme, ou celui de savoir s'il allait tout raconter ou non. Elle le contemplait comme si elle venait de le découvrir, et comme s'il lui plaisait. Puis elle se retourna et, de ce pas masculin qu'elle avait adopté à la perfection, elle se mit à suivre le sentier vers leur camp.

– Pas homme, femme, fit une voix grinçante dans les arbres au-dessus d'eux.

– Et ne dis rien non plus, *toi* !

– Attention ! Attention ! fit Gringe, se jetant doucement de sa branche pour glisser dans le tunnel boisé. *Tyrian !*

– Quoi ?

– Hodge! Attention!

– Hodge!

Une terrible vision avait soudain palpité sur les reflets ensoleillés de la surface de l'étang, et Galen l'avait aperçue distinctement : il y avait Hodge, se levant, tout raide, de sa nuit de sommeil, plongeant la main dans sa tunique avec douceur, pour en extraire, en marmonnant, le sac de cendres qu'il avait rassemblées au pied du bûcher funéraire d'Ulrich. Il se tenait ainsi, commençant à l'ouvrir, pour vérifier son contenu... Et au même moment, un peu surélevé – Galen ne pouvait évaluer la distance car cette vision était légèrement brouillée, comme un rêve –, se trouvait Tyrian plaçant une flèche de guerre sur son grand arc noir, le bandant avec une facilité terrifiante, et l'abaissant comme il visait le long de son projectile, jusqu'à ce que...

– Hodge!

Trébuchant, glissant sur les rochers moussus, Galen se jeta dans une course folle vers le campement. En quelques instants, il y était, et pendant une seconde, lorsqu'il jaillit à l'orée de la clairière, il pensa qu'il n'y avait pas lieu de s'alarmer, que la vision dans l'eau était fausse. Tout paraissait calme. Deux ou trois hommes remuaient le feu. D'autres s'habillaient. D'autres commençaient seulement à quitter leurs vêtements de nuit. Valerian se tenait près du centre, à côté du feu. Le vieil Hodge, une main levée en un geste de bienvenue, se mettait en marche vers lui. Tout paraissait en ordre, *sauf* que tout à coup ceux de la clairière se figèrent dans leurs diverses attitudes, et que l'air s'emplit d'une soudaine rumeur des hennissements des chevaux; sauf que, perché sur une butte à cinquante mètres du camp, se tenait Tyrian, son arc formant une balafre diagonale en travers de sa poitrine et la main droite derrière son oreille; sauf que la main de Hodge n'était pas élevée pour un signe de bienvenue, qu'il ne regardait pas Galen. Il regardait d'un air stupéfait une flèche étincelante qui dépassait de trois pouces hors de sa poitrine.

– Hodge! Non!

Il tomba avant que Galen pût l'atteindre. Au même instant, le campement se désintégra en une activité frénétique, une mêlée d'hommes qui criaient, de chevaux qui hurlaient. Tyrian engagea une autre flèche sur son arc et, d'un signe de tête, indiqua à ses hommes de faire les mêmes gestes. Sa voix retentit clairement par-dessus le tumulte :

– Pas d'erreur ici! Tout ce qui s'est passé, c'est qu'un autre de ces prétendus sorciers a échoué dans le passage de son épreuve.

– Mais le vieil homme n'était pas..., commença Greil, avant que le pied de Valerian ne vienne écraser le sien pour lui imposer silence.

Graduellement, l'agitation se résorba, les chevaux se calmèrent. Très lentement, comme il devenait évident qu'il n'y aurait aucune protestation, ni aucune résistance de la part des Urlandais peureux, Tyrian remit sa seconde flèche dans son carquois. Puis lui et ses hommes se mirent à avancer pour parcourir les cinquante mètres qui les séparaient du cadavre.

Hodge n'était pas encore mort. Quand Galen l'atteignit, il respirait à travers une écume sanglante. Au prix d'un énorme effort, il se souleva sur un coude, farfouilla dans sa veste, et plaça le sac de cuir plein de cendres dans les mains de Galen.

– ... Lac de Feu..., dit-il. Ne... n'ou... n'oublie pas... Toi... Hodge... juste des mes... *messagers*!

Il avait prononcé ce dernier mot avec une insistance toute particulière, fixant obstinément les yeux de Galen alors même qu'il retombait. Sa tête s'effondra sur le bras de Galen.

– Non! Hodge! Tu ne peux pas mourir! Pas toi aussi! Tu ne peux pas!

Désespérément, agrippant l'amulette près de sa gorge, Galen énuméra tous les enchantements qu'il connaissait.

– *Excede mors! Reveni vita!*

Mais rien ne se passa. Hodge avait dépassé le stade où un enchantement aurait pu le sauver, et l'amulette, en un avertissement pour signifier qu'on lui demandait l'impossible et le surnaturel, brûla la main de Galen. Il la lâcha et s'empara du sac de cendres.

– C'est un petit trésor? Voyons ça!

Les ombres de Tyrian et de ses hommes se profilèrent sur Galen et le cadavre. Galen posa doucement le vieux domestique sur le sol et se leva, le sac serré contre sa poitrine. Sa figure était mouillée de larmes et il tremblait violemment. Il était si effrayé et si furieux qu'il s'étrangla lorsqu'il voulut parler.

– Vous ne ti... tirerez rien de moi! Vous n'êtes pas un guerrier; vous êtes un *tueur*! Vous tu... tuez les vieillards et les fe... femmes!

La main de Tyrian se posa sur la garde de son épée d'estoc, et Galen en était assez près pour pouvoir lire l'inscription qu'elle portait, gravée sur le pommeau : *Cave! Tendrum sum!* Je suis Tendrum! Attention!

– Oui, fit Tyrian, la bouche crispée; et les jeunes garçons impertinents s'il le faut, car je fais ce qui est nécessaire pour maintenir l'ordre à Urland! Le sac!

Galen battit en retraite, mais d'un demi-pas seulement, car la pointe d'un poignard avait percé la base de son cou, et il sentit un filet de sang ruisseler sur sa peau.

– Ne t'y trompe pas, avertit Tyrian. Jerbul te tuera sur place. Il n'y a rien au monde qu'il préférerait.

Un rire guttural retentit derrière Galen, et il fut entouré d'une puanteur de dents pourrissantes et de viande faisandée, aussi palpable que de la fourrure.

– Pour la dernière fois, dit Tyrian. Le sac.

Les yeux fermés, Galen céda, tendit le sac, le sentit pris par d'autres mains.

– Qu'est-ce que c'est... Des cendres? Des morceaux... d'os? (Tyrian rit cruellement.) Si c'est *ça* que le vieux allait utiliser contre Vermithrax, c'est *moi* qui ai fait une erreur. Parce que c'est ça qu'il va devenir. Tiens, garçon. Prends ce souvenir si tu y tiens.

– Le tue pas?

– Non, Jerbul. Pas maintenant. Allons-nous-en! Quel est ton nom? (Il y eut un moment de silence, puis la pointe de l'arc noir passa sous le menton de Galen et le souleva.) C'est à *toi* que je parle, garçon.

– Galen.

– Eh bien, Galen, puisque tu as l'air d'être en route pour Urland avec ces citoyens, laisse-moi te dire ce que tu sais déjà; à Urland, la parole du roi Casiodorus fait loi, et je suis l'exécuteur de cette loi. Je fais ce qu'il faut pour laisser Vermithrax en paix. (Il montra le corps de Hodge.) Ceux qui ont osé s'opposer à moi sont morts. A moi et à mon devoir. Et maintenant, jeune Galen, écoute-moi bien. (Une fois encore, le bout de l'arc pressa la gorge du jeune homme, à quelques centimètres seulement de l'amulette, et Galen sentit, malgré la douleur et la colère, que la chaleur émanant de la pierre augmentait. Elle semblait réagir à l'emblème du dragon rouge sur la poitrine de Tyrian.) Quand on pénètre à Urland, on pénètre dans un pays qui est accommodé de son destin. Nous sommes réalistes. De temps en temps, nous avons des agitateurs venus de l'extérieur qui se mêlent de nos arrangements, en se basant sur leurs principes. D'habitude, ce sont des jeunes comme toi, et d'habitude ils ne... restent pas longtemps. Vois à ne pas être l'un d'entre eux et tu seras le bienvenu; trouble l'ordre et tu devras compter avec moi et mes hommes. Comprends-tu? *Eh bien?*

Le bout de l'arc s'éleva.

– Oui.

– Bon. Dans ce cas, je pense que nous ne nous reverrons plus.

Observant toujours Galen, Tyrian monta à cheval, sur un magnifique étalon noir, luisant de sueur. Ses hommes se mirent également en selle; et il montra la voie à suivre, de son arc, sans rien dire d'autre. Jerbul fut le dernier à monter en selle et à partir, jetant un regard en arrière d'un air de regret, ne rengainant son poignard qu'une fois le campement derrière eux.

Rassemblés autour du corps de Hodge, les Urlandais les regardèrent s'éloigner.

– Je suis navré, mon garçon, dit Greil, posant la main sur l'épaule de Galen. Le vieil homme n'aurait pas dû mourir. Ce n'était qu'un acte stupide, irrationnel. Tyrian est comme ça. Des choses pareilles arrivent tout le temps.

– Une brute, dit Malkin.

– Je le hais ! fit Valerian avec une telle véhémence qu'un filet de salive coula sur son menton. (Elle l'essuya de sa manche.) Je les déteste, lui et sa sale petite armée, et le sale roi qui les paye !

– Sh, attention, mon garçon, dit doucement Malkin, jetant des coups d'œil apeurés aux autres, on pourrait t'entendre.

– Je m'en fiche ! Vous savez tous que ce que je dis est vrai : Casiodorus n'est pas un bon roi, qui garde des vieilles traditions ineptes et les entretient, et laisse la terre se flétrir et dépérir. Vous savez cela, et vous le haïssez aussi, comme moi, et son idiote d'Elspeth avec lui ! Est-ce que vous croyez qu'on met son nom avec ceux des autres dans les Tirages au Sort ? Ha ! Ça m'étonnerait bien ! Je les déteste tous !

Elle cracha, et aurait poursuivi, si à ce moment elle n'avait pas aperçu Galen qui l'observait. Il se massait le cou à l'endroit ensanglanté où la pointe du couteau de Jerbul l'avait écorché, et le regard qu'elle surprit du coin de l'œil comme il se détournait signifiait : *Non, son nom n'est pas dans les Tirages au Sort, et le tien non plus !* Elle rougit, et puis pour dissimuler sa gêne dit sèchement :

– Eh bien, au travail. Grâce à Tyrian et à ses sbires, nous avons un enterrement sur les bras avant de nous mettre en route.

Ils creusèrent une tombe pour Hodge sur la pente de la butte herbeuse qui surplombait le camp, et ils l'enveloppèrent soigneusement de sa vieille couverture en mouton. Ils ne purent fermer l'un de ses yeux; il resterait ouvert dans la mort, fixant Galen, directement dans les yeux où qu'il aille et forçant dans l'esprit du jeune homme ses derniers mots : *Souviens-toi, le Lac de Feu...* Valerian drapa un coin de la couverture autour de son visage et les Urlandais descendirent le corps du vieil homme dans la terre et le recouvrirent. Gringe regardait en silence et resta immobile à cet endroit une fois que la procession eut gagné la route. Longtemps après que le pas des mules eut disparu, Gringe s'envola de son arbre, et, décrivant un cercle autour de cette nouvelle tombe, glissa vers les sombres montagnes qui formaient une barrière entre Urland et le reste du monde.

Valerian et Galen marchaient à une bonne distance en avant des autres.

– Eh bien, disait Valerian comme le corbeau les rattrapait et les survolait, on dirait que tu es tout seul, à présent.

Galen acquiesça :

– J'ai un père et une mère. En tout cas, je crois bien. Je ne les ai pas vus depuis des années. En réalité, je suppose que j'étais un embarras pour eux et ils m'ont... enfin, *vendu* à Ulrich quand j'étais tout gosse. Je ne me les rappelle pas très bien. Ils sont partis quelque part.

– Ils t'ont *vendu*? Qu'avais-tu fait?

Galen rougit et haussa les épaules.

– Je ne sais pas. C'était il y a longtemps. Ils voulaient se débarrasser de moi, tu sais. Ils avaient toujours voulu voyager. (Il haussa encore les épaules, impatient de changer le sujet de cette conversation.) Et toi? Des parents?

– Juste un père. Ma mère est morte à ma naissance.

– Triste. Qu'est-ce qu'il fait, ton père?

– Il est forgeron. Il forge l'argent, aussi. C'est le meilleur. Tu vois?

Elle ouvrit sa chemise à la gorge pour révéler l'audacieuse bande que Galen avait entr'aperçue à l'étang. La regardant de plus près, il fut surpris par sa beauté. Elle était constituée de plusieurs cordes d'argent entrelacées, chacune faite de cordelettes plus petites entrecroisées, et attachée aux extrémités par deux têtes reptiliennes de petite taille, en argent elles aussi, qui s'étiraient l'une vers l'autre sur le cou de Valerian, mais restaient séparées par la largeur d'un doigt.

– Ça s'appelle une torsade. Mon père dit que ces colliers étaient même portés par les guerriers de l'Ancienne Race, qui était là bien avant les Romains, et que parfois ils allaient au combat en ne portant rien d'autre. (Elle marqua un temps, et sourit.) Mon père a trouvé la clé du mystère pour savoir comment les fermer autour du cou. Il ne m'a pas laissée regarder quand il a passé celle-là sur moi. Il a dit qu'elle me porterait chance. Il a dit que si elle ne servait à rien d'autre, elle renforcerait au moins mon déguisement, car aucune femme n'a le droit de porter un tel ornement. Mais il a aussi fabriqué *ça* pour moi.

Elle leva sa main droite. Autour de son petit doigt se trouvait une exquise petite bague d'argent, parfaite copie miniature de la torsade. Les fils d'argent étaient si fins, et si inextricablement entrelacés, que Galen pouvait à peine discerner leurs replis. Il ne pouvait imaginer comment les doigts gourds d'un forgeron avaient pu créer quelque chose d'aussi délicat.

– Et il a fabriqué exactement la même pour ma meilleure amie, Melissa. (Valerian rit et secoua la tête.) Tu sais, je crois que quand il a fait ça, il avait fait semblant pendant tellement longtemps qu'il me considérait *vraiment* comme un garçon. Il pensait vraiment que j'aurais pu épouser Melissa, et il voyait ces bagues comme une espèce de signe de... de fiançailles.

– Est-ce qu'elle porte sa bague, elle aussi?

– Toujours. Même une fois que... enfin, peu importe.

Ils marchèrent un moment en silence. Gringe glissait en avant d'eux à travers la forêt, virevoltant d'arbre en arbre telle quelque neige errante venue des montagnes qui se dessinaient au loin.

Galen rêvait à l'histoire que la jeune fille venait de lui raconter, et à ce qu'il en ressortait de la vie d'une famille. Jamais, de sa vie entière, personne n'avait voulu de lui pour ce qu'il était. Ses parents l'avaient trouvé tellement embarrassant qu'ils s'étaient séparés de lui aussi vite que possible, et Ulrich avait toujours voulu faire de lui un sorcier.

– Comment est-ce? demanda-t-il.

– Quoi? Comment est-ce quoi?

– D'avoir quelqu'un, un père, qui veut de vous pour ce que vous êtes?

– Je ne sais pas. Je n'ai jamais rien connu d'autre. Je croyais que tu voulais savoir comment c'était d'avoir à *faire semblant* pendant toutes ces années. Et ça, c'est horrible. Terrifiant.

– Terrifiant?

Elle acquiesça.

– Parce que si l'on prétend être quelque chose pendant suffisamment longtemps, on devient vraiment cette chose-là. Au bout d'un certain temps, ce n'est plus un rôle. On *est* cette chose! Et le fait est que je ne veux pas oublier que je suis... une femme.

– Alors, que vas-tu faire en rentrant chez toi?

– Je ne sais pas encore, mais je crois que je vais probablement révéler ce que je suis – avant le prochain Tirage au Sort – et faire une sorte de dédommagement.

Ils avancèrent en silence pendant plusieurs minutes. Les vastes montagnes, plus proches à présent, les surplombaient.

– Je me demande, dit-elle, si la culpabilité et le mensonge vont toujours de pair. Crois-tu qu'ils le font?

SWANSCOMBE

Repu, Vermithrax ne bougeait pas. Le soleil le baignait dans toute sa longueur, vaporisant les derniers vestiges de l'humidité des cavernes et réchauffant les endroits nus et parcheminés où des écailles ne s'étaient pas régénérées. Le soleil avait un effet merveilleux, et Vermithrax poussa un flamboyant soupir de contentement paresseux, qui serpenta sur dix mètres au milieu des rochers accidentés et mit brièvement le feu à des particules de poussière tournoyantes. Sur le flanc du coteau en bordure de la Désolation, les deux groupes de spectateurs (villageois et courtisans) se mirent à s'en aller en silence. Vermithrax observa cela d'un œil sinistre jusqu'à ce que la dernière silhouette ait disparu.

Une fois la colline désertée par les humains,

Vermithrax laissa ses paupières se fermer avec délice et somnola pendant un petit moment.

A huit cents mètres au-dessus, un gerfaut tournait en cercles paresseux, contemplant aussi le dragon. Il avait été témoin de toute la scène du sacrifice, mais le rythme de ses cercles n'avait pas changé. Toute cette bestiale activité humaine le laissait froid, certainement bien davantage que l'apparition prudente du museau d'une loutre sur la rive boueuse de la rivière de Swanscombe. Le gerfaut décrivait des cercles, et attendait.

Depuis son départ de Cragganmore, le faucon s'était dirigé vers l'ouest, et comptait poursuivre sa route le lendemain, ou le jour suivant. Pour le moment, il se concentrait entièrement sur la loutre prudente. Pourtant, il y avait quelque chose d'autre, quelque chose d'indéfinissable, qui le poussait à rester à Urland, au moins pour l'été.

La tête et les épaules de la loutre apparaissaient maintenant.

A vingt lieues vers l'est, Galen et Valerian et les autres approchaient de la fin de la dernière passe dans les montagnes. Ils avaient voyagé rapidement ce matin-là, car le froid était très vif. En fait, plusieurs des Urlandais avaient drapé leurs couvertures autour de leurs épaules pour gagner un peu de chaleur supplémentaire. Ils ressemblaient à des bêtes bourrues et dépenaillées. Du haut de la passe, avant que le soleil ne disparaisse derrière des nuages, ils virent Urland se dresser, vers l'ouest, presque comme le faucon avait pu le voir, si ce n'est que le Lac des Passages se tenait à quinze cents mètres devant eux, et que le superbe paysage vert et ondoyant d'Urland était parsemé de longues ombres : celles des nuages qui s'amoncelaient. Valerian plissa les yeux pour entrevoir la Désolation et la désigner du doigt à Galen, mais n'y parvint pas, car on ne pouvait la distinguer des ombres des grands nuages. Ils ne s'arrêtèrent pas longtemps. Puis, avec à leur tête Xenophobus le muletier, le plus impatient de reposer le pied sur sa terre natale, ils se mirent à descendre le sentier sinueux qui conduisait au Lac des Passages.

L'ombre fraîche des nuages toucha Vermithrax. Le dragon grogna, d'un son caverneux qui résonna parmi les rochers, et se réveilla. La douleur était revenue avec la disparition du soleil, et une vague inquiétude l'accompagnait, que le dragon ne put tout d'abord identifier. Pourtant ce sentiment était familier, prémonitoire, un avertissement. Déplaçant à peine sa tête, Vermithrax regarda autour de lui. Non, il n'y avait aucun danger immédiat, mais il y en avait bien un, qui approchait. Menaces du destin. Une partie secrète du dragon, enfouie bien au-delà des souvenirs et de la décrépitude, commença d'exulter. Quelque chose qui dépassait tous les sens ordinaires, une impression parfaite et circulaire du temps, fit s'ébrouer Vermithrax, et il rassembla sa dignité. Il savait qu'on l'observait et que nul signe de faiblesse ou de décadence ne devait lui échapper. Il se mit en mouvement, les ailes déployées, le cou magnifiquement tendu, remontant la pente vers l'entrée de son gîte. Quand il eut atteint le parapet devant la caverne, il fit volte-face et regarda une fois encore vers la paisible vallée, et vers les collines alentour. Puis, sachant instinctivement que lorsque le défi serait lancé, il arriverait de l'est, il contempla les montagnes bien au-delà du Lac des Passages. Mais rien ne bougeait encore dans le lointain laiteux...

Au-dessus, le faucon était resté patiemment dans les turbulences et les courants d'air qui annonçaient la venue de l'orage. Il décida soudain que son heure était venue. La loutre venait de sortir de la terre et se glissait vers la rivière. D'un mouvement gracieux, le gerfaut plongea en repliant ses ailes. Tel un bolide, il se précipita vers le sol, implacable. Ses griffes percèrent le cœur de la loutre juste au moment où la première goutte tomba. L'instant d'après, il était de nouveau en plein ciel, tenant sa proie inerte, et quand les éclairs frappèrent la Désolation, il se nourrissait tranquillement, bien installé parmi les à-pics, protégé par un escarpement imposant semblable à son propre sourcil.

Galen et les Urlandais étaient au beau milieu du Lac des Passages quand l'orage éclata. Ils avaient espéré le traverser avant le déchaînement, et s'étaient pressés de mettre à l'eau leur embarcation et de déployer sa voile. Mais ils n'étaient qu'à mi-chemin quand les flots se mirent à rouler et les vents, frôlant les montagnes derrière eux et les ravins à l'extrémité nord du lac, se mirent à secouer violemment leur barque. Avec d'énormes difficultés vu la pluie battante, ils réussirent à abaisser la voile et à la plier. Puis ils se mirent aux avirons, retenant le frêle vaisseau sur sa voie tandis que l'orage se convulsait et que les mules folles de peur hurlaient dans le vent. L'orage fut violent et court, car bientôt le vent se calma et la pluie se fit plus rare. A travers les voiles de brume, Galen aperçut le rivage au loin, et, ramant au rythme des ordres de Malkin, tous l'y amenèrent assez vite. Xenophobus fut le premier à terre et tomba instantanément à genoux. Il baisa un gros rocher :

– Urland!

– Un peu extravagant, non? demanda Malkin, pesant sur le gouvernail pour maintenir la stabilité du bateau.

– Tu connais ces montagnards comme moi, fit Greil, venant à son aide. Des émotifs.

– Eh bien quoi, c'est mon pays, dragon ou pas! s'exclama Xenophobus, jetant un regard mauvais à Galen. Et je ne le quitterai plus! Fini les quêtes imbéciles!

Ainsi Galen eut droit à sa première vision d'Urland. L'orage passa alors qu'ils remontaient à l'intérieur des terres, mais le ciel demeura couvert et des brumes persistèrent à voguer sur le paysage trempé. En deux heures, ils parvinrent à un carrefour dominé par une ancienne statue celte, une étrange statue si crayeuse et érodée que Galen n'aurait pu dire si elle représentait un oiseau ou une chauve-souris. Là ils tournèrent à gauche.

– Morgenthorne par là, dit Valerian. Swanscombe par ici. Pas bien loin maintenant. On devrait y être pour le souper.

Mais Galen remarqua que le rythme s'était accéléré malgré les fatigues accumulées. D'abord, il attribua cela à la proximité du foyer. Puis il vit que les Urlandais s'étaient rassemblés en petits groupes et chuchotaient entre eux, et qu'ils avaient pénétré dans une région où la végétation s'était faite rare, puis avait totalement disparu.

– Qu'est-ce que c'est, cet endroit? demanda-t-il.

Valerian ne répondit pas. Peut-être n'avait-elle pas entendu. Galen répéta sa question.

– C'est la Désolation, dit-elle, C'est là où... enfin c'est le repaire du dragon. (Elle regarda involontairement vers le flanc de la colline embrumée.) Il n'y a pas de quoi s'inquiéter; enfin pas pour le moment.

Nous devons simplement continuer d'avancer. Viens!

– Où? (Galen s'était arrêté et jetait des coups d'œil vers les hauteurs. Les brumes s'estompèrent un instant.) Là? C'est ça? Cette caverne?

Valerian acquiesça. Elle marchait à reculons, et malgré le regard qu'elle avait jeté à l'ouverture, observait à présent Galen et lui fit un geste pressant.

– Allons. Il n'y a aucune raison de rester ici. Vraiment. Je sais que tu veux... le voir, mais il n'est pas là. Il dort. Il dort toujours après... Galen, viens!

Mais il ne l'entendait plus. Il s'était éloigné du chemin et avait commencé à gravir la pente, glissant et trébuchant dans les rocs branlants, vers l'entrée de la caverne, à une demi-lieue de là. Valerian criait derrière lui :

– Ne fais pas l'idiot! Tu ne sais pas de quoi il est capable!

Il continua. Elle tapa du pied et secoua les poings, et appela les Urlandais qui battaient en retraite, et dont le pas s'était encore accéléré :

– Henery? Malkin?

Eux aussi n'étaient plus à portée de voix. Elle était seule sur la route. Elle n'hésita qu'une seconde, tapant des pieds de rage et d'effroi, et puis se mit en marche à la suite de Galen.

Très vite, Galen apprit ce dont le dragon était capable. La première preuve s'en trouvait dans les énormes rochers en face de la caverne, pour la plupart fendus et tombés sur le côté, érodés et fondus par une chaleur démesurée. Et puis, à quelques pas de là, les preuves se firent encore plus terrifiantes : morceaux d'os dépassant çà et là d'entre les crevasses. Il contemplait cela quand Valerian le rejoignit.

– Ce sont des os humains, dit-il.

– Bien sûr que ce sont des os humains! Qu'est-ce que tu croyais?... On a essayé de te le dire... c'est là que... les sacrifices ont lieu!

Elle se penchait en avant, cherchant à reprendre son souffle après l'escalade. Comme ceux de Galen, ses yeux larmoyaient à cause de la puanteur du dragon.

– Il y a un tibia, une clavicule...

– Galen, partons d'ici! S'il te plaît!

Mais il avait recommencé à grimper, imperturbable malgré les morceaux de bois fumants, les restes calcinés d'un essieu, et une paire de roues de charrette grotesquement tordues, qui jonchaient le sol. Valerian, cependant, aperçut ces débris pour la première fois et les reconnut.

– Le chariot!

Et elle reconnut aussi, sans vouloir y croire, une bague posée sur un rocher plat près de l'essieu carbonisé. Elle se laissa doucement tomber à terre et tendit la main pour la prendre.

– Melissa, fit-elle.

La bague était bien reconnaissable. Elle portait la même à son doigt, et elle se souvint, en un éclair déchirant, de ce premier jour où Melissa avait pris la main de Valerian dans la sienne, et de toutes les aventures de ces bagues qui étaient presque trop belles pour être portées; et Simon, son père, souriant à sa façon, qui exprimait à la fois joie et peine, et la semaine suivante le don d'une bague exactement semblable à Melissa, et elle pleurant car c'était la veille de son premier Tirage au Sort, et Valerian la lui offrait pour lui porter chance...

Melissa...

Valerian n'alla pas plus loin. La bague de Melissa à la main, elle regarda Galen parcourir les derniers mètres jusqu'à l'entrée de la caverne, prostrée. Elle eut tout à coup l'impression que le monde était fou et incapable de produire quoi que ce soit de raisonnable, et que Galen travaillait à sa propre perte, comme le monde entier, qu'il n'y avait rien à faire pour l'en empêcher.

Beaucoup plus bas, au milieu des potagers du bord ouest de la Désolation, Greil, Malkin et les autres s'étaient arrêtés. Ils avaient perdu Valerian et Galen en route, mais étaient trop effrayés pour retourner les chercher; il n'y avait pas de volontaires. A présent, ils regardaient Galen, insecte minuscule, gagner l'entrée de la caverne. Ils se demandèrent, curieux et attentifs, si ce jeune héros en herbe, sorcier de vocation, comptait pénétrer dans la caverne du dragon pour l'affronter.

Galen n'avait aucunement cette intention. Mais il n'avait pas non plus l'*intention* de gravir cette pente, en premier lieu. Ce qui l'y avait poussé n'était pas une pensée concrète, mais plutôt un besoin, un besoin profond qui avait pris naissance dans les profondeurs de sa poitrine, juste au-dessous de l'amulette. Deux fois durant son ascension, il avait touché sa poitrine pour s'assurer de la sécurité de son trésor. Par deux fois il avait senti l'émanation d'une chaleur inhabituelle, une chaleur que n'avaient causée ni la transpiration ni l'ardeur de sa curiosité.

Il glissa et tomba plusieurs fois. En regardant ses mains, il s'aperçut qu'elles et les rochers étaient couverts d'une substance gélatineuse, brillante comme de la nacre au soleil couchant, et que l'horrible odeur du dragon en provenait. La puanteur s'était accentuée comme il approchait de la caverne. Eparses au milieu des éboulis se trouvaient des dizaines d'écailles ventrales et, bien que Galen n'en sût rien, c'était des trous laissés par ces écailles que s'échappait le fluide nauséabond, et qu'il continuerait de s'échapper jusqu'à ce que ces endroits blessés se cicatrisent. Les suppurations traçaient un chemin brillant jusqu'au fond des cavernes dans les entrailles de la terre.

L'odeur de vomi devenait insupportable plus on approchait de la caverne, et Galen avait involontairement porté sa manche devant son nez et sa bouche. Il avait vaguement pris conscience de l'absence de Valerian derrière lui, et de l'arrêt des autres voyageurs bien plus bas, et il savait qu'ils l'observaient dans la phase finale de son ascension. Seul Gringe, présence caquetante et désapprobatrice, l'avait accompagné.

Les derniers mètres jusqu'au parapet rocheux furent les plus difficiles. La pente était escarpée, et les moindres saillies où poser le pied étaient dangereuses car glissantes et fragiles. Il était évident que personne n'était monté si haut depuis bien des années. Lentement, avec précaution, écartant les pierres roulantes et n'utilisant que de petites saillies solides pour ses doigts et ses pieds, Galen parvint enfin au bord du seuil de la caverne.

Au contraire du terrain au-dessous de lui, ce rebord était propre, sans terre ni cailloux, poli par le frottement d'ailes rudes et d'un ventre écailleux, et il descendait doucement jusqu'aux entrailles de la grotte. Haletant après son ascension, Galen fut pris de vertige et saisi d'une peur panique qui lui disait qu'il fallait s'agripper à la paroi de granite et fermer les yeux, sans quoi la chute dans le vide derrière lui ou le gouffre devant lui serait inévitable. En un instant, toutefois, il avait retrouvé son équilibre, et quand il ouvrit les yeux, il se rendit compte qu'il contemplait une caverne qui n'était pas, à sa grande surprise, complètement obscure. Il ne pouvait voir d'où provenait la lumière; il y en avait suffisamment pour qu'il puisse distinguer l'intérieur des couloirs abyssaux, jusqu'au carrefour des tunnels. Pourtant, même de cet endroit, il se fit la réflexion que l'étrange lumière ne paraissait nullement diminuer, bien qu'une altération de sa nature la rendît plus chaude et vacillante...

Le tunnel n'était pas non plus silencieux.

Galen discerna des sons qu'il fut d'abord incapable d'identifier. On aurait dit des sons légers enflés jusqu'à un volume surnaturel. Un bourdonnement plat qui se déplaçait rapidement et changeait de tonalité; comme si on l'avait retourné : un insecte! Mais en deçà de ce bruit, bien plus bas, il y en avait d'autres, qui retentissaient à travers les couloirs serpentins avec une douceur bienvenue. Car ils étaient épouvantables, comme les hurlements d'enfants déments ou ceux de bêtes torturées. En réponse à ces bruits, Galen prononça un autre nom : *Vermithrax!* et l'entendit disparaître dans les corridors pendant un long moment, et puis revenir, toujours au niveau d'un chuchotement, mais un chuchotement magnifié jusqu'à l'énormité : VERMITHRAXXXX.

Instinctivement, il recula. Mais rien ne suivit le nom sauf de vacillantes réverbérations dues à l'écho, et enfin ces réverbérations se changèrent en murmures, et les murmures, à leur tour, devinrent d'inintelligibles frémissements.

Soigneusement, Galen prit l'amulette, fit demi-tour, et descendit du parapet rocheux. Il avait choisi un plan d'attaque et, pour la première fois, il était effrayé. Et si cette tâche était trop difficile à accomplir pour lui? Glissant et butant, il revint à l'endroit où Valerian était agenouillée, et serrait entre ses mains quelque chose, les sourcils froncés, absorbée. Là il fit un autre demi-tour, et prit l'amulette dans sa main droite. Il pouvait la sentir qui palpitait contre sa paume au rythme d'une chose vivante. De son poing levé, il cacha à ses yeux l'entrée de la caverne et s'adressa à un rocher monumental posé juste au-dessus de cette entrée; parlant avec une confiance et une autorité totales, certain de ses mots en latin, il prononça, d'une voix étonnamment semblable à celle d'Ulrich :

– Entends mon commandement! *Tu saxum saxorum, in adversum montem... operam da! Nunc te demitte in super latibulum inquinatum draconis!*

L'amulette frémit dans sa paume, mais ne le brûla pas. Dans ce moment privilégié, il sentit que tout son être, passé, présent et futur se concentrait dans la petite gemme, et que lui-même, transformé en énergie pure, se précipitait vers le rocher. Mais en ouvrant les yeux, il s'aperçut qu'il n'avait pas bougé d'un pouce, et qu'à côté de lui Valerian s'était levée et disait d'une petite voix stupéfaite :

– Il... il *tombe!*

En effet, l'énorme rocher avait basculé vers l'avant et, avec un bruit qui secoua la colline et même la vallée, s'écrasa devant le parapet à l'entrée de la caverne, scellant complètement cette entrée.

– Tu as *réussi,* dit Valerian, s'agrippant à son bras, toutes ses peines oubliées.

Galen hocha lentement la tête, bouche bée.

Il avait en fait mieux réussi que prévu, puisque l'impact de ce gigantesque rocher en avait détaché d'autres du flanc de la colline, qui à leur tour en avaient détaché d'autres encore, et avant que la poussière de la première avalanche ne soit dissipée, une seconde venait de commencer, plus terrifiante car elle gagnait en ampleur à chaque seconde.

– Galen! Cours! Viens *vite*!

Et ils coururent, à pas de géant, jusqu'au sentier de montagne qui traversait la vallée, bien plus bas. Même à cet endroit, ils furent pilonnés par des cailloux et des fragments qui ricochaient. Ils s'étaient jetés à plat ventre derrière les rochers du fond, et y restèrent, toussant et étouffant, jusqu'à ce que la poussière fût retombée. Ils y étaient encore, tremblant encore, enlacés, quand les Urlandais les trouvèrent.

– Tu le possèdes *vraiment,* dit une voix rauque tout près d'eux. Tu possèdes *vraiment* le Don!

Greil avait parlé avec révérence.

– Dangereux, fit une autre voix, une telle puissance! Il pourrait y avoir des morts!

– Xenophobus, espèce d'idiot, dit Malkin, tremblant avec violence; ne vois-tu pas ce qu'il a fait? Il a scellé la caverne! Il a tué Vermithrax!

Et, hésitant entre la peur et l'émerveillement, il s'avança pour toucher la manche de Galen.

Xenophobus grogna:

– Peut-être bien.

Mais lui aussi était secoué par la violence de l'événement. Les autres l'ignorèrent. La conscience du fait que cette caverne était complètement fermée, et que le dragon était emprisonné, s'imposait lentement à eux.

Ils se rassemblèrent autour de Galen, mais nul ne

le toucha à l'exception de Malkin. Un cercle magique se forma autour de lui, un espace dans lequel même Valerian n'osa pénétrer et, au milieu de ce cercle, Galen fut conduit, triomphant et isolé, vers Swanscombe.

Le ventre confortablement plein de loutre, le gerfaut avait observé tout l'incident du haut d'un rebord rocheux. Bien qu'il eût reconnu Galen et Gringe, il n'avait qu'un faible désir de descendre les accueillir. D'autres besoins primitifs avaient commencé à le tirailler. Il commençait déjà à vouloir la liberté d'errer sur les landes, et pas seul. Il avait aussi déjà l'impression que plus il s'éloignerait de cet endroit, mieux il se porterait. Le gerfaut désirait ardemment s'envoler sur le premier vent ascendant, et glisser vers le nord-ouest, loin de Swanscombe et de la Désolation. Il était impatient de partir. Pourtant il resta là. Il resta à se balancer d'une patte sur l'autre. Il avait encore quelque chose à accomplir...

A mi-chemin entre la rivière d'Ur et celle de Varn se tenait le village de Swanscombe, niché sur la berge sud de la plus petite rivière d'Urland. On l'avait construit près de légers rapides, pour profiter de la force des eaux, et une roue à aubes faisait tourner un moulin primitif qui transformait le grain du village en farine. Comme tous les toits des maisons de Swanscombe, celui du moulin était de chaume, et ses murs étaient en torchis. Le village était assez petit, composé d'environ trente-cinq habitations en tout, mais champs et jardins alentour étaient généreusement espacés. En comptant diverses constructions hors du village, Swanscombe couvrait à peu près vingt arpents.

Les voyageurs ne s'arrêtèrent que brièvement sur

la petite élévation qui surplombait Swanscombe avant de commencer leur descente. Leur pas se fit plus rapide et finalement le jeune Henery se mit à courir, les précédant, criant en agitant les bras :

– Vous tous ! Sortez, tout le monde ! Il a réussi ! Galen a réussi ! Il a tué Vermithrax ! Vermithrax est mort !

Mais il ne reçut nulle réponse sauf les caquetages de poulets furieux qu'il avait failli piétiner et le grognement soudain des chiens qui avaient été tirés d'un sommeil profond sur les pas de portes ensoleillés. Aucun homme n'était sorti dans la rue, et nulle réponse aux appels de Valerian qui cherchait son père à la forge ne vint. Valerian sortit de Simonburgh, qui était un peu à l'écart du village, en haussant les épaules d'un air inquiet.

Ce fut Greil qui imposa le silence de sa main levée.

– Shh, fit-il, une voix ! Ça vient du Grenier !

Une voix insistante et belliqueuse s'élevait en effet comme si quelqu'un se plaignait de marchandises avariées ou d'un mouton stérile, une voix qu'aucun d'entre eux ne reconnut au premier abord. Ils s'approchèrent.

Le Grenier était au centre du village, traditionnel lieu de réunion. C'était une imposante bâtisse de rondins à deux pas du puits du village, avec des portes à ses deux bouts. Son toit était de chaume protégé, et il pouvait accueillir tous les habitants du village à la fois, si nécessaire, comme en cet instant. Il se passait quelque chose au centre de la bâtisse.

– Qu'y a-t-il ? Qu'est-ce qui se passe ? demandèrent les voyageurs.

– Chut! répondirent ceux qui étaient le plus proche des sorties. Il va recommencer.

Et à ce moment, la foule se sépara pour laisser le passage à deux silhouettes trempées, un homme et une femme, bizarrement accoutrés de chemises de nuit en coton. Leurs pieds nus produisaient de légers claquements sur la terre battue, et ils y laissaient deux pistes mouillées.

– Bon sang, marmonnait l'homme, bon sang de bon sang de bonsoir! Cette eau était *froide!*

– Oh, arrête de te plaindre, dit la femme. C'est un bien petit prix à payer pour être sauvés, non?

– Sauvés de quoi, je voudrais bien le savoir!

– Sauvés des monstres! Sauvés des dragons! N'as-tu pas entendu ce que...

Le reste de leur conversation fut perdu pour Galen et Valerian, car ils s'étaient glissés dans l'espace libéré par le couple, et s'étaient retrouvés dans la grande salle, en train d'écouter la voix qu'ils entendaient vaguement de l'extérieur.

– ... Sauvés du péché, nés une seconde fois, l'esprit purifié, dans la confrérie de Jésus-Christ, et ainsi protégés contre tout mal et toute insanité, même contre le Léviathan incarné, le dragon de votre village!

Ils pouvaient aussi voir l'orateur. C'était un homme grand et efflanqué vêtu d'une casaque d'un brun sale que retenait une corde en guise de ceinture. Quand il parla de Vermithrax, son bras sorti d'une large manche s'éleva vers le ciel. Des cheveux roux mal soignés entouraient une tonsure et étaient coupés en carré au-dessus de ses yeux, dont l'un regardait vers la droite en permanence. Il paraissait avoir perdu toutes ses dents sauf deux, et était incroyablement sale, du bas de ses haillons défraîchis et couverts de fumier jusqu'à son cou poussiéreux.

– Jacopus, murmura Valerian. Il est arrivé il y a deux semaines des Iles de l'Ouest, parlant de saint Patrick, de Palladius, et de Colomba, et d'un tas d'autres chrétiens dont on n'avait jamais entendu parler. Drôle d'oiseau, non? Ce qui est drôle, c'est qu'il a fait des convertis, pas plus d'un ou deux à la fois. Mais il n'avait jamais réussi à rassembler *tout* le village jusqu'à maintenant. Pas comme ça.

Jacopus fit un geste de ses bras levés, appelant au silence. Son regard parcourut le Grenier. Le public se tut, et il savoura ce silence avant de parler.

– Vous avez un monstre, dit-il, et son étrange voix troublante prit à part chacun des assistants et lui parla à lui ou à elle seule. Un monstre que vous prenez pour un dragon, et avec qui vous avez conclu certains innommables *arrangements.* Vous lui sacrifiez de jeunes femmes. Mais je suis venu pour vous dire à quel point la lourde obscurité de la superstition a déformé votre vision et votre compréhension. Ce n'est pas un dragon, car tous les étudiants de l'Eglise savent bien qu'il n'existe de telles choses que dans l'esprit des pécheurs. Ce que vous appelez dragon est en réalité le Léviathan lui-même, première créature des profondeurs et divinité impie. De plus, je suis là pour vous sauver de votre superstition et de votre peur, car j'exorciserai cette Chose, ce Diable, de votre sein grâce au pouvoir du Saint-Esprit, comme il m'a été ordonné. Cela (il jeta un autre regard absent à l'assemblée) est ma mission!

– Trop tard! dit Galen.

– Quoi? Quoi? Qui a parlé là-bas?

– Moi!

Galen leva un bras au-dessus des têtes.

– Tu veux être baptisé? (L'œil de Jacopus étincela.) Avance, mon fils!

– Non! Non, pas du tout. Je voulais seulement vous dire que le travail est fait. Le dragon est fini. Emprisonné. Mort.

A ces mots, un grand brouhaha s'éleva dans la salle et, à la surprise de Galen, le ton en était plutôt soucieux et inquiet que réjoui.

– Qui êtes-vous? Quelles nouvelles sont-ce là? Avancez et parlez!

Simon le forgeron, le père de Valerian, avait marché jusqu'au cercle libre, et Jacopus lui céda le passage. Simon était un grand homme aux cheveux roux, au large front, à la barbe rousse et broussailleuse, et aux yeux intelligents. Galen aurait su qu'il était le père de Valerian, à sa démarche fière et à l'expression sage qui marquait sa bouche même s'il n'avait pas eu un large sourire en voyant Valerian.

Un passage s'ouvrit, et Galen entra dans le cercle. Autour de lui, les villageois se pressèrent sans bruit.

La sensation de l'amulette au creux de sa poitrine le réconfortait. De toute sa vie, il ne s'était senti aussi sûr de lui.

– Mon nom est Galen. Je suis l'apprenti du Magister Ulrich, le grand sorcier, que votre délégation a été envoyée chercher.

– On n'a pas envoyé de délégation, dit une voix forte.

– On n'a envoyé *personne,* fit une autre.

– Ils sont partis de leur propre chef... sans autorité.

Galen leva les bras pour faire silence.

– D'accord. Peu importe. Le fait est qu'Ulrich a été tué – assassiné – par le centurion Tyrian...

– ... de grands mots...

– ... fais attention, garçon...

– *Assassiné par Tyrian.* J'ai hérité le restant de son pouvoir, et j'ai utilisé cette puissance pour détruire le dragon Vermithrax!

– Hérésie! cria Jacopus, bondissant telle une immense mante religieuse. Impiété! Blasphème! Avec *quoi* as-tu détruit le dragon? Avec tes enchantements? Avec tes murmures et tes incantations? Avec ton bla-bla superstitieux? Insanités! Il n'y a qu'une seule Puissance qui soit l'égale de celle de Vermithrax, et moi, Jacopus, en suis l'instrument!

Ce disant, il saisit la formidable croix de bois qui pendait sur le devant de sa robe de bure et l'éleva vers Galen comme s'il s'attaquait à l'Antéchrist lui-même et comptait le marteler à mort. Ses postillons avaient laissé une écume blanchâtre sur ses lèvres.

– Du calme! Du calme!

C'était Simon.

– Réponds! (Jacopus brandit encore la croix, et se mit à avancer vers Galen d'un air menaçant.) Avec *quoi* prétends-tu avoir détruit le dragon?

– Avec cela, dit Galen, levant la main. *Nihil supra mysterium!*

Il fit un geste bref vers les orteils de Jacopus et une boule de feu de la taille d'une tête humaine y crépita, et virevolta assez longtemps pour que tous ceux présents au Grenier puissent sentir son odeur de soufre et la voir nettement. L'effet fut galvanisant. La foule prit son souffle en un long gémissement sourd, et Jacopus recula vivement, son attitude agressive transformée en une posture défensive.

Galen fut aussi surpris que les autres. Il n'avait pas prévu cet effet; il n'avait rien prévu du tout, en réalité. Il avait simplement été agacé par Jacopus et ses menaces, et avait réagi instinctivement, dans un de ces moments stimulants où il était certain d'avoir en lui ce pouvoir infiniment plus vaste que lui-même, plus vaste aussi que l'amulette cachée sous son justaucorps. C'était une puissance qui venait de l'empilement de génération sur génération, de couche sur couche de temps, comme les berges striées des rivières qu'il avait souvent examinées avec curiosité étant enfant. Il avait senti cette puissance, deviné instinctivement qu'elle était juste, et bonne, et qu'elle répondrait à son invocation. Dans toutes ses jeunes années, il ne s'était jamais autant senti du côté de la vie que cette fois, en commandant cette boule de feu.

– La vieille magie! cria Jacopus. Un hérétique, un incroyant, un maître des arts noirs!

Galen, gagné par la colère, créa une seconde boule d'éclairs qui bondit autour des chevilles du prêtre, craquant et piquant comme un globe d'eau dans un poêlon chaud, jusqu'à ce que Jacopus lève deux mains suppliantes.

– Je vous ai dit que mon pouvoir venait d'Ulrich, Magister Ipissimus, assassiné par Tyrian. Aujourd'hui, j'ai utilisé ce pouvoir contre le dragon. Si vous ne me croyez pas, envoyez une délégation. Emmenez Jacopus et allez à la Désolation, et vous verrez qu'il s'y trouve un rocher à l'entrée de la caverne de Vermithrax, et aucun signe de vie derrière lui.

– Il faut le croire, dit solennellement Malkin, du fond de la salle.

– C'est vrai, dit Greil.

– Il est mort, dit Galen. Vraiment. Allez voir vous-mêmes.

– Très bien, mon garçon, dit Simon après un instant. Je crois que nous irons.

Plusieurs des assistants s'organisèrent rapidement et, dans le soleil couchant, un petit cortège solennel se mit à avancer le long de la route qui serpentait entre Swanscombe et la Désolation. Au crépuscule, ils arrivèrent au bord d'où, malgré les ombres épaississantes, ils pouvaient voir l'entrée hermétiquement fermée de la caverne. Ils se tinrent quiets pendant un long moment. Enfin, Simon parla :

– Cela peut-il bien être? Est-ce possible?

Les autres ne répondirent pas, mais étaient intimidés.

Et puis de la gorge d'un des plus jeunes hommes s'éleva un cri, le cri d'un homme dont la femme avait échappé jusque-là au terrible destin du Tirage au Sort, un cri si étrange et jubilant que nul n'en avait entendu de pareil auparavant. C'était un cri perçant et plaintif, moitié joyeux moitié lamentation, un son qui resta suspendu dans l'air froid comme une volée de glaçons. Bientôt, les autres reprirent ce cri sous différentes formes, rires, sanglots, ou ululements demi-hystériques qui flottèrent sur la Désolation en une vaste cacophonie. Le changement dans leurs vies que constituait ce rocher déplacé était si intense que les mots ne suffisaient pas à l'exprimer. Il nécessitait des sons primaires. Vivre sans dragon; vivre sans la menace des Tirages au Sort et des sacrifices rituels; tout cela était, pour l'instant, incompréhensible.

Ainsi ils crièrent, incrédules, et tombèrent à genoux, comme des enfants. Finalement, sombres et calmés, ils rapportèrent la nouvelle au village.

– C'est vrai, dirent-ils en arrivant. Il y a un énorme rocher... Beaucoup, beaucoup plus gros que le dragon...

Et ils furent accueillis par les mêmes sons de crainte stupéfaite et d'incrédulité pleine d'espoir.

– Mes amis, dit Simon, essuyant ses larmes et levant les bras lorsque les choses se calmèrent, il y a de longues années que nous, à Swanscombe, n'avions pas eu de raison de faire la fête. Mais ce soir, il y a une raison. Et je propose un festin et un bal en l'honneur de Galen, qui nous a libérés du péril du dragon.

– Oui! Oui! crièrent-ils tous. Pour Galen!

Certains des hommes avaient déjà ouvert des fûts à l'arrière du Grenier et en tiraient des chopes.

– A Galen!

Et certaines des femmes s'étaient groupées, tendant les bras pour le toucher.

– Galen, est-ce que tu danseras avec moi? Danseras-tu avec moi, Galen?

Il acquiesçait, inquiet de n'offenser personne, mais cherchait du regard au-dessus des têtes la silhouette de Valerian. Il ne put la trouver. Seul Simon était là, qui disait :

– Je serais honoré de vous avoir pour invité. Aussi longtemps que vous resterez à Swanscombe. Vous êtes le bienvenu ici.

Galen acquiesçait toujours, regardait toujours.

– Votre fill..., commença-t-il, et se reprit juste à temps, averti par la soudaine terreur dans les yeux de Simon. Votre fils. Où est Valerian? Il était ici un peu plus tôt.

– A Simonburgh. Venez. Nous y allons tout de suite.

Valerian était déjà couchée dans sa chambre, remplie d'une émotion nouvelle qu'elle reconnaissait pour de la jalousie. Elle avait regardé les jeunes filles se jeter sur Galen, et elle s'était mise en colère. A ce moment, elle avait pris une décision, et s'était dépêchée de rentrer à Simonburgh pour la mener à bien. Dans la chaleur de sa chambre, elle se déshabilla, se lava, et ouvrit un coffre de cèdre parfumé posé au pied de son lit.

Plus tard, quand Simon et Galen arrivèrent, elle n'avait pas encore terminé, et même une fois que Galen se fut lavé, et que Simon se fut occupé de son bétail et de ses moutons, elle n'était pas encore prête.

– Partez sans moi, dit-elle à Simon qui l'appelait d'en bas. Je vous rattraperai un peu plus tard.

Et ainsi, Simon et Galen marchèrent ensemble vers le Grenier. C'était une parfaite nuit d'été. L'orage s'était totalement éloigné, et une nouvelle lune se tenait perchée dans des nuées d'étoiles sur l'horizon, à l'est. L'air était doux et limpide. Une odeur de fleurs fraîchement lavées flottait, et des bords du village venaient les bruits calmes des animaux.

Au Grenier, la fête commençait. De partout, les gens du village arrivaient joyeusement, apportant de la nourriture pour le festin : vastes récipients de soupe fumante, agneaux et porcelets encore sur leurs broches, plats de pain chaud, et larges bols de bois remplis de graines et de légumes rôtis. Personne n'avait lésiné, car un hideux passé avait sombré aujourd'hui, et une ère nouvelle allait commencer, une ère qu'on devait généreusement accueillir pour s'assurer qu'elle porterait des fruits généreux. L'un après l'autre, des fûts d'hydromel étaient apportés des caves de pierre, roulant le long des rampes avec un son pareil à de gigantesques rires. Aussitôt qu'un fût était vidé, un autre prenait sa place. Car si jamais le temps de se réjouir devait venir, c'était bien aujourd'hui, date de la mort de Vermithrax.

L'hydromel coulait, la musique gagnait en grâce et en beauté, les tables ployaient sous le poids des victuailles. Lanternes et torches illuminaient le Grenier et projetaient de la lumière sur la place, comme les danseurs et la musique eux-mêmes paraissaient projetés contre le ciel nocturne.

Les silhouettes de Galen et de Simon se profilèrent devant la grande porte. Leur entrée fit tomber le silence. Les conversations cessèrent, la musique se perdit dans le vague, les danseurs restèrent sur place. Pendant un instant, tout fut si tranquille que Galen put entendre les gouttes tomber du robinet mal fermé d'un grand fût d'hydromel, et le doux appel d'un hibou au sommet du toit. Puis Simon accepta le gobelet d'hydromel qu'on lui avait tendu et, se retournant un peu, l'éleva vers son compagnon.

– A Galen, dit-il. Tueur de dragons!

– A Galen! reprirent les villageois, soulevant leurs coupes. Tueur de dragons!

Et dans les applaudissements qui s'ensuivirent, Galen fut attiré parmi eux, et congratulé, et eut la main serrée avec tant de ferveur que les torches et les visages souriants devinrent flous et tourbillonnants. Les musiciens, se penchant vers lui, entonnèrent un air de danse vivace en son honneur. Quelqu'un mit une coupe d'hydromel pleine à ras bord dans sa main. Il ne savait plus combien d'hommes lui avaient serré la main, ni combien de jeunes filles séduisantes s'étaient approchées de lui pour lui parler. Il oublia totalement sa fatigue et les terrifiants événements de la journée, et commença à s'amuser.

Au bout d'un moment, pourtant, la musique s'éteignit et les fêtards du Grenier se turent. La fille à qui Galen parlait se tourna vers la porte, et son regard se fixa, ébahi. Il se retourna.

Valerian venait d'entrer. Elle était superbe. Comparée aux autres filles, elle était comme un oiseau rare et élégant mis à côté de vulgaires passereaux. Sur sa longue robe blanche, elle portait une cape bleu vif, et les deux habits accentuaient les courbes de son jeune corps. Un simple bonnet blanc retenait ses cheveux courts, et de souples sandales de cuir enserraient ses pieds. La lumière des torches scintillait sur la torsade à sa gorge, et sur la magnifique broche d'argent et d'émail qui fermait la cape sur sa poitrine, et sur ses bracelets et sur la boucle d'argent de sa ceinture, tous audacieusement entrelacés de motifs serpentins. *Elle est magnifique!* pensa Galen. *Une princesse!*

Il était conscient d'un murmure qui circulait, d'abord incrédule, *Valerian?* puis stupéfait, *Valerian... Valerian!* et il sentit l'humeur de la foule passer de l'étonnement à la confusion, puis à l'incertitude, et à la compréhension de ce que cette transformation signifiait. Puis vint l'inévitable colère.

– Une femme? fit quelqu'un tout haut. Une *femme*! Et pendant que nos filles ont risqué leurs vies et sont mortes, *elle* était tranquille et en sécurité, déguisée en homme !

L'indignation parcourut alors la salle, et bientôt même des enfants trop jeunes pour comprendre ce qui se passait répétaient ces commentaires et pointaient des doigts accusateurs. Cependant, Valerian restait sereine, sûre d'elle, attendant que le brouhaha se dissipât. Quand il cessa enfin, elle dit :

– Il est vrai que mon père et moi avons triché dans les Tirages au Sort, et il est vrai que j'ai échappé au dragon à la place peut-être d'une de vos filles qui aurait pu être épargnée. Pour cela je ferai quelque pénitence que m'imposeront les Anciens. Mais il est également vrai que c'est moi qui ai conduit le voyage à Cragganmore, demeure du sorcier Ulrich, un voyage qui a amené Galen, et donc a eu pour résultat la destruction de Vermithrax. Si moi (son menton se dressa d'un air de défi), une simple femme, j'avais été sacrifiée selon la tradition, vous ne seriez pas en train de célébrer la défaite du dragon, mais vous vous cacheriez dans vos maisons pour compter les jours jusqu'à la prochaine équinoxe. Et la prochaine victime. (Elle marqua un temps et, dans ce silence, ils comprirent que c'était la vérité.) Ainsi, je m'en remets à votre merci, certaine que je suis, comme vous, l'instrument du Destin incompréhensible qui contrôle toutes choses, et donc toutes choses pour le mieux.

Dans le silence qui se fit, le hibou ulula de nouveau et l'un des musiciens se racla nerveusement la gorge. Alors une chose remarquable se produisit. La plus vieille des doyennes du village s'avança hors des ombres de la salle. C'était une vieille commère, si boiteuse et tordue que même marcher la faisait souffrir, et si hideusement laide que tous la regardaient avec pitié, lorsqu'ils en avaient le courage. Pourtant sa voix, pincée et aiguë, les captiva comme le cri d'un faucon.

– Elle dit la vérité. Si elle n'avait pas survécu, elle n'aurait jamais été la cause de notre fête de ce soir. Ecoutez-moi! J'ai vécu plus d'années que je peux en compter, et toutes à Swanscombe. Les femmes que j'ai connues ont, de tout temps, adopté des défenses contre les Tirages au Sort. Elle n'est pas la première. Et il y en a ici qui savent de quoi je parle. (Son regard parcourut la salle, et bon nombre des femmes présentes baissèrent les yeux, et leurs expressions s'adoucirent, passant de l'indignation à la honte et au regret.) Mais sa supercherie nous a apporté la paix. Souvenons-nous-en et pardonnons.

Valerian était descendue dans la salle tandis qu'elle avait parlé, et les gens avaient commencé de se grouper autour d'elle et de Simon, de toucher leurs bras, de prendre leurs mains. Le grand homme ne pouvait plus se contrôler et, à plusieurs reprises, il dut se détourner pour sécher ses yeux d'un revers de main. Quant à Valerian, elle fixait chacun droit dans les yeux, comme elle s'était toujours forcée à le faire, repoussant ainsi tous les doutes et les soupçons avant même qu'ils aient pu se former. Bientôt, même ceux qui avaient perdu leurs filles, y compris Greil, s'avancèrent aussi et petit à petit l'ambiance de fête revint. Les musiciens reprirent leurs airs de danse. Plusieurs des jeunes hommes les plus hardis invitèrent Valerian à danser, mais elle regardait avec tant d'insistance en direction de Galen que finalement il fut obligé de répondre à cette invitation.

– Je ne sais pas danser, murmura-t-elle, comme

ils se mêlaient aux autres couples qui évoluaient sur la piste.

– Ça ne fait rien, dit-il. Moi non plus.

Ils dansèrent. *Alors, c'est ainsi,* pensa Galen, *être parmi des amis.* Puis : *C'est ainsi, être un héros!* Mais à peine avait-il pensé cela qu'une douleur atroce le saisit : il sursauta, car une chaleur soudaine venue de l'amulette lui avait piqué la poitrine comme un aiguillon de guêpe. Il s'excusa auprès de Valerian.

– Mon orteil. Je me suis cogné contre une planche mal fixée.

Après cela, il ne pensa plus que des choses simples et modestes. *Je suis un homme. Voilà ce que c'est d'être un homme, d'être vivant.*

Tous dansèrent longtemps, jusqu'à ce que la lune eût atteint son zénith au-dessus du Grenier, puis ils se reposèrent, et s'intéressèrent à la nourriture sur les tables de bois, et petit à petit se dispersèrent en groupes, des hommes parlant hardiment, des femmes qui riaient, des couples d'amoureux, et des flopées d'enfants qui se poursuivaient en criant dans des parties de cache-cache. Pour le moment, pour tous ces gens, Swanscombe était le monde, et le monde était d'une totale sécurité.

Ainsi, à la fin de cette soirée parfaite, loin, loin du monde extérieur et de ses soucis, ils furent ramenés graduellement à un rythme différent, un rythme de sabots éloignés. Un à un, ils entendirent les sabots, bien que certains, tant ils étaient captivés, ne les perçurent que lorsqu'ils résonnèrent sur les pavés juste devant le Grenier. Ils étaient mêlés au souffle des chevaux épuisés, et aux craquements du cuir des selles comme les cavaliers mettaient pied à terre. Galen fut l'un des derniers à se retourner. Il se rendit compte des respirations qui l'entouraient, et leva les yeux pour voir, comme en rêve, Tyrian, mains sur les hanches, bouchant l'entrée. Derrière lui, le méprisable Jerbul rôdait, grimaçant, jouant avec son poignard.

– Des fêtards, grogna Tyrian. On fête un jeune héros, hein? (Son bras se leva et se pointa vers Galen.) Tu avais été averti! Tu as désobéi! Tu as ignoré cet avertissement!

– J'ai vaincu le dragon, répondit Galen.

– C'est possible, dit Tyrian. Nous verrons cela. Quoi qu'il en soit (et là il leva un doigt menaçant vers Galen), ne quitte pas Urland!

MORGENTHORNE

Malgré l'avertissement de Tyrian, les semaines qui suivirent furent les plus heureuses que Galen eût connues. Jamais l'idée de quitter Swanscombe ne lui vint. Pour la première fois de sa vie, il se sentait chez lui. Il accepta l'invitation de Simon de s'installer à Simonburgh et d'apprendre le métier de l'or et de l'argent, un art qui lui semblait presque aussi magnifique que la sorcellerie. Il aida à tous les travaux d'été du village : semer et planter, cultiver et faucher, construire de nouvelles maisons, et s'occuper du bétail et des moutons dans les prairies. Il prit sa place d'homme parmi les villageois de Swanscombe, cet été-là, et lorsque lui et Valerian devinrent amants, cela aussi fut accepté aussi naturellement que le lever du soleil ou la chute des feuilles en automne. Pour commémorer cet événement, Simon lui fabriqua une splendide bague d'argent.

Il y avait, bien sûr, certaines blessures qui ne se refermeraient pas et resteraient à vif pour l'éternité. Quand Galen et Valerian allèrent chez les parents de Melissa, car il le fallait, ils trouvèrent la mère de Melissa complètement agitée, illuminée, parlant vivement de sa fille et à son sujet comme si elle était assise parmi eux. Mais lorsque Valerian lui donna la bague qu'elle avait ramassée dans la Désolation le jour de leur retour, la vérité frappa la femme comme un coup de fouet. Un instant, elle resta tranquillement assise à tenir la bague dans sa main, puis bondit et la jeta au visage de Valerian, et cracha, et proféra de telles insultes que le père de Melissa se précipita de son atelier pour la calmer.

– Partez, je vous en prie, dit-il.

Dans l'ensemble, cependant, l'été passa merveilleusement. Galen, qui ne doutait nullement de la mort du dragon, se préparait à passer tout au moins le futur immédiat dans cette terre paisible et cet agréable village.

Puis, une nuit de la fin août, tandis que le tonnerre roulait au loin, Simon leva tout à coup la main pour demander le silence. Ils étaient en train de travailler dans la forge en discutant, et au geste de Simon, Galen s'interrompit au milieu de sa phrase. Il venait d'entendre la même chose que Simon : le martèlement des sabots sur le pont de Swanscombe. Il était trop tard pour qu'il s'agisse de voyageurs pacifiques; ce ne pouvait être qu'une patrouille de Tyrian. Retenant leur souffle, ils écoutèrent les bruits de sabots se rapprocher et s'arrêter devant la forge. Il y eut encore des gloussements gutturaux; et le cuir des selles craqua sinistrement;

et de nouveau une silhouette sombre obscurcit l'entrée. C'était Tyrian en personne.

– Toi. Galen. Viens avec moi. Casiodorus veut te voir.

– Mais...

– Tout de suite! fit Tyrian.

Il observait Simon.

Galen se leva.

– Je vais chercher mes affaires.

– Pas la peine! Tout de suite.

– Je vais avec lui, dit Valerian en s'avançant. Je viens aussi.

Tyrian barra l'entrée en souriant.

– Quand on aura besoin de toi, dit-il la repoussant du doigt, on viendra te le dire.

Puis, aussi vite qu'ils étaient venus, les cavaliers disparurent, et Galen avec eux, dans un nouveau bruit de sabots qui résonna longtemps sur le pont de Swanscombe et loin vers la route de Morgenthorne.

Lugubre, Simon tendit les bras vers sa fille bouleversée et l'étreignit doucement.

Sa Majesté Casiodorus, Roi et Seigneur Protecteur d'Urland, Dompteur de dragons et Apaiseur des Esprits, n'était pas d'une allure imposante. Il avait souffert d'un état asthmatique qui, depuis son enfance, l'obligeait à respirer par la bouche, et lui conférait une expression malheureuse et perpétuellement imbécile. Ses yeux, eux aussi, étaient plutôt chassieux, et il avait adopté la démarche des hommes grands qui se penchent sans cesse pour mieux entendre. Il mesurait plus d'un mètre quatre-vingt-dix, une taille plus que suffisante pour réduire au silence les quémandeurs, ou pour se retirer des conversations insipides par un simple redressement du dos et un regard perdu vers les collines lointaines derrière une des fenêtres de Morgenthorne. Il ne faisait pourtant pas cela très souvent car, au contraire de Tyrian, c'était un homme au cœur bon. Il aimait les petits chiens et les roses, et il aimait sa fille étourdie, Elspeth, d'un amour passionnément protecteur. Parfois, alors qu'il se promenait dans son jardin, ou qu'il caressait un chiot, ou qu'il regardait sa fille Elspeth jouer avec l'un de ses animaux blancs, il sentait une bouffée de joie infantile l'envahir, si intense qu'il se redressait, tout à coup l'air grave, et disait à voix haute :

– Jamais je n'aurais dû être roi.

A présent, alors qu'il attendait le retour de Tyrian, Casiodorus souffrait du foie, comme à chaque période d'incertitude et de tension. C'était une faiblesse héréditaire. Son père était mort avec le foie horriblement enflé, marmonnant dans son délire au sujet de la bière saxonne et de la plomberie romaine, et souvent Casiodorus s'était interrogé sur la pureté de l'eau des citernes plombées de Morgenthorne.

Faisant les cent pas de fenêtre en fenêtre, il prenait de profondes inspirations de l'air matinal, massait son côté endolori, et attendait l'arrivée du jeune sorcier présomptueux. Sans nul doute, c'était un Saxon. Ils l'étaient tous. Malgré son mariage avec une Saxonne (il passait souvent de longues soirées paralysé par le souvenir de la gentillesse et de l'humour de la mère d'Elspeth), Casiodorus n'avait absolument aucun amour pour cette race. Ils étaient fantaisistes, confiants de naissance, et se fiaient à d'extraordinaires coïncidences et à des tours du hasard. Leurs qualités principales étaient l'infantilisme et l'inconstance. Ils manquaient de discipline, de dirigisme, de force, de poigne. Ils étaient portés vers des sautes d'humeur soudaines. Ils...

Casiodorus s'arrêta à une fenêtre au-dessus de la cour. Là se tenait la princesse Elspeth, jouant avec ses animaux. Un à un ils venaient à elle, le petit ours blanc de l'Est lointain, le chien blanc, la chèvre et le poney blancs, le lapin blanc et même une paire de souris blanches. Elle leur parla tour à tour et avait un cadeau pour chacun d'eux. *Des monstres!* pensa Casiodorus. *Des monstres incolores qui devraient être exterminés!* Pourtant, à l'instant où cette pensée lui vint, il la regretta aussitôt, car sa fille se trouvait parmi eux, ses cheveux du blond le plus pâle, sa peau neigeuse, sa robe de soie blanche resplendissante dans la lumière. L'extrême irrationalité de son amour pour sa fille le stupéfiait. Elle était au centre d'une scène aussi paisible qu'il soit possible de l'imaginer, dans un cloître protégé du monde extérieur par de hauts murs calmes, un monde où rôdaient dragons et fous, et où à cet instant même un panache de poussière grise annonçait l'arrivée des cavaliers de Tyrian. Rien de cet autre monde ne l'avait touchée, il y avait pris garde. Et bien qu'elle ait participé aux Tirages au Sort depuis ses treize ans, elle n'avait jamais couru aucun risque. Casiodorus y avait aussi pris bien garde.

Il allait descendre dans la salle du trône pour y recevoir Tyrian et son prisonnier, quand Elspeth leva les yeux et le vit à sa fenêtre.

– Père, appela-t-elle.

– Oui, ma chérie.

– Regarde qui est arrivé. Un invité.

Pendant un instant, Casiodorus pensa qu'elle

avait pu deviner la venue du sorcier, car elle avait hérité du don de prescience de sa mère saxonne. Puis il vit qu'elle désignait une nouvelle créature parmi les autres. Un corbeau blanc se tenait perché sur une branche noueuse du poirier.

– Ah! dit-il, un nouvel animal.

Le corbeau dit quelque chose de grossier, Casiodorus était sûr que ses oreilles ne l'avaient pas trompé. Il l'avait distinctement entendu, dans le silence du cloître, parler d'une voix claire, grinçante.

Elspeth rit.

– Il parle, dit-elle. Il raconte de drôles de rimes et de comptines.

– Je vois.

– N'est-il pas amusant? Est-ce que je peux le garder, Père? Oh, dites-moi oui.

Casiodorus regarda dans les yeux placides, sinistres et plutôt amusés de Gringe. Il savait que le panache de poussière au loin s'était rapproché et se transformait en une troupe de cavaliers qui arrivait rapidement.

– Il me semble, dit-il, que tu le garderas ou non selon son propre désir de rester. Mais il faut que je te laisse, ma chérie. J'ai une réunion. Nous parlerons au dîner.

Une fois encore, le corbeau et Casiodorus échangèrent un regard solennel à travers la cour.

Tyrian attendait déjà dans l'antichambre, trempé par la pluie nocturne, quand Casiodorus entra dans la salle du trône par un passage secret. Il utilisait rarement ce passage car il était sombre et jouxtait les écuries proches, mais le trouvait pratique car il aimait être trouvé en train de se pencher sur les affaires du royaume.

Et il le fut. Tyrian attendit qu'il lève les yeux, et lorsque rien ne se passa, il se racla la gorge. Casiodorus ne réagit pas, absorbé par son travail, et Tyrian parla finalement :

– J'ai amené le jeune Galen, comme vous l'aviez commandé, Votre Majesté.

Casiodorus leva enfin la tête, et regarda le prisonnier droit dans les yeux. C'était un jeune homme trempé et échevelé, mais fier.

– Ainsi, dit-il, c'est toi le sorcier qui as fait tomber ce rocher dans la Désolation.

– J'ai provoqué un tremblement de terre, dit clairement Galen. J'ai scellé le repaire du dragon. Je l'ai tué.

La fierté brillait à travers l'épuisement de la longue chevauchée nocturne. Le lourd gantelet de Tyrian s'abattit sur le visage de Galen et l'envoya chanceler sur le côté.

– *Votre Majesté!* dit Tyrian.

Galen ne dit rien. Ses yeux étincelèrent. *Un garçon impétueux,* pensa Casiodorus avec nervosité. *Un garçon à avoir de son côté, et pas contre soi.* Il contempla Galen de toute sa hauteur. Il essaya de se souvenir de l'effet qu'on ressentait lorsqu'on avait dix-huit ans, et que l'on savait que le monde et le temps étaient de votre bord, sans équivoque. Il n'y arriva pas.

– Tu veux dire, dit-il enfin, que tu as scellé une fissure au flanc de la colline.

– J'ai scellé l'entrée de la caverne du dragon. J'ai tué le dragon.

Casiodorus se tourna vers la fenêtre une nouvelle fois. Vers Elspeth et sa coterie de créatures blanches.

– Et crois-tu, dit-il, observant sa terre menacée,

que les dragons ne dorment jamais pendant quelques mois, ou même des années? Crois-tu qu'un simple rocher pourra gêner Vermithrax quand il décidera de se mouvoir? (Il se retourna et fut à la fois heureux et attristé de voir que l'expression de Galen avait changé.) Tout ce qui se produira est qu'il sera furieux.

– Mais... mais... Les villageois croient que...

– Bien sûr. Les villageois croiront ce qui les arrange. Ils ne penseront pas à la prochaine équinoxe avant qu'elle ne soit proche. Pourquoi le feraient-ils?

Galen se redressa.

– Le dragon est mort!

– Je t'assure, dit doucement Casiodorus, en descendant les marches de l'estrade, que le dragon n'est *pas* mort. Le dragon fera irruption et sèmera la destruction. *Alors* que feras-tu, jeune héros?

– Je... Je le combattrai, Votre Majesté.

– Avec *quoi?* Il m'apparaît clairement qu'un si jeune homme ne peut avoir atteint un tel savoir ni une telle puissance qu'ils lui permettent d'abattre ce rocher. Il est clair qu'on t'a offert quelque chose.

Malgré leurs commissures humides, les yeux de Casiodorus étaient extraordinairement pénétrants, et Galen dut s'empêcher de toucher l'amulette qui ballottait sous son justaucorps.

– Mon professeur a été Ulrich, dit-il. J'ai appris grâce à lui de la magie qui n'aurait aucun sens pour vous. (Il leva le menton.) La Triple Transmutation, par exemple, ou les Sept Incantations Hiérarchiques, ou l'Exorcisme d'Edda, ou...

– Non, non. (Les yeux de Casiodorus se fermèrent avec une lassitude paternaliste.) Tu mens. Tu n'es qu'un simple garçon facilement distrait, pas un étudiant. Voyons, tu peux à peine prononcer ces mots, sans parler d'invoquer les forces qu'ils commandent. Non, non. Evidemment, tu n'es que le *messager,* l'intermédiaire. Evidemment, la puissance qui a secoué la Désolation ne vient pas de ce que tu *es,* mais de ce que tu *portes.* Avoue, à présent. Tu es le gardien d'une concentration de pouvoir!

Galen secoua la tête.

– Tu possèdes un talisman dissimulé.

– Non!

– Où pourrait-il être? Où, parmi ces haillons?

Galen recula instantanément, mais la poigne de fer de Tyrian le retint et, à son horreur, la main étonnamment longue et féminine de Casiodorus se tendit, et toucha avec une douceur fatale un endroit au milieu de sa poitrine.

– Ici, je pense!

Et elle se trouvait bien là. De sa main libre, Tyrian fouilla vivement sous les vêtements de Galen et en tira l'amulette. L'instant d'après, elle était dans la main du roi. Lui et Tyrian furent stupéfaits par sa brillance extraordinaire, et même Galen, horrifié par sa perte, remarqua qu'elle était plus radiante que la dernière fois où il l'avait contemplée. Elle luisait avec une intensité inquiétante.

– Je vous préviens..., dit Galen.

Casiodorus le regarda avec fermeté. La main qui tenait l'amulette se referma sur elle.

– Tu n'es vraiment pas celui qui doit donner des avertissements, jeune homme. Tu es un étranger. Tu as agi avec précipitation et présomptueusement, et contre la sûreté de l'Etat... Tu as *interféré...*

– Je voulais..., commença Galen, avant que le

gantelet de Tyrian le frappe pour le réduire au silence.

– Tu as mis en danger, dit lentement Casiodorus, la sécurité d'Urland. Tu n'as jamais vu le dragon Vermithrax. Tu ne l'as jamais vu furieux. Tu n'as jamais vu la terreur que représente un dragon furieux lâché sur une terre, la mort, la destruction. C'est la paix d'Urland elle-même que tu as mise en danger. Et cette transgression est d'autant plus sérieuse que tu avais été averti par Tyrian, n'est-ce pas vrai ?

– Parle ! dit Tyrian.

– C'est vrai.

– C'est vrai. Et tu as fait des erreurs malgré cela. Oh, non, tu n'es pas celui qui doit donner des avertissements, mon jeune ami. Le fait est que tu mérites l'emprisonnement !

Une vague de peur parcourut Galen. Le mot même de prison lui donnait la chair de poule. Mais il ne broncha pas, ni ne montra son effroi.

Casiodorus le regarda avec tristesse, les yeux pleins de regrets, les lèvres se gonflant un peu à chaque expiration.

– Tu as causé une cassure. Une faille dans le bon ordre !

Plus Casiodorus pensait aux événements, plus il devenait véhément. Au contraire de son frère défunt, il n'avait jamais su improviser. Il retombait toujours dans les mêmes routines qu'il connaissait. Une fois de plus, la terrible pensée l'assaillit : *Jamais je n'aurais dû être roi.* D'un autre côté, au contraire de son frère, brave et impétueux, qui avait pris épée et bouclier et était parti combattre le démon Vermithrax dix-sept ans auparavant, il était en vie.

Tyrian s'éclaircit la gorge.

– Si j'osais suggérer, Votre Majesté...

– Oui, Tyrian.

– L'emprisonnement. Dans le donjon. Et puis, s'il y a un Tirage exceptionnel, peut-être que notre jeune *sorcier* devrait accompagner l'Elue dans la Désolation. (Tyrian souriait d'avance à cette idée.) Je serais moi-même très heureux de le mener à destination.

– Et dans le cas où, suggéra malicieusement Casiodorus en caressant l'amulette dans sa paume, Vermithrax serait réellement mort?

– Votre Majesté, avec le plus profond respect, ceci est impensable. (Galen fut surpris de voir que Tyrian était stupéfait. Il parlait avec le même genre de piété respectueuse que Galen avait déjà entendue chez les Chrétiens, lorsqu'ils ne priaient pas.) Vous savez, Votre Majesté, que le Codex Dracorum confirme l'immortalité des dragons, et dit qu'ils vivront éternellement à Urland et dans les territoires alentour.

– Et tu sais, Tyrian, que les dragons ne sont *pas* immortels. Voyons, dans ta propre existence, tu as pu en voir *deux* tués, un à Cantware, un à Anwick.

– Il règne l'anarchie dans ces endroits à présent. Le chaos.

– Oui, mais l'idée est que les dragons *meurent*. *Vermithrax* peut mourir. Il est peut-être déjà mort.

Tyrian eut un frémissement presque imperceptible à la base de son cou épais.

– Les dragons, peut-être, Votre Majesté, mais pas le dernier dragon. Ça rendrait le Codex insensé.

Casiodorus le regarda sinistrement, envieux de la complaisante simplicité de son raisonnement. Il aurait souhaité posséder lui-même une telle foi, une si rude imagination qu'il n'aurait pu imaginer une élimination totale des dragons de leur monde changeant. Il soupira :

– De toute façon, Tyrian, je suis à présent certain que Vermithrax n'est pas mort.

Tyrian acquiesça.

– Vous avez reçu un signe, Sire?

– Oui.

– Bien. J'étais sûr qu'il en viendrait un.

– Pendant que nous préparerons le Tirage au Sort, enferme ce garçon. Nous déciderons ensuite quoi faire de lui.

– Oui, Sire.

– Pas dans le donjon, cependant. Il tomberait malade et y mourrait. C'est un garçon... inhabituel. Maintiens-le en vie.

Ainsi Galen devint un prisonnier. Il ne fut pas traité durement; au contraire, la pièce qu'il occupait était plus confortable que sa cellule à Cragganmore. Il y avait une chaise à accoudoirs, et une table de toilette avec une cruche d'eau fraîche, et même un dispositif astucieux grâce auquel on pouvait chauffer une partie de cette eau dans une cuvette au-dessus d'un brasero. Il y avait aussi une petite fenêtre par laquelle il pouvait voir la cour.

Pendant trois jours, Galen ne vit personne à part un larbin lugubre qui lui apportait du gruau et refusait de répondre à ses questions. Il laissait la nourriture et s'en allait. Galen ne mangea rien et fit les cent pas jusqu'à en être épuisé. La première nuit, juste au moment où il s'abandonnait au sommeil, le lit trembla! Il n'aurait pu jurer que le tremblement était ressenti par son corps réel et non par le corps de son rêve commençant. Mais s'il s'était éveillé en cet instant, il aurait dit oui, car le sommier s'était suffisamment déplacé pour causer des craquements dans ses liens de cuir, et sous le sommier le plancher avait tremblé, et sous le plancher les murs du château.

Plusieurs fois ce même jour, cela se reproduisit, plus violemment à chaque fois, jusqu'au moment où, le soir du second jour, la secousse était devenue assez puissante pour remuer le mortier dans les crevasses.

– Laissez-moi sortir! cria Galen, martelant la porte de ses poings. C'est un tremblement de terre! Laissez-moi sortir!

Il tempêta à la porte et à la fenêtre jusqu'à ce que sa voix s'éraillât. Personne ne vint. Il secoua les barreaux des fenêtres jusqu'à ce que ses phalanges soient écorchées. Il essaya même de se souvenir du Charme du Second Degré de Transposition qu'il avait vu Ulrich utiliser une fois, pour traverser le mur de sa chambre de conjuration et atterrir sans encombre au delà du fossé. Il n'y parvint pas, et se maudit de n'avoir pas mieux retenu ce que le vieux magicien avait tenté de lui enseigner.

Au crépuscule, cependant, les secousses disparurent graduellement, et il s'endormit d'un sommeil agité qui était pénétré de l'odeur du dragon et traversé de visions si horribles qu'il se réveilla à l'aube baigné de sueur froide.

– Vermithrax! dit-il.

Il bondit et courut vers la fenêtre, comme un nouveau choc secouait le sol à ses pieds. Il allait pousser un cri vers le ciel quand une vision remarquable l'arrêta. Une jeune fille tout de blanc vêtue se trouvait dans le jardin. Elle était entourée d'animaux tout blancs. Galen cligna des yeux. Ils étaient si immobiles qu'il pensa d'abord qu'il s'agissait de statues placées là pendant la nuit pour quelque bizarre raison de décoration. Puis il aperçut quelques légers mouvements : le frétillement de la queue d'un âne blanc, le lent et subtil étirement d'un chat blanc, le déplacement de la tête d'un oiseau blanc sur un poirier, qui se tournait vers lui. « Gringe! » Galen cligna encore des yeux et appela :

– Gringe? Gringe?

L'oiseau se détacha de l'arbre en deux battements d'ailes paresseux, et atterrit sur le rebord de la fenêtre assez près de Galen pour que ses plumes effleurent sa main tendue.

– Gringe! Gringe, tu dois m'aider à sortir d'ici. Il faut que tu me trouves un moyen d'évasion.

Le corbeau ne donna aucun signe comme quoi il aurait entendu, à part une légère inclination de la tête.

– Gringe, je t'en prie! Peux-tu me faire sortir? Peux-tu voler une clé?

Le corbeau secoua la tête avec lenteur. Quelque chose qui ressemblait beaucoup à un rire d'enfant retentit au fond de sa gorge.

– Alors, peux-tu demander à cette dame de m'aider? Je t'en prie, Gringe. S'il te plaît!

Le corbeau réfléchit. Galen retint son souffle, puis se détendit en soupirant quand l'oiseau quitta le rebord et voleta vers le jardin. Un moment plus tard, Elspeth se leva et marcha jusqu'à la fenêtre de la cellule. Elle était d'une beauté frappante, grande et mince, se déplaçant avec grâce. Ses cheveux avaient la couleur du bronze verni et suivaient les mouvements de son corps. Sa robe blanche était lumineuse. Elle garda les yeux baissés jusqu'à ce qu'elle eût atteint la fenêtre, s'agenouilla, et quand elle leva son regard, il vit que ses yeux n'étaient pas du bleu saxon qu'il escomptait, mais d'un brun étrange, plus doux que tout ce qu'il avait vu auparavant, si doux qu'il lui sembla qu'elle était peut-être aveuglée d'une façon qui permettait à tous de regarder droit au fond de la simplicité de son âme.

– Je suis Elspeth, dit-elle.

– Et moi Galen, répliqua-t-il. Etes-vous... Habitez-vous ici?

Elle acquiesça.

– Je suis la fille de Casiodorus.

De nouveau elle attendit, et un long moment passa, où ils se regardèrent placidement, comme de calmes animaux. Puis un autre choc survint.

– Elspeth, votre père m'a enfermé ici. Pouvez-vous m'en faire sortir? C'est important. Le dragon...

– Ils détestent mon père, fit-elle, fronçant les sourcils.

– Qu... qui?

– Tout le monde. Tous les Urlandais. Ses sujets. Est-ce que vous le détestez?

Galen secoua la tête.

– Non. Je ne le connais pas... Et je ne suis pas urlandais. Mais Tyrian...

– Tyrian! (Ses yeux se durcirent.) Tyrian est différent!

– Oui. Quoi qu'il en soit, il a ordonné à Tyrian de m'enfermer.

– Pourquoi?

C'était la question innocente d'une enfant.

– Parce que j'ai provoqué un glissement de terrain dans la Désolation. J'ai scellé la caverne de Vermithrax. Je... je croyais l'avoir tué.

– L'avez-vous fait? L'avez-vous tué?

Galen la fixa intensément. N'avait-elle pas senti les secousses?

– Je... je ne crois pas, dit-il.

– Ce serait magnifique si vous l'aviez fait. Ça mettrait fin aux Tirages au Sort. Ça mettrait fin à tout ce chagrin et à toute cette peur.

– Vous êtes au courant des Tirages?

Pour la première fois, une étincelle de vie véritable s'alluma dans les yeux d'Elspeth.

– Evidemment! Comment pourrais-je ne *pas* être au courant? Nous souffrons *toutes* des Tirages, les femmes de mon âge!

Galen rit d'un air de doute.

– Qu'est-ce que *ça* signifie?

– Vous? Vous êtes la *fille* du roi. Vous êtes la *princesse.*

– C'est vrai.

Elle attendit innocemment.

– Eh bien, pourquoi devriez-vous prendre part aux Tirages au Sort?

La rougeur commença à sa gorge et monta vite jusqu'à la racine de ses cheveux.

– Mon père, dit-elle après un long silence au cours duquel la rougeur disparut et son visage prit une pâleur mortelle, ne ferait pas une chose pareille.

– Les privilèges sont les privilèges, dit Galen, haussant les épaules.

– Il ne me protégerait pas en faisant semblant du contraire. Il ne le ferait pas.

Galen ne dit rien.

– Et je trouve que vous êtes grossier de prétendre cela.

– Elspeth, dit-il après un moment, pardonnez-moi. Je ne suis pas urlandais. Je ne vous connais pas bien. Je ne connais pas non plus votre père. Mais j'ai vécu à Urland tout l'été, et j'ai écouté parler les Urlandais. Ils ne croient pas que le Tirage soit égal pour tous. Ils ne croient pas que les filles des nobles prennent le même risque que celles des paysans. Ils disent que la préparation des Tirages est toujours secrète, toujours surveillée par Tyrian et Horsrick, et que certains noms en sont retirés.

Petit à petit, la couleur revint à ses joues.

– Merci, dit-elle.

Elle se tenait très droite. Derrière elle, le groupe d'animaux blancs commençait à s'agiter. Alors même que Galen l'observait, elle devint plus majestueuse.

– Je vous remercie, dit-elle encore, puis s'en fut.

Pendant ce temps, Casiodorus avait envoyé des messagers porter la nouvelle du Tirage exceptionnel, et s'était cloîtré avec l'amulette deux jours durant. Elle le fascinait. Il s'aperçut qu'il ne pouvait la regarder en face. A chaque fois qu'il s'y essayait, elle lui renvoyait son regard, tel un œil maléfique et flou. Effrayé, le roi avait retourné la gemme et s'était contenté d'observer la monture d'argent complexe. La chose possédait un immense pouvoir. Il pouvait sentir la chaleur qui en émanait même lorsqu'elle était posée face contre la table. Puis, sur un coup de tête, le troisième jour, il manda Knurl, et lui ordonna d'apporter le plomb des tuiles de drainage abandonnées depuis l'occupation romaine, et presque enfouies sous les ordures accumulées. Les premières que Knurl apporta étaient d'ailleurs pleines de saleté.

– Pour l'amour de Dieu, lavez-les! s'exclama Casiodorus. Lavez-les!

Bientôt, une petite pile de cinquante livres de plomb humide se trouvait au centre du sol de la salle du trône.

– Maintenant, voyons, dit Casiodorus, s'emparant de l'amulette.

– Sire...

Knurl reculait précipitamment.

– Oui? Qu'y a-t-il?

– Avec tout le respect que je vous dois, Majesté, il y a que, enfin, beaucoup de ces charmes de sorcier ont la réputation d'être très puissants.

– Oui. Evidemment. Pourquoi penses-tu que je t'ai demandé de ramasser tout ce plomb? Nous allons le changer en or, Knurl. En or! As-tu quelque chose contre l'or?

– Eh bien, non, Sire...

– C'est ce qu'il me semblait.

Casiodorus leva l'amulette.

– Sire, il a raison. (Tyrian s'était discrètement joint à eux.) Certains de ces talismans – attention, je ne dis pas que j'y crois, mais seulement que de tels bruits courent chez les gens –, certains de ces talismans n'ont pas seulement un pouvoir, mais un pouvoir qui se retourne contre qui en abuse, ou qui le dirige vers des fins contraires à celles pour lesquelles on les a créés.

Casiodorus tourna son regard chassieux droit sur son centurion.

– Merci, Tyrian. C'est un langage étrange qui sort de ta bouche.

– Oui, Sire. Je le sais, Sire.

– As-tu *peur* de cette pierre?

Tyrian resta silencieux. Jamais de sa vie il n'avait

admis la peur, ni de la douleur, ni de l'humiliation, ni de la bataille, ni même de Vermithrax. Il avait fait face à toutes les menaces avec le regard fixe du guerrier-né. Il lui arrivait fréquemment d'avoir peur, en effet. Mais jamais il ne l'admettait. La peur le rendait furieux. Mais à présent, il acquiesçait.

– Je vous ai dit que j'avais tué ce vieil homme, Ulrich, dit-il.

– Oui, oui. Continue. Que suggères-tu?

– Seulement que je ne suis pas sûr d'avoir été la cause véritable de sa mort. Si cette amulette lui a effectivement appartenu, je vous conseillerais, Sire, de la traiter avec le plus grand respect.

– De ne pas en tirer de l'or?

Tyrian hocha la tête.

– Alors nous ne sommes pas d'accord.

Tyrian leva le menton.

– Avec votre permission, Votre Majesté, je vais aller m'occuper des chevaux.

– Va! Va! Sors d'ici!

Casiodorus leva l'amulette au moment où le centurion quittait la pièce.

Ce fut à ce moment, alors que Casiodorus se préparait à émettre un autre ordre, que deux choses se produisirent en même temps. D'abord, une secousse fit trembler la salle du trône; pas trop violente, mais assez cependant pour faire s'entrechoquer les morceaux de plomb. En second lieu, Elspeth entra.

– Père.

– Oui, ma chérie.

La secousse se reproduisit. Elspeth cessa de s'avancer.

– Père, pourquoi la pièce tremble-t-elle?

– Parce que le dragon n'est pas mort, ma chérie.

(Casiodorus soupira profondément.) Le dragon ne faisait que sommeiller, et maintenant il se réveille, et il est furieux de trouver l'entrée de sa caverne bouchée. Très bientôt, il traversera le rocher que notre jeune ami magicien y a placé. Très bientôt, il sera de nouveau libre, et libre de semer la destruction pour se venger de cet affront.

– Et alors, dit Elspeth après un moment, la tête levée, les yeux curieusement brillants, il y aura un Tirage au Sort exceptionnel.

Casiodorus acquiesça.

– Tyrian a l'ordre de le commencer.

Il posa l'amulette sur la table.

Une autre secousse, plus forte, frappa la pièce. Elspeth se tint très droite tandis que Knurl vacillait, puis elle se rapprocha de son père. Sa démarche était raide, son regard fixé sur lui. Quand elle fut tout à fait proche, elle demanda :

– Père, cette fois, puis-je poser moi-même mon nom dans le vase pour l'Election ?

Casiodorus la regarda vivement.

– Horsrick ne le permettrait jamais, dit-il. Le Codex ne le permet pas, ni moi non plus. Ce serait violer les traditions. Les hommes de Horsrick apportent tous les noms dans les sacs de ramassage, tu le sais.

– Alors je peux mettre mon propre nom dans un des sacs ?

Le roi remuait nerveusement sur sa chaise.

– Il n'est nul besoin de cela, mon enfant. Je l'ai toujours fait pour toi.

Elle toucha le côté de son visage et lui leva la tête pour que leurs regards se rencontrent.

– L'as-tu fait, père ?

Casiodorus devint très pâle.

– Qu'est-ce que tu veux insinuer, Elspeth?

Elle sourit tristement.

– Seulement que tu m'aimes...

– Oui, beaucoup.

– Et que tu m'as protégée, comme tu as protégé ma mère, de tout ce qui est menaçant et inutile...

Casiodorus ne dit rien. Très lentement, sa tête tomba vers l'avant, et en même temps la pièce trembla de nouveau, si violemment que, pendant un instant, on pensa que le mur de Morgenthorne allait s'effondrer. Un instant, cela sembla concerner Casiodorus, qui voyait s'effondrer sous ses yeux vingt ans de précautions et de remparts qu'il avait bâtis autour d'elle. Il rit tout à coup. Puis il se mit à pleurer.

Le dragon les secoua une fois de plus.

Elspeth prit la tête de son père contre sa poitrine. Ses cheveux tombèrent autour de lui comme un rideau.

– Mon père chéri, dit-elle. Si je ne suis pas avant tout une femme préparée à prendre ma place dans l'événement le plus important d'Urland, comment puis-je être princesse?

En quittant son père, Elspeth alla droit à la pièce où Galen était enfermé et tira le lourd verrou. La porte craqua en s'ouvrant, frappant doucement le mur.

– Vous aviez raison, dit-elle. (La pièce trembla comme elle parlait.) Mon père m'avait protégée. Je veux rembourser ma dette, à partir de maintenant. Partez, je vous en prie. Derrière la tenture au fond du hall, vous trouverez un escalier secret. Il mène aux étables et aux écuries, dans la cour. Prenez un cheval rapide! Fuyez! Vite, avant le retour de

Tyrian. Il voudra certainement se venger de vous. Partez, si vous voulez vivre!

Sans attendre de réponse, elle se précipita dans son propre appartement, puis dehors dans la cour. Les spasmes de la rage du dragon s'étaient faits plus violents, et des blocs de maçonnerie se détachaient des murs çà et là. Les animaux blancs se réfugiaient près d'elle, terrifiés. Ceux qui étaient entravés tiraient sur leurs liens.

– Allez! dit-elle en les libérant un à un. Chacun doit trouver son propre chemin, à présent. Il n'y a plus personne pour nous protéger.

Elle parlait avec une froide décision, et les animaux, qui ne l'avaient jamais entendue utiliser ce ton, en étaient d'autant plus effarouchés. De toute leur vie jamais elle ne les avait envoyés loin d'elle. Ils se groupèrent pitoyablement à ses pieds.

– Allez! Vous êtes libres! Tracez votre propre chemin! Partez maintenant! Allez!

Elle agita les bras et les poussa du pied un à un, et ils s'en allèrent, se faufilant à travers les murs qui s'effondraient, ou s'élevant au-dessus d'eux vers un monde sauvage et inconnu. Gringe, le dernier à venir vers elle, fut aussi le dernier à partir, et resta à décrire des cercles au dessus de Morgenthorne, au lieu de se réfugier dans les taillis ou les rochers voisins.

Pendant ce temps, Galen s'évadait. L'escalier secret était raide, étroit, nauséabond et obscur. Trébuchant et se cognant la tête contre le plafond bas, il se retrouva dans les écuries au moment même où un choc particulièrement fort venait d'en effondrer le porche, et il fut englouti dans un nuage de poussière. Les chevaux enfermés s'affolaient et avant que Galen n'ait récupéré, plusieurs d'entre eux avaient brisé leurs stalles et s'élançaient en hennissant vers la porte. Toussant et étouffant, Galen s'aplatit contre un renfoncement du mur tandis que tous les chevaux sauf deux le dépassaient comme des bolides. Puis, comme les deux derniers piaffaient d'un air indécis dans leurs stalles, il chancela jusqu'à la porte et regarda au-dehors.

Dans la cour, si paisible et bucolique une heure plus tôt, le chaos régnait. Les animaux blancs avaient été remplacés par des hordes de gens hurlants, qui jetaient tous des coups d'œil apeurés vers les murailles vacillantes. La grande porte de Morgenthorne était déjà ouverte, et chevaliers et serviteurs confondus se pressaient vers la sécurité des champs voisins. Galen était sur le point de se joindre à cette mêlée lorsqu'il fut arrêté par la vue d'une silhouette qui ne courait pas, une silhouette quasi immobile.

Tyrian.

Noir contre le mur pâle, le centurion regardait par-dessus la foule des paysans terrifiés, cherchant Galen qui recula précipitamment, mais il n'avait pas été assez rapide. Tyrian l'avait vu. Le grand homme parut tout à coup grandir encore. Son dos se redressa, ses épaules se gonflèrent, son bras droit se porta vers le pommeau de sa large épée.

Il avança avec la grâce féline que Galen avait déjà pu observer chez lui après l'assassinat de Hodge. Comme il s'approchait, sa lame, Tendrum, jaillit de son fourreau. Ses ornements magiques de cristal et d'ambre brillèrent au soleil. Tyrian la portait sur le côté, à la façon d'un guerrier fou qui ne pense qu'à tailler son ennemi en pièces. Le flot des laquais qui fuyaient s'écarta autour de lui, laissant un chemin libre. Galen pouvait voir la rage froide qui marquait son visage, et aussi qu'il parlait, bien qu'il ne pût entendre autre chose que le tumulte ambiant et les coups furieux des deux chevaux piégés derrière lui. Et soudain Tyrian fut assez proche pour être entendu :

– Perturbateur! dit-il avec une horrible colère. Petit idiot perturbateur!

Galen était paralysé par la terreur. Il vit la lame s'élever, il vit la main gauche de Tyrian venir rejoindre la droite sur l'épée pour renforcer le coup mortel vers son cou, il se jeta à terre. Il entendit la lame chanter au-dessus de sa tête, et son bruit déchirant quand elle s'écrasa sur le chambranle de pierre, et il entendit le juron de Tyrian.

Plusieurs choses se produisirent ensuite en succession rapide. Déséquilibré, Tyrian vacilla vers l'arrière. Au même instant, la terre trembla de nouveau, et ce choc envoya les deux chevaux dans une course folle vers la porte. Encore accroupi, Galen les entendit arriver, et bondit juste à temps pour laisser passer le premier. Tyrian eut moins de chance : l'épaule du cheval le souleva du sol et l'envoya atterrir sur le tas de fumier. Comme le second animal s'apprêtait à franchir le seuil, Galen vit sa chance. Il saisit la bride de l'animal (le propre étalon noir de Tyrian), bondit, et lui sauta sur le dos. Au moment où Tyrian avait suffisamment repris son souffle pour appeler Jerbul qui rôdait près de l'entrée, Galen avait déjà traversé la moitié de la cour. Cependant, Jerbul réagit instantanément. Il s'empara d'une pique, un instrument dangereux, ébarbé et tranchant, monté sur une longue perche, et la pointa avec une précision fatale vers le garçon et le cheval qui venaient vers lui. Le cheval hésita, ralentit, piaffa, recula. Jerbul avança de deux pas et aurait transpercé le ventre de l'animal d'un seul coup et désarçonné le pauvre Galen au coup suivant, si une forme hurlante et immaculée ne s'était pas jetée sur lui du haut des cieux pour se coller à son visage.

– Gringe!

Les hurlements de Jerbul se mêlèrent à ceux du corbeau, mais les cris de rage se muèrent vite en cris de douleur alors que des serres acérées s'enfonçaient dans ses yeux; un instant après, les pattes de devant de l'étalon avaient brisé le cou et les côtes de Jerbul, et Galen était de l'autre côté du pont-levis, en route vers Swanscombe.

Pendant un moment, les pensées de Galen allèrent vers le corbeau sauveur, avant de s'élancer vers Swanscombe et Valerian. Il supposa que l'oiseau était avec lui; mais Gringe ne le suivit que peu de temps avant de s'envoler assez haut pour avoir une vue d'ensemble sur plusieurs hectares d'Urland. Juste en dessous se trouvaient Morgenthorne et ses habitants qui fuyaient vers les champs protecteurs. Plus au sud-est, les toits de chaume de Swanscombe chauffaient sous un calme soleil. Entre les deux s'étendait la Désolation, que Gringe contempla en dernier car il y devinait une menace bien plus alarmante que celle de Jerbul. C'était de là qu'émanaient les secousses telluriques, et en son centre on pouvait distinguer un panache de fumée et de vapeur furieuse. Comme Gringe l'observait, la terre s'entrebâilla, fraîchement fendue, et une aile en sortit, puis une autre, puis une tête hurlante. Tout à coup, le flanc de la colline tout entier qui entourait le dragon fondit, et brilla d'un éclat qui rivalisait avec celui du soleil.

Gringe ne pouvait plus regarder. Voletant doucement, il se coula en une lente spirale vers Morgenthorne, et vers la silhouette blanche d'Elspeth qui était sortie de ses appartements et traversait la cour dévastée...

A deux heures de là, tandis qu'il poursuivait sa route, Galen sentit de la fumée, lourde et épaisse, chargée des odeurs de l'herbe et des arbres en feu. Comme il chevauchait, des parcelles de cendre et de braise tombaient sur la route, menaçant malgré la pluie de la veille de mettre le feu aux taillis. Mais quand Galen eut atteint un carrefour où une branche marquait le chemin vers l'est jusqu'au Lac des Passages, il vit cette fois la fumée épaisse et sut d'où elle provenait. Une poussée rapide jusqu'à la vallée de Swanscombe le mena en vue des premiers hameaux. Tout était en feu. Chaque maison incendiée ajoutait sa propre chaleur et sa fumée à la conflagration générale qui montait vers le ciel en épaisses volutes. Le bétail hurlait. Les gens étaient soit prostrés sur le flanc de la colline, trop choqués pour bouger, soit occupés à hurler leur colère vers le ciel, tendant les poings vers un ennemi invisible que Galen ne pouvait voir. Les récoltes brûlaient, les bois aussi. Tandis que Galen regardait cette dévastation, une souche de chêne près de lui s'enflamma soudain. Son cheval se cabra, courant en des cercles terrifiés. Galen le laissa aller à son gré, et ils se remirent à galoper vers Swanscombe, toussant, les yeux ruisselants, l'estomac noué par l'inquiétude.

La route était droite et vide. Aucun oiseau ne vint croiser son chemin, nul lapin ne s'enfuit devant lui, ni même un écureuil dans les hautes branches.

Pendant plusieurs lieues, lui et le cheval furent totalement seuls.

Puis, sans qu'il eût pu dire comment, il se rendit compte qu'il n'était plus seul. Son dos lui paraissait froid et vulnérable comme si des mains spectrales avaient arraché son pourpoint et son justaucorps. Son cou et l'arrière de sa tête étaient aussi gelés, paralysés, comme si des griffes de glace l'avaient saisi. Il s'accrocha à la crinière du cheval et se pencha à droite, à gauche, en arrière, mais ne vit rien. Rien excepté le vacillement d'une ombre sur la route, et d'autres ombres, par centaines, se déplaçant à des hauteurs différentes au-dessus des arbres et des buissons de la forêt. Ce ne fut qu'au second coup d'œil que la terrible vérité le frappa : *il n'y avait qu'une seule ombre!* Une seule! Une tache gigantesque qui fonçait au-dessus de la forêt. Le cheval, écumant, avait déjà pressenti l'approche de quelque horreur, et galopait par bonds puissants, le cou aplati et raidi contre les rênes, le mors serré entre les dents, le souffle chargé de bave. Tous ses efforts étaient futiles, car l'ombre glacée avançait inlassablement vers eux, se profilant sur le dos de Galen, sur ses épaules, tombant comme une cagoule sur sa tête et celle de l'étalon. Le cheval terrifié hennit et se cabra, battant aveuglément l'air. Galen fut presque désarçonné, mais il jeta ses bras autour du cou de l'animal et se maintint en selle. Dans cette position, impuissant, il vit pour la première fois Vermithrax.

Le dragon s'approcha du sol, si bas que les extrémités de ses ailes touchaient presque la cime des arbres. Il allait si lentement que, dans un moment de panique absolue, Galen crut qu'il descendait vers lui et allait atterrir avec un raclement obscène et léger sur son propre visage. Il s'imagina écrasé par le bas-ventre écaillé de la créature. Il hurla; et son hurlement se confondit avec les hennissements du cheval.

Mais le dragon n'atterrit pas. Il ne cracha pas le feu. La rage de Vermithrax lui avait fait utiliser une énorme quantité de flammes et au moment où le hasard le mit sur la route de Galen, il récupérait lentement ces flammes, les reconstituant en vue d'un assaut contre le prochain village, qu'il apercevait déjà devant lui. D'ailleurs, il n'avait pas senti de menace émanant de cette créature humaine qui fuyait, aucune force latente autour de lui.

A Morgenthorne, au contraire, il avait éprouvé la sensation d'un véritable défi. Après sa sortie de la caverne, il y avait été curieusement attiré et avait décrit des cercles pendant plusieurs minutes autour du château, indécis sur la nécessité d'un combat. Quelque chose se tenait là, au plus profond des murs du château, quelque chose qui faisait étinceler la rétine de Vermithrax, et lui imposait une image du Lac de Feu. Mais finalement le dragon s'était éloigné vers le sud-est, crachant des jets de feu qui explosaient sur les collines.

Le cheval n'en pouvait plus. Ses genoux fléchirent et il s'effondra, toujours face au dragon, et Galen assura sa prise sur son dos frémissant. Bouche bée, il regarda le dragon passer au-dessus d'eux, vit les écailles formidables comme sa peau ondulait, vit les endroits couturés là où des écailles avaient été arrachées, vit les convulsions du ventre comme l'animal se préparait de nouveau à vomir du feu. Et alors, juste au moment où l'écœurante bête passait au-dessus d'eux, l'événement le plus terrifiant de tout cet incident se produisit : la queue, se déplaçant comme douée d'une vie propre, retomba car le dragon s'élevait pour éviter un immense chêne, et son bout en spatule descendit si bas qu'elle toucha véritablement le museau du cheval affolé, caressa son cou avec une douceur obscène, se drapa telle une lourde feuille sur la tête de Galen, glissa le long de son dos, puis de celui du cheval, et s'en fut, laissant derrière elle une brûlante humidité, une odeur de putréfaction et de fumée.

Les hurlements de Galen se mêlèrent à ceux du cheval. Le dessus de sa tête était couvert de traînées visqueuses. Elles dégageaient une odeur horrible. Tremblant, secoué par des haut-le-cœur, il mit pied à terre, se nettoya et nettoya aussi le cheval du mieux qu'il put avec sa brosse de selle, avant de tomber à genoux et de vomir dans le fossé. Lorsqu'il se trouva enfin en mesure de reprendre sa route, le dragon avait pris plusieurs lieues d'avance. Sa forme noire commençait à descendre vers Swanscombe.

Galen remonta à cheval et enfonça ses talons dans les flancs de la bête. Tremblant encore, l'animal n'aurait sans doute pas envisagé de suivre la piste du dragon s'il n'avait été encouragé par son cavalier. Ils se mirent en marche.

En quelques minutes, ils parvinrent au promontoire qui surplombait la vallée de Swanscombe, et l'inquiétude de Galen se confirma : le village était en flammes. Le dragon avait effectué deux passages. Les traînées de feu avaient la forme d'une croix, le Grenier en marquant le centre. Cette bâtisse, siège du triomphe de Galen, était consumée en de vastes soubresauts d'incendie, comme si, tel un animal torturé et convulsif, elle aspirait à se consumer au plus vite. De tous côtés, des granges et des fermes brûlaient et des villageois se précipitaient à la rivière pour en rapporter de l'eau. Leurs efforts étaient vains. Même de son observatoire éloigné, Galen pouvait voir que les maisons enflammées étaient condamnées. Seul un mince espoir de sauver celles qui n'avaient pas encore pris feu subsistait. Il éperonna sa monture et le cheval entama la descente, clopinant avec hésitation. En un instant il avait traversé les champs de blé qui allaient se consumer sous l'action de braises volantes, et il arriva au village.

Au milieu des flammes et de la fumée, il vit l'horreur et le courage. Des hommes risquaient leur vie pour sortir de vieilles femmes des huttes flamboyantes; d'autres se tenaient en équilibre instable sur des échelles pour jeter de l'eau; des hommes et des femmes formaient une chaîne de seaux du village à la rivière. Sur plusieurs seuils reposaient les corps de ceux qui avaient succombé à la fumée avant de pouvoir fuir et, dans les rues, les carcasses de ceux que Vermithrax avait happés de son souffle brûlant. Des cadavres raidis d'animaux fumaient dans les étables. Et partout il y avait des enfants qui pleuraient, certains épargnés, d'autres terriblement brûlés, qui tous se tournaient vers Galen, l'homme sur le cheval, l'homme qui avait la puissance. Ce n'était pas le malheur auquel il assistait à présent; cela viendrait plus tard, quand le premier choc serait passé, quand la souffrance commencerait. Ce qu'il voyait sur beaucoup de visages, même sur ceux qui étaient atrocement brûlés, c'était l'incrédulité, et même l'étonnement, les regards fixes qui disaient : *Ça ne peut pas arriver ici! Nous avons pris toutes les précautions! Mais C'EST arrivé ici!*

La vision de Galen se brouilla. Une fumée âcre

brûlait sa bouche et ses narines. *Est-ce moi qui ai fait cela?*

– Toi! (Greil boitilla vers lui, les épaules courbées lourdes de menace.) Tu as du culot de revenir ici après ce que tu as fait!

Il ramassa un gourdin, le prit fermement, et continua d'avancer. Malkin et Xenophobus apparurent derrière lui dans la fumée, et tous deux ramassèrent des bâtons.

– Va-t'en! siffla Malkin. Pars!

Galen dirigea le cheval vers l'intérieur du village.

Simonburgh était aussi la proie des flammes, bien que sa position aux confins du village lui ait permis d'échapper à la rage brutale de l'attaque du dragon. Un seul de ses angles brûlait. Il n'y avait aucun signe de Valerian ou de son père. Il aurait voulu descendre de cheval, se précipiter à l'intérieur; mais il savait que Greil et Malkin lui avaient bloqué la route. Il ne pouvait rebrousser chemin. Etouffé et aveuglé par la fumée, il remonta la rivière, les yeux pleins de larmes, dans les éclaboussures de l'eau, et s'arrêta enfin dans la prairie sur l'autre berge.

– Bienvenue à la fête!

Une voix perçante le frappa comme un coup de fouet. Il se prépara à une attaque de flanc, mais il n'y avait personne alentour.

– Venez à la fête!

La voix était aiguë, amèrement moqueuse, pleine d'indignation. Elle venait d'une petite silhouette sur la butte à droite de Galen, une silhouette qui brandissait une canne tordue. Il était encapuchonné et grotesquement maigre.

– Jacopus!

– Viens! Il faut fêter ça! N'est-ce pas ça que vous

m'aviez demandé de faire? « Viens avec nous, Jacopus! Viens fêter la mort du dragon! » Te souviens-tu? C'est ce que tu as dit. C'est ce que vous avez *tous* dit! Eh bien, *la voilà, ta fête*!

Galen ne put répondre. Sa bouche était sèche. Il était épuisé. Son ventre était de plomb. Il regarda en pleurant à travers les voiles mouvants de la fumée, il regarda la destruction et la douleur au delà de la rivière. Sa première réaction fut de plaider l'ignorance, de dire qu'il ne savait pas que tel serait l'effet de ce rocher abattu. Puis il se souvint avec quelle fierté il s'était vanté lorsque le dragon avait semblé mort.

Accroupi comme un gros insecte, Jacopus attendait une réponse.

Galen eut l'impression qu'il n'avait jamais été aussi important de dire la vérité.

– C'est vrai, dit-il. C'est moi qui ai causé cela.

Jacopus se rengorgea de satisfaction.

– Tu voulais faire le *Bien*.

– Oui.

– Et cela s'est *transformé* en horreur, en Mal.

– Oui.

– Te dirais je pourquoi?

– Parce que, dit Galen, si bas que Jacopus ne l'entendit pas, je ne suis pas un sorcier. Je ne suis pas Ulrich.

– Parce que, dit Jacopus, tu n'as pas la grâce.

Il rit soudain.

– Pauvre naïf! Comment peux-tu aider quiconque sans la Foi, sans la Parole? Tu as fait tout ce que tu pouvais faire, tu as semé la terreur et la mort, et les enfants brûlés!

– Et ta Foi, elle aurait pu empêcher les enfants d'être brûlés?

– Oui!
– Elle aurait pu empêcher la terreur?
– Oui!
– Elle aurait tué le dragon?
– Oui! Oui!

En un transport d'extase et de colère, Jacopus leva de nouveau sa canne, l'agitant vers le ciel.

A cet instant, comme appelée, une ombre glissa au-dessus d'eux. Jacopus et Galen regardèrent lentement vers le haut. Haut, très haut, à une altitude où les panaches de fumée de bien des incendies se rejoignaient pour se fondre avec les nuages, ils distinguèrent une silhouette fière et nettement reconnaissable.

Vermithrax rentrait à la Désolation.

SICARIUS

A des kilomètres à la ronde, la campagne était embrasée. La fumée de centaines d'incendies s'élevait et se mélangeait et, haut dans les nuages, Vermithrax retournait chez lui. Il ne prêta aucune attention aux silhouettes proches de son repaire. Ses pensées en étaient fort loin, loin au nord et au sud, là où il était encore possible que d'autres dragons puissent voir cette splendide démonstration de chaos, et y viennent, galvanisés.

Dans cet espoir, Vermithrax avait volé beaucoup plus haut que de coutume; et pour cette raison l'ombre qui enveloppa Jacopus était petite et diffuse.

– Eh bien, dit Galen, se retournant vers le prêtre, tu vas avoir ta chance.

Il supposait que Jacopus hésiterait à faire face au dragon, et que ses déclarations n'étaient que vantardises. Mais il se trompait. Il vit que le visage de l'autre homme s'était modifié. Jacopus désirait cet instant. En fait, il avait déjà commencé sa route vers le gîte du dragon, tel un somnambule euphorique. La petite troupe des villageois qui avaient suivi Galen jusqu'à la rivière s'arrêta, devinant ce qui allait se produire.

Avec une dignité effroyable, Vermithrax descendit. A mille pieds du sol, le dragon prit conscience du village en flammes. A cent cinquante mètres, de la Désolation et de l'entrée du Lac de Feu; à cent mètres, il passa au-dessus d'un humain qui gesticulait bizarrement, et d'un cavalier avec sa monture qui lui parurent étrangement familiers. Celui qui s'agitait était un *héros.* Vermithrax grogna, et deux ruisseaux de feu tombèrent en cascade vers le sol. En un instant, le dragon atterrit à l'entrée de sa caverne et fit volte-face.

Entre-temps, Jacopus avait commencé à courir, en boitillant. Il avait perdu ses sandales dans sa hâte d'atteindre la Désolation et il bondissait chaque fois que des épines ou des rocs acérés le piquaient. Fasciné et stupéfait, Galen éperonna son cheval et suivit le prêtre. Il était rempli de prémonition. Il aurait voulu crier à Jacopus : *N'y va pas! Tu ne prouveras rien! Tu n'as aucun pouvoir réel! Tu vas être tué!* Et pourtant, il avait l'impression curieuse que ce prêtre fou, sale et dépenaillé, représentait une incroyable puissance potentielle. Et s'il y avait cent Jacopus, ou mille, tous habités de la même ferveur, du même désir sauvage de sacrifice?

Au centre de la Désolation, surnaturel et magnifique sur son rocher, Vermithrax restait immobile. Des flots de fumée ambiante, des spirales et des jets de fumée torturaient le ciel et le soleil pour en faire des créatures vivantes et endolories.

Galen ne pouvait détacher ses yeux de Jacopus, qui continuait à boitiller péniblement dans la Désolation. Il était simultanément pitoyablement humain et intrinsèquement héroïque, et il attirait Galen à un niveau plus profond que celui de la pensée. Malgré lui, le garçon éperonna le cheval, combattant la froide terreur qui étreignait son ventre et son dos. Il aurait voulu être loin, être n'importe où mais pas ici. Mais il aiguillonna l'animal, et celui-ci s'avança à contrecœur, et ils entrèrent dans la Désolation.

Soudain, la cuvette de rocaille lui parut si vide et tranquille qu'il put entendre les cris de Jacopus résonner parfaitement contre les escarpements proches. D'abord, constamment répété, comme un refrain, le nom du dragon : *Vermithrax!* comme si Jacopus cherchait à captiver l'attention de la bête avec cela seul. Puis, éparses, d'autres clameurs, d'autres injonctions : « Ver! Bête maudite! Diable venu de l'Enfer! *Vermithrax!* Incarnation du mal! Je viens! Je viens!... »

– ... *Mal,* dirent les rochers, ... *viens...*

– Attends, Démon! Tu vas sentir la puissance du Seigneur Dieu! Tu fuiras devant elle! Loin, loin dans les éternelles Ténèbres! Je suis la Lumière!

– ... *Ténè...brrres...* murmurèrent les rochers.

Vermithrax ne bougea pas.

– Monstre! Retourne d'où tu viens! Retourne dans les tourments et les flammes éternelles de l'Enfer!

Jacopus s'approchait de plus en plus. Il était à moins de deux cents mètres. Il avait atteint une partie de la pente si escarpée qu'il devait à moitié ramper, raclant les pierres de son bâton, mais il semblait totalement imperméable à son inconfort, aux empreintes sanguinolentes qui marquaient sa piste. Ses yeux étaient fixés comme des braises sur le dragon. Il n'avait aucun plan d'action cohérent. Si Vermithrax l'avait suffisamment laissé approcher, il aurait sans doute choisi de se jeter sur le dragon, frappant et griffant, se convulsant dans les transports de la Puissance Divine. Il aurait peut-être visé les yeux, ou une tache pustuleuse laissée par une écaille arrachée, dans l'espoir d'y planter son bâton; peut-être aurait-il cherché à se ruer entre les mâchoires béantes de la créature, hurlant et tapant du pied, donnant de furieux coups avec son bâton.

Mais Vermithrax ne le laissa pas s'approcher davantage. Encore immobile, la tête tourna, et enveloppa Jacopus de son regard. Le prêtre cessa de piétiner parmi les rochers. Un instant, il demeura à quatre pattes, tel un animal disgracieux, puis se remit debout.

– Démon! dit-il.

Mais si bas cette fois qu'il n'y eut pas d'écho. Il ne savait pas quoi attendre de ce regard, la malignité palpitante des serpents et des lézards, ou peut-être l'indifférence des bêtes aquatiques. Quelque chose, en tout cas, de compréhensible. Ce qu'il vit en réalité était fort différent, et Vermithrax lui laissa un long moment pour le contempler. C'était une douleur, et un chagrin, et une haine incommensurable à toute échelle humaine, aussi éloignée de toutes les notions du mal que l'éternité est loin des notions du temps. Profondément secoué, Jacopus eut encore la force de se livrer à un ultime acte de courage que seul Galen put apercevoir. Il leva son bâton devant lui tournant sa croix celte droit vers la bête. Il prit son souffle tout en sachant que c'était son dernier, et, au seuil final de l'existence, dit clairement et assez fort pour que l'écho se répandît comme du verre brisé sur les pentes de la Désolation :

– Démon, recule devant moi!

Pendant une seconde, le petit tableau demeura fixe, intact. Puis l'horreur à laquelle Galen s'attendait survint. Le dragon cracha le feu comme un homme qui vise soigneusement le caniveau, et le jet de flammes sembla se grouper par magie avant de retomber sur Jacopus, d'un seul coup. Il n'y eut que ce qu'il absorba, et rien de plus. Et quand il l'eut absorbé, il n'était plus humain; il était un crabe de charbon rampant dans les rochers en hurlant des sons atrocement amplifiés par les murs de granite; il était une pulpe noirâtre qui tremblait et s'effritait; il était un amas de cendres d'où saillaient des brindilles d'os.

Quelque part, au bord de la Désolation, retentit le cri long et plaintif d'une femme, une femme dépourvue de toute illusion et de tout espoir.

Le dragon ignora Galen. Les ailes collées au corps, semblable à un lézard, Vermithrax se retourna et disparut. Le bout de sa queue s'attarda un peu; pendant quelque temps il resta à traîner sur le parapet rocheux, comme une créature douée d'une vie propre.

Ce ne fut qu'à ce moment-là que Galen remonta à cheval. L'animal se précipita vers le tapis de verdure d'un galop rapide. Le groupe de villageois s'y trouvait encore, stupéfiés par ce qu'ils avaient vu, cette horreur finale dans une journée remplie d'horreurs, et le cheval était presque sur eux quand ils s'écartèrent enfin pour lui laisser la voie libre.

A une demi-lieue plus bas, le cheval se mit au pas, respirant l'herbe de la rivière et espérant un réconfort. Et Galen arriva bientôt à Swanscombe. Les incendies avaient diminué. Il trouva Simon et Valerian, souillés de sueur et de fumée, qui inspectaient les dégâts subis par leur demeure. Par miracle, ils étaient revenus à temps pour étouffer les flammes qui menaçaient Simonburgh.

Ils se redressèrent en voyant Galen approcher. Quand il eut mis pied à terre, ils se regardèrent tous trois pendant plusieurs minutes, le père et la fille noircis par le feu, et le jeune homme qui semblait avoir grandi et vieilli en une seule journée. Puis Galen secoua la tête et eut un geste de regret vers le village ravagé.

– Je suis désolé, dit-il. C'est ma faute. Je ne suis pas un sorcier.

Alors Simon fit un pas en avant, et entoura les épaules de Galen d'un bras solide.

– Ne t'en fais pas, dit Simon, nous pourrons reconstruire.

Et Valerian acquiesça.

– Ils rebâtiront, dit-elle.

– C'est moi qui suis responsable de tout cela!

Elle haussa les épaules.

– Nous aussi nous y avons cru, dit-elle. Nous voulions que tu essayes.

– Venez! dit Simon en les attirant à l'intérieur. Nous allons faire de la soupe. Et il y a de la viande. Nous parlerons plus tard. Nous déciderons ce qu'il y a de mieux à faire plus tard.

Et ils mangèrent. Ils mangèrent tandis que les odeurs de l'incendie se dissipaient. La pleine lune fraîche se leva sur l'horizon. Galen n'avait cependant pris qu'une bouchée avant qu'il ne commence à s'endormir. Les horreurs de la journée l'avaient rudement secoué et, comme l'épuisement le gagnait, Valerian et Simon voyaient clairement qu'il n'était plus le même jeune magicien téméraire qui était arrivé à Urland trois mois plus tôt. La culpabilité avait remplacé sa confiance en lui. Pourtant, comme il se levait pour aller de la table à son lit, trébuchant de fatigue, il dit :

– Il me faudra une arme. Demain.

Sa voix était à peine audible, mais Simon l'entendit. A travers les voiles de son propre épuisement, Simon observa le jeune homme. Il vit que le Galen qui venait de parler était au plus profond de lui.

– Il a dit qu'il lui faudrait une lance, dit Simon quand Galen eut quitté la pièce.

– Une arme, oui, répliqua Valerian.

Ils restèrent assis dans le crépuscule naissant. La pensée d'allumer une lampe ou du feu leur paraissait un blasphème. De l'extérieur parvenaient des cris et des appels, des grognements, des sanglots désespérés et des jurons revêches. Les gens étaient en deuil. Ils découvraient les nouvelles limites de leur vie et bâtissaient de nouvelles défenses contre un destin grotesque et étouffant.

– J'ai quelque chose à te dire, commença Simon.

Valerian ne pouvait plus voir son visage dans l'obscurité. Sa tête était courbée et il examinait ses mains comme le font les vieillards qui se souviennent.

– J'ai connu Ulrich il y a trente ans. Tu te souviens, c'est *moi* qui t'ai envoyée le voir.

– Mais je croyais que tu avais seulement entendu parler de lui.

Simon secoua la tête.

– J'espérais qu'il viendrait lui-même... J'espérais qu'il se servirait de mon arme pour combattre Vermithrax.

– Ton arme! Mais alors...

– J'en ai fabriqué une, oui. Ulrich m'a averti. Il a écouté ma requête, car, vois-tu, j'avais une grande vision d'un monde débarrassé des dragons une fois pour toutes, et grâce à moi, et il m'a averti. Il m'a dit que tous les jeunes hommes rêvaient de livrer bataille aux dragons et de les détruire. Mais qu'il y avait un moment où l'on devait accepter des compromis. On devait passer des arrangements. Est-ce que je voulais quelque chose suffisamment pour être prêt à donner autre chose en échange? Je lui ai répondu qu'on ne pouvait discuter en termes de généralités; qu'il me fallait savoir *quelles* choses. Mais il refusa. Il dit qu'il n'en savait rien lui-même, mais que les dieux Grim et Weird, conducteurs du destin des hommes, révéleraient toutes ces choses en temps voulu. Mais je devais savoir, m'a-t-il dit, que la puissance que je recherchais avait son prix, et que, une fois la décision prise, je devrais le payer. Tôt ou tard, il me faudrait payer le prix. J'ai... j'ai accepté.

» Alors, il a préparé pour moi une potion. Cela lui a pris deux jours et une nuit. A certains moments de sa fabrication, la potion luisait et brillait d'un étrange éclat vert.

» Quand elle fut refroidie, il la versa dans un vase de terre qui avait été doublé à l'intérieur de magnésite et de joyaux semi-précieux. Rien d'autre, expliqua-t-il, n'aurait pu la contenir. Puis il me la donna, avec les instructions pour son usage. Quand je parlai de payer, il me regarda d'un air de pitié. « Mais n'avez-vous pas compris? me demanda-t-il. Vous *paierez*, et donc vous avez *déjà* payé. Le pacte est scellé. Partez à présent, et faites-en bon usage. »

» Ainsi je revins à la maison. Je choisis le meilleur fer, un fer presque sans impuretés, et au dernier stade de la fonte, suivant les instructions d'Ulrich, j'y ajoutai la première moitié de la potion. Puis je tordis les barres ensemble, et les martelai selon la forme non d'une épée, mais d'une lance. Une lance de ma propre invention. Je fis de mon mieux. Toutes mes années d'expérience s'y mêlèrent. Et, ce qui est étrange...

Simon chancela.

– Continue, dit Valerian. Etrange?

– Il... il n'y avait pas d'étincelles! Rien ne se perdait. C'était comme si, tandis que je le forgeais, le métal lui-même – je ne peux l'expliquer –, comme s'il *voulait* être forgé. Et la couleur! Ça ne ressemblait à rien de ce que j'avais vu. A son point de fusion, quand la plupart des métaux deviennent blancs, celui-là était vert! Un vert incroyable! Un jour, quand j'étais enfant, un voyageur était venu. Il vendait des curiosités et des souvenirs. Il avait un objet en cuir, une bourse dont il disait que c'était la peau d'un dragonet. Quand il la tenait devant la lumière, elle luisait en vert. La lance avait cette couleur quand je l'ai trempée.

– Et maintenant, où se trouve-t-elle? demanda Valerian. Qu'est-elle devenue?

Mais son père continua comme s'il n'avait pas entendu.

– Je lui choisis un nom romain. Pourquoi ? Je n'en suis pas sûr, si ce n'est que j'ai vu un homme brave mourir un jour, un Romain solitaire, le dernier de sa légion. Il était blessé, debout dans les ruines de son fortin, criant vers nos chevaux et comme il balançait son épée, elle sifflait au-dessus du vacarme. Peut-être que je lui rendais hommage. Je l'appelai *Sicarius Dracorum*, Tueur de Dragons. Et je fabriquai un fourreau, du plus résistant cuir de sanglier, surpiqué, et je le fignolai pendant les soirées, et y incrustai des fils d'or et d'argent. Puis je façonnai une boîte du chêne le plus fin, une boîte avec un verrou secret, et je la huilai et la polis pour qu'elle brille. J'y plaçai l'arme.

– Et alors ?

– Alors j'attendis. J'attendis. Ma réputation de forgeron et d'armurier n'avait pas diminué du tout. Des combattants venaient toujours, Bretons et Saxons, pour chercher mes épées, mais ils n'étaient que des mercenaires, riches, capables de payer, mais intéressés uniquement par le vol et le pillage. Du jour où j'eus forgé cette lance à aujourd'hui, aucun jeune guerrier courageux n'est venu la demander. Aucun jeune impatient et honnête, avec une lueur de désintéressement au fond des yeux.

– Jusqu'à maintenant. Galen.

– Oui, dit-il, hochant la tête avec lenteur. Galen. Je le crois. Au matin, nous saurons.

– Où se trouve-t-elle ?

– Elle est dans un caveau, sous ma forge. Je ne l'ai pas regardée depuis que je me suis installé à Swanscombe, il y a un quart de siècle.

Valerian resta muette, émerveillée. La nuit était

tombée à présent, mais il y avait assez de lumière émanant des maisons brasillantes pour qu'elle distingue le visage de son père. Il s'était penché en avant, les coudes sur ses genoux, et ses épaules bougeaient d'une façon si curieuse et peu habituelle que Valerian mit un moment à se rendre compte qu'il pleurait. Elle ne l'avait jamais vu ainsi auparavant; elle le contemplait avec stupeur. Pendant cette journée horrible, entouré par la souffrance et la terreur, son père avait travaillé d'arrache-pied, sans une larme, et elle se demandait comment la force d'un souvenir avait pu l'émouvoir à un tel point.

– Il y a autre chose que tu dois savoir, dit-il au bout d'un instant. Il s'agit du pacte signé avec Grim et Weird il y a toutes ces années quand j'étais trop jeune et stupide pour penser qu'il me faudrait un jour payer. Il s'agit de ta mère.

Valerian resta immobile. Elle n'avait aucun souvenir de sa mère. Ce mot ouvrait une petite porte sur une pièce sombre et vide.

– Je t'ai dit, dit Simon, je t'ai toujours raconté que ta mère était morte de maladie. Qu'elle avait été emportée par la fièvre dans son sommeil, sans douleur. Ce n'est pas vrai. Je t'ai menti.

– Le Tirage au Sort!

Simon acquiesça.

– Tu n'étais qu'un nourrisson. Pas même âgée d'un an. Le père de Casiodorus était roi. J'ai su, avant même de voir le bras du Chambellan descendre dans le vase, j'ai su, j'ai prononcé tout haut le nom de ma femme, *Lilla!* et puis l'homme a tiré, et il s'est tourné vers moi.

– Ma mère!

– Elle était très belle. Elle était juste un peu plus âgée que toi aujourd'hui.

– Et c'est pour cela que, dans le Grenier en juin dernier, quand j'ai révélé que j'étais une fille, il y a eu si peu de cris de vengeance ou de punition!

Il acquiesça.

– Beaucoup le savaient. Il y avait des sages-femmes, des nourrices...

– Elles... elles avaient pitié de toi.

– Oui; je leur dois tout, tu sais. C'est à elles que je te dois. (Comme il parlait, un bruit retentit, comme des tambours au loin. Ils se dressèrent tous deux.) Le pont! chuchota Simon.

– Des chevaux qui traversent!

Se tenant l'un l'autre, père et fille regardèrent par la fenêtre ouverte. Avançant lentement, en file indienne, Tyrian et ses hommes entraient dans le village. La lueur des feux mourants luisait sur leurs visages, sur leurs emblèmes du dragon, sur leurs parures. Ils étaient dix. Ils n'apportaient nulle aide, nulle nourriture, nulle consolation. Ils avançaient en silence, à l'exception des pas de leurs chevaux. A quelque distance derrière eux, l'air misérable, venait Horsrick, monté sur une nouvelle charrette tirée, comme le Codex Dracorum le stipulait avec précision, par une jument baie...

Galen s'éveilla à l'aube. Il était conscient des mouvements lents des animaux dans leurs étables, en dessous. Il était conscient, grâce aux rayons de soleil qui filtraient par les fentes du chaume, que la journée allait être très chaude.

Avant même d'avoir ouvert les yeux, Galen se mit à fouiller dans son havresac, tout au fond de son maigre paquet de biens, et y trouva, en sécurité dans le sac de cuir tendre où Hodge les avait réunis, les cendres et les débris d'os qui étaient les seuls restes d'Ulrich. C'était peu, mais cela représentait un réconfort au milieu du désastre qui l'avait frappé, et il tint le sac d'un air pensif, plein de regrets. Ulrich avait eu fatalement raison à son sujet, après tout. Non seulement il n'avait rien appris, mais, une fois mis à l'épreuve, il avait échoué. Il avait même perdu l'amulette. Il avait tout raté.

– Qu'est-ce qu'il y a là-dedans?

Surpris, il se dressa sur son lit, replaçant le sac dans ses affaires.

– R-rien. Juste un souvenir.

Valerian était assise près de lui, les jambes croisées sous elle.

– Tu avais l'air de faire un cauchemar.

– C'est vrai.

Il bâilla, s'étira, se gratta vaguement sous le bras gauche.

– Moi aussi. En tout cas, tout le temps où j'ai dormi, j'ai eu des cauchemars. Au sujet des Tirages au Sort.

Galen cessa de se gratter.

– Il va y en avoir un, alors?

Elle acquiesça.

– Quand?

– Aujourd'hui. Trois heures avant le coucher du soleil.

– Et toi...

Elle acquiesça de nouveau.

– Oui. J'y serai. J'en suis heureuse. (Elle se tut un moment. Puis elle chassa une mèche de cheveux de son visage.) Sais-tu ce que je déteste le plus? L'*indignité*! La façon dont nous sommes dégradés. Mais je veux en faire partie, enfin.

Elle regarda dans le vide, incapable de lui rendre son regard.

Galen s'agenouilla dans la paille, rassemblant hâtivement ses affaires.

– Ton père est-il toujours là?

– Oui. (Elle se leva.) Pourquoi?

– Je veux lui demander une épée. Sa meilleure. (Il descendait déjà l'échelle vers le rez-de-chaussée.) Je ne peux rien lui payer...

– Ça ne fait rien, dit-elle, mais il se dépêchait et ne l'entendit pas.

– ... mais s'il me donne une arme je promets d'en faire bon usage. (Il hocha la tête avec détermination.) Je ne peux lui offrir plus.

– Vermithrax?

– Oui.

– Tu es stupide. Tu mourras.

– Oui, mais que puis-je faire? M'enfuir?

Il se retourna, et fut stupéfait de voir qu'elle souriait.

– C'est à toi de décider. Au moins tu serais vivant.

Il fit non de la tête.

– J'ai échoué une fois. Si j'échoue encore, si j'échoue en tant qu'homme aussi bien qu'en tant que sorcier, et si je vis, alors je serai *vraiment* mort.

Il la précédait vivement, allant vers la forge à travers les ombres, vers Simon qui travaillait déjà. Ou plutôt, vers Simon qui *avait l'air* de travailler, car il utilisait son grand soufflet, et le feu se reflétait en chatoyant sur son visage, comme s'il tournait des barres de fer dans les charbons ardents. En fait, il accomplissait les habitudes de toute une vie. Il n'avait rien à faire ce matin-là. Personne à Swanscombe ne lui avait demandé quoi que ce fût. Plus tard, ils reconstruiraient, mais aujourd'hui ils enterraient les morts. Ils enterraient les morts et se préparaient au Tirage.

Le Tirage au Sort.

Tard dans la nuit, hier, les hommes une fois installés dans leur campement, Tyrian était venu le voir. Il était venu seul, et si furtivement que Simon ne s'était douté de rien avant que sa voix ne retentisse derrière les volets.

– Forgeron! M'entends-tu? (C'était moitié un cri, moitié un murmure.) Tu amèneras ta fille demain, entends-tu? Tu l'amèneras. Elle prendra part au Tirage au Sort. M'entends-tu, forgeron?

– J'entends, avait répondu Simon.

– Elle doit participer!

– Je le sais.

– Le roi a été généreux avec toi. Mais si toi ou elle tentiez de vous échapper, il n'y aurait plus de pitié. *Je* m'en occuperai personnellement. Comprends-tu, Simon?

– Oui, dit-il.

Si j'avais le courage de me servir de la lance, pensa-t-il. Mais il n'avait pas ce courage. Il ne l'avait jamais eu...

– As-tu une arme?

Il crut un instant que Tyrian était revenu, mais cette voix était plus jeune, plus claire.

– Oui, dit-il, se tournant vers Galen. Et elle est à toi, si tu veux t'en servir comme je le crois. Mais tu dois m'aider à la chercher. Elle se trouve sous l'enclume.

Ensemble, ils poussèrent de côté l'enclume, révélant une trappe secrète dissimulée en dessous. Simon se pencha et réussit à l'ouvrir.

– Ça fait vingt-cinq ans, dit-il.

Là se trouvait la boîte de bois, aussi fraîche et luisante que le jour où il l'y avait mise. Il la sortit de la trappe. Nul rat ne l'avait rongée, nul ver n'avait foré. Oh, mais il y avait pris garde. Le petit compartiment secret était soigneusement dallé de brique et de mortier, sur tous ses côtés.

Sursautant devant sa beauté, Galen tendit la main et prit la boîte, touchant le grain rude du chêne.

– Ouvre-la, dit Simon.

– Mais je ne peux pas. Je ne vois pas comment...

En souriant, Simon toucha l'endroit secret, et avec la même souplesse que si on l'avait fabriqué la veille, le mécanisme joua. Galen sursauta de nouveau. Il était stupéfié par le système audacieux; puis sa stupéfaction se mua en un silence bouche bée, car l'arme elle-même se trouvait devant lui. Simon lui-même fut surpris. Il avait oublié combien elle était belle.

C'était une pointe fine longue d'environ cinquante centimètres, gracieusement proportionnée. Au contraire de lames moindres, elle ne brillait pas; elle allongeait toute sa sombre longueur sur la peau de daim où Simon l'avait placée tant d'années plus tôt. Seules ses incrustations d'argent ressortaient en un dessin saxon tournoyant le long de son tranchant et sur son fourreau à présent vide. Galen lit les runes qui y étaient inscrites : *Je suis Sicarius Dracorum! Utilisez-moi pour le Bien!* Autour de ces runes se trouvait un magnifique ornement d'argent pur : la tête d'un dragon rampant.

Sur un signe de Simon, Galen tendit la main et la prit. Elle était si légère qu'on l'aurait crue faite de quelque matière extra-terrestre. Il s'apprêtait à en toucher le fil, quand Simon intervint :

– Non. Nous allons voir si elle a bien conservé son tranchant.

De sous le banc, il sortit une feuille de chêne séchée. Faisant signe à Galen de tenir la lame droite, il plaça la feuille en travers du bord, près de la garde. Doucement, elle glissa vers l'avant et, ce faisant, la lame la fendit en deux, si bien qu'elle se sépara en deux moitiés qui voletèrent jusqu'au sol.

– Très bien, dit Simon, souriant fièrement. Maintenant, la pointe.

Une fois de plus, il saisit une feuille de chêne, la posa soigneusement sur la pointe, tandis que Galen tenait fermement la lame. Et une fois de plus, sans le moindre tremblement de la main de Galen, ou le plus léger souffle de vent matinal à travers les fenêtres, la feuille se tourna comme une créature vivante, et s'empala. Galen inclina la lame et la laissa glisser; son regard allait de l'arme à Simon et inversement, pénétré d'émerveillement et de joie.

En riant, Simon lui ôta la lame des mains et en examina la base. Puis il choisit avec soin dans un coin de son atelier un vigoureux bâton de chêne et l'ajusta à la pointe de lance. Cela fait, il rendit l'arme à Galen.

– Maintenant, dit-il, essayes-en la force. Essaye sur l'enclume.

– L'enclume?

Simon acquiesça.

– Tiens-la bien.

Pendant un instant, Galen hésita. Puis quand Simon et Valerian reculèrent, il carra ses pieds contre l'enclume comme un bûcheron contre un bloc de bois, leva la lame superbement équilibrée au-dessus du bloc de métal froid.

L'enclume se fendit en deux. Il n'y eut qu'un léger frémissement de la lance, et l'enclume s'ouvrit, pas avec le craquement du bois gelé un matin d'hiver, mais plutôt avec la tendre résistance du beurre frais sous le couteau.

– Encore solide, sourit Simon. Une bonne lame. La meilleure qu'il me soit possible de fabriquer.

Galen contemplait l'enclume, les yeux écarquillés. Il se pencha en avant pour toucher l'endroit fendu, mais retira immédiatement sa main. C'était brûlant!

– Avec cela, dit-il d'un air songeur, ou pas du tout.

– Avec cela, dit Simon, ou pas par des moyens humains. (Ils s'étreignirent les mains, la lame tel un sombre lien entre eux.) Il y a encore une chose, continua Simon, se courbant pour retirer une fiole noire de la crypte. Quand j'ai trempé l'acier, je n'ai utilisé que la moitié de la potion. Les instructions étaient de verser la seconde moitié sur la lame le jour même où elle devait servir, et devant celui qui s'en servirait.

Ouvrant le récipient, il fit signe à Galen de poser encore la lame sur sa peau de daim, et il versa dessus une substance visqueuse d'un vert pâle qui fit trembler l'acier comme un être vivant et le dota d'un éclat surnaturel. Il en recouvrit les deux côtés. Le tremblement se calma; la lueur disparut. La lame était prête.

– Voilà, dit Simon. Prends-la. J'aurais dû m'en servir moi-même il y a des années, mais le courage m'a manqué. Si toi tu le possèdes, alors frappe, frappe pour nous tous!

– Et moi, dit Valerian après un moment, très calmement, j'ai aussi quelque chose. Ce n'est ni aussi beau ni aussi terrible que la lame de mon père, mais je l'ai fait pour toi. La nuit dernière. Parce que je savais que tu ferais cela aujourd'hui et que tu en aurais besoin.

Elle retira une couverture du banc. Elle dissimulait un objet que Galen ne reconnut pas au début, car il était constitué d'écailles de dragon, disques entrelacés et étroitement liés, et ce ne fut qu'en prenant cet objet, puis en plaçant la main dans la poignée de tilleul à l'intérieur de la coque, qu'il comprit ce que c'était : « Un bouclier! » Il n'était pas rond comme les boucliers saxons. Il avait une forme qu'il n'avait jamais vue auparavant, long et convexe et si grand que tout son corps pouvait s'abriter derrière lui.

– Tu en auras besoin, répéta Valerian. Il n'existe rien d'autre qui soit imperméable au souffle du dragon.

– Il doit y en avoir au moins cent, dit Galen, palpant les écailles; plus de cent.

Elle haussa les épaules.

– Je les ai ramassées. Depuis longtemps. Il y en a beaucoup par ici, mais il faut aller, tu sais, *là-haut* pour en trouver.

Simon avait bien regardé le bouclier, lui aussi. Et il dit :

– Mais tu n'en avais pas autant que *ça*. Tu en as rassemblé d'autres.

De nouveau, elle haussa les épaules.

– Tu en as ramassé d'autres *la nuit dernière!*

– La nuit der..., commença Galen.

– Il ne m'en fallait plus que quelques-unes, alors je suis montée et je les ai prises. Tout était calme, et j'ai pensé que la Chose serait endormie. Je suppose qu'elle l'était. Enfin, je ne l'ai pas vue. Ah! (Elle leva un doigt vers Galen.) Mais ce que j'ai vu est quelque chose que tu dois savoir. (Elle frémit, touchée par une vague de souvenirs, et s'entoura de ses bras, comme pour serrer un châle imaginaire.) Horrible! Pouah!

– Quoi?

– Eh bien, le dragon n'est pas seul. Il y en a au moins deux autres. Des petits. Des bébés, je suppose.

– Mon Dieu! s'exclama Simon.

– Des dragonets, dit Galen. Il faudra les détruire aussi.

– C'est drôle, continua Valerian, c'est drôle qu'on ne l'ait jamais imaginé ayant des petits. Mais ils étaient bien là. J'ai presque trébuché sur l'un d'eux, dans le noir, et je l'aurais fait, si je n'avais pas vu l'autre perché sur un rocher, en ombre chinoise entre le ciel. Quand je me suis arrêtée et que j'ai reculé, celui sur le rocher a sifflé, *horrible,* comme un vieil asthmatique qui rit, et l'autre lui a répondu, et il était juste à côté de moi. Si j'avais fait un pas ou deux de plus... (Elle chassa les cheveux de ses yeux.) Enfin, je ne l'ai pas fait. Et je suis là. Et voilà le bouclier. Peut-être qu'il t'aidera, peut-être que non.

– Merci, dit Galen.

Il était embarrassé et perplexe.

– Quand le moment viendra, ne sors pas pour regarder le Tirage au Sort, avertit Simon. Les hommes de Tyrian te remarqueraient tout de suite. Regarde d'ici. Et puis quand tout le monde ira vers le bord de la Désolation, fais ce que tu dois faire. Tu auras le temps nécessaire, et il sera trop tard pour qu'ils t'arrêtent. Ils ont peur de la Désolation; je ne crois pas que Tyrian lui-même y soit jamais allé. Bonne chance.

Ils s'étreignirent les mains.

Valerian le prit dans ses bras et l'embrassa sur la bouche.

– Je te verrai, fit-elle, plus tard.

Et il sembla à Galen qu'elle faisait à la fois un vœu et une promesse, comme quoi elle serait l'Elue, et qu'elle serait sauvée par cette sombre lame.

– Oui, dit-il.

Plus tard, il observa du grenier de Simon les Urlandais qui se groupaient pour le Tirage. Depuis que les premiers messagers s'étaient élancés de Morgenthorne, porteurs des ordres de Casiodorus, les parents avaient commencé le lugubre voyage avec leurs filles, et les maris, le Codex l'ordonnait, avec leurs femmes éligibles. Les routes de minuit grouillaient de voyageurs venus des fermes et des hameaux, et des villages du Nord.

Depuis l'aube, ils étaient arrivés, pétrifiés devant les ruines fumantes. Les hommes de Tyrian les avaient parqués dans la place centrale, tandis que certains patrouillaient les environs, guettant d'éventuelles fuyardes.

Au moment où Galen vit Casiodorus et sa suite approcher, resplendissants dans leurs tuniques blanches contrastant avec le vert, il n'y avait plus de pèlerins sur la route. Ils étaient tous rassemblés en silence, attendant. Au centre se dressait une estrade construite le matin même, une plate-forme dominée par des têtes de dragon sculptées sur de longues perches. Sur l'estrade était posé le vaste baril qui avait été utilisé, selon la légende, dans le premier Tirage au Sort. Il était toujours transporté dans la charrette de Horsrick et repartait de la même façon dans les profondes caves de Morgenthorne. Sa présence immobile attendait les plaquettes signées par chaque femme et que Horsrick et ses assistants avaient commencé de ramasser, barrant ensuite le nom de chaque femme sur leur liste.

Le cortège royal arriva et s'installa aux sièges du premier rang qui leur étaient réservés. Horsrick entama la lecture du Codex Dracorum, selon la coutume, tandis que ses assistants rassemblaient les dernières plaquettes. Cela fait, une fois la jarre pleine, Horsrick leva les bras pour demander le silence. Le Tirage allait commencer.

Le bras nu de Horsrick s'enfonça dans la jarre de plaques et se coula au plus profond, remua.

– Tirez!

Sa main réapparut, porteuse d'une seule plaquette, et il commença, le corps raidi, les yeux au ciel, l'incantation des Elues :

– Ecoutez, mes compatriotes. Voyez, car je suis l'Elue. Je mourrai pour que vous puissiez vivre. Je donne ma vie pour vous et vos familles. J'irai au dragon pour Urland, pour mon peuple, et pour mon roi. Je suis l'Elue et mon nom est...

Horsrick baissa les yeux pour regarder la plaquette. La foule retint son souffle.

– Valerian! murmura Galen, étourdi par la peur.

Mais Horsrick ne prononça aucun nom. Il ne dit rien. Il resta bouche bée, sursauta comme si la plaque l'avait frappé; il jeta un coup d'œil terrifié vers la suite royale et Casiodorus, puis vers les Urlandais assemblés.

– Le nom! exigèrent-ils. Le nom!

Mais il ne parlait toujours pas, et pendant un

moment grotesque, le Chambellan, qui à cet instant n'était plus qu'un simple vieil homme idiot et craintif, tenta véritablement de dissimuler la plaque comme s'il ne l'avait pas tirée, comme si elle ne reposait pas dans sa paume moite.

– Le nom, hurla la foule, en un rugissement bestial, animal unique et sans âme, le *NOM*!

– Le nom de l'Elue (Horsrick fixait Casiodorus, les yeux ronds, et parla si doucement qu'on pouvait à peine l'entendre) est Elspeth, Filia Regis...

De sa place au fond du grenier, Galen ne put entendre le nom, mais il comprit qu'il était arrivé quelque chose d'extraordinaire. La foule était complètement silencieuse; les hommes de Tyrian agrippaient leurs armes, sur la défensive, en des positions figées, et pour un instant le seul bruit fut le pas du cheval de Tyrian sur les cailloux, et le rire perçant et aigu d'un oiseau lointain.

Puis Casiodorus fut debout.

– Non! Impossible!

– Ce n'est pas impossible, seigneur, dit un Horsrick pâle et secoué. C'est bien le nom. Voyez vous-même.

– Il y a une erreur!

– Il n'y a pas d'erreur, seigneur.

Et il déposa la plaque dans la main de Casiodorus.

De nouveau la foule retint son souffle, et en un éclair ils virent à l'expression de Casiodorus que Horsrick avait dit la vérité : Elspeth était vraiment l'Elue.

– *NON!* cria-t-il, plus en roi mais simplement en père. Non!

Mais la foule répondit en un vaste soupir de soulagement décisif :

– Oui!

– Tu as mal lu, Horsrick! Regarde, ce n'est qu'un gribouillis. Incompréhensible! Tire encore!

Et il jeta la plaquette dans les décombres fumants d'un des bâtiments voisins.

La foule rugit. Les hommes brandirent les poings. Les femmes, transformées en harpies par leur chagrin, plantèrent leurs mains sur leurs hanches en signe d'indignation et crièrent leur désapprobation. Au milieu des voix, Galen pouvait clairement entendre celle de Valerian :

– Non! Non! C'était un tirage honnête! Il faut s'y tenir!

Les hommes de Tyrian s'avancèrent de nouveau, et une ligne de gardes se ferma devant l'estrade où se tenait Casiodorus, toute sa dignité abandonnée, les cheveux ébouriffés.

– Arrière! dit-il, éloignant Horsrick de la jarre. Nous allons répéter ce Tirage! Le premier n'était pas valable!

Et malgré le rugissement outragé qui l'entourait, il plongea son bras couvert dans la jarre et saisit une deuxième plaque.

– Le nom, cria-t-il par-dessus le vacarme, le nom...

Mais il ne prononça jamais ce nom. Il chancela, frappé par ce qu'il avait vu sur la plaquette. Incapable de parler. Il regarda sa fille, bouche bée, comme si elle était une étrangère.

Et en effet, l'Elspeth qui se leva à cet instant de sa place devant la masse hurlante et se fraya un chemin jusqu'à l'estrade, était une femme différente. L'ancienne Elspeth avait été vaniteuse; celle-ci était remplie d'une vie nouvelle, animée d'un but nouveau. L'ancienne Elspeth avait été réticente, parfois même peureuse; celle-ci était calme, ferme, sûre d'elle, et bien décidée. Elle leva les bras, et la foule se tut en signe de respect. Sa voix était claire, et comme la chanson fraîche d'un oiseau aquatique, et Galen pouvait parfaitement l'entendre, de sa cachette.

– La raison pour laquelle mon père ne vous dira pas le nom sur cette deuxième tuile, dit-elle, est que c'est également le mien. Et celui-là de même. (Elle sortit une troisième plaque, puis une quatrième.) Et celui-là. La jarre contient autant de plaquettes portant mon nom que toutes les vôtres réunies. Oui (elle attendit un instant que le sens de ses paroles soit compris), il y a une plaquette à mon nom pour chacune des vôtres. Savez-vous pourquoi j'ai fait cela? (La foule était captivée, suspendue à ses lèvres.) Pour compenser. Pour équilibrer avec tous les Tirages au Sort des autres années, où je n'ai rien risqué, où mon nom n'était sur aucune plaque. Il est juste que mon nom soit choisi à présent. Et ainsi je vais vers le dragon, et connaîtrai ce que d'autres avant moi ont connu. (Elle avait parlé avec une étrange exaltation, avant de se tourner vers Casiodorus, que soutenait Horsrick.) Quant à mon père, ne pensez pas de mal de lui. Pardonnez-lui. Il a gouverné selon ses lumières. Et s'il a violé le Codex, il ne l'a pas fait par malveillance, seulement par amour.

Elle enlaça le malheureux Casiodorus en une longue et dernière étreinte, celle de la fille qui quitte son père à tout jamais. Puis elle appela Horsrick et sa charrette. Cette fois, il n'y aurait pas de répit entre le Tirage et l'Offrande.

– Non! (Casiodorus chancela vers elle, les yeux

exorbités, les mains tendues.) Non! Je l'interdis! Horsrick n'apporte pas le chariot!

Le vieux Chambellan regarda son roi d'un air stupéfait.

– Sire, murmura-t-il, le Tirage a commencé. L'Elue a été appelée. Il est *trop tard,* Votre Majesté!

– Tyrian, empêche cela!

Tyrian ne regarda pas le roi. Il fixait l'horizon de la Désolation par-dessus la foule agitée.

– Le Tirage au Sort est plus important qu'une seule personne, dit-il, homme ou femme. Ce qui est fait est fait. Je ne puis empêcher cette Offrande.

Casiodorus s'effondra sur une chaise que lui avait avancée un laquais, et il resta là, regardant sans voir, tandis que la procession se formait pour le voyage vers la Désolation. Finalement, il se laissa guider jusqu'à son cheval.

Simon était parti avec les autres. Seule Valerian était encore sur la place. Comme les autres partaient, elle grimpa sur l'estrade et, les unes après les autres, tira de la jarre plusieurs plaquettes. *Elspeth R., Elspeth R., Elspeth...* Pensivement, elle retourna chaque plaquette, avant de la laisser retomber. Elle resta longtemps à regarder vers l'est, dans la direction où la princesse s'en était allée. Puis, après un regard vers son foyer et le grenier où elle savait que Galen était caché, elle se hâta à la suite des autres.

Maintenant, se dit Galen. *Maintenant!* Avec Sicarius dans sa main droite, portant le bouclier de Valerian qui étincelait de mille feux, il sortit de la demeure de Simon et émergea dans le soleil. Valerian lui avait montré un raccourci escarpé vers la Désolation.

Il avait dix-huit ans.
Il n'avait jamais utilisé dans son existence une arme de guerrier.
Il allait combattre un dragon.

COMBAT

On attachait Elspeth au poteau quand Galen arriva. Le sentier de forêt qu'il avait emprunté menait à la Désolation, au-dessus de la route principale, et il pouvait apercevoir, plus bas, Horsrick qui remplissait son devoir, et son cheval ombrageux. Il regarda aussi les Urlandais assemblés, parmi eux le roi bouleversé, juste un peu à l'écart avec sa cour, au bord du tapis de verdure.

La tanière s'ouvrait au-dessus de lui. Juste dehors au-dessous de son entrée, coincé entre deux rochers, pointant encore son bâton carbonisé vers les cieux immobiles, se tenait le cadavre calciné de Jacopus. Galen frissonna, en se rappelant... Il n'y avait aucun signe de mouvement dans la gueule de la caverne. Pas encore. Il était évident que si Vermithrax devait être provoqué, il faudrait aller le chercher. Il se souvint de l'avertissement de Valerian au sujet des dragonets, mais une inspection soigneuse des abords de l'entrée de la tanière ne révéla nul signe d'eux. Se serait-elle trompée? Aurait-elle pu les imaginer?

Sa première étape consistait à libérer la princesse. Il était inconcevable qu'elle fût ligotée là-bas comme une bête de ferme attendant son exécution. Il dégaina Sicarius et s'avança dans les dernières lueurs du soleil dans les éboulis noirâtres de la Désolation. En quelques instants, il était à côté d'Elspeth, et d'un coup, le premier porté par Sicarius, il trancha les liens qui la retenaient au poteau.

– Merci, dit-elle.

Elle se frotta les poignets et jeta un coup d'œil vers le haut de la colline.

Dans le lointain, Galen entendit les protestations des spectateurs sur la colline, et de Horsrick qui, toutes les obligations prescrites par le Codex ayant été remplies, s'éloignait hors de la Désolation.

Mais Galen ne *vit* pas ce qui se passait dans la foule. Il ne vit pas Tyrian monter en selle et galoper rapidement le long de la route jusqu'à la Désolation. Il ne le vit pas se frayer rudement un passage près de Horsrick, tirant Tendrum de son fourreau, et il ne vit pas le cheval accélérer son pas en un grand galop sur la dernière demi-lieue. En fait, ce ne fut qu'au moment où Elspeth lui cria un avertissement qu'il se retourna et s'aperçut que Tyrian était presque sur lui, l'épée brandie, les dents découvertes en un rictus sans joie. Il se jeta à terre et l'épée de Tyrian chanta à un centimètre au-dessus de sa tête. Tyrian mit pied à terre. Il paraissait énorme, son épée, immense, ses vêtements noirs, terrifiants. L'emblème du dragon sur sa poitrine palpitait d'une vie propre, et Galen sentit la lance qui se tendait étrangement vers lui. L'homme se déplaça avec la démarche ramassée d'un combattant agile, tenant son arme à deux mains. Il s'avança lentement.

– Perturbateur! dit-il à Galen en s'approchant. J'aurais dû te tuer dès le début.

Comme pour manifester son accord, le sol trembla; Vermithrax bougeait.

– Nous allons rectifier cela, à présent, dit Tyrian. Nous allons obtenir réparation.

Il était tout près, et plongea en avant.

Galen aussi s'était ramassé, en une posture imitant celle de Tyrian. Quand l'autre homme frappa, il leva Sicarius pour parer le coup, et sentit le choc de l'acier sur l'acier. La douleur consécutive fila de ses poignets à ses épaules, et cette douleur l'enflamma. Malgré tout, il n'avait pas voulu de mal à Tyrian; sa riposte à l'attaque du guerrier était purement défensive. Il n'avait voulu affronter que Vermithrax. Mais à présent la vive douleur lui rappelait qu'il était face à face avec l'homme qui avait tué Ulrich, l'homme qui avait assassiné le vieil Hodge d'une flèche de guerre tirée par-derrière, l'homme qui l'avait humilié, giflé, traité comme un laquais. Il fut soudain rempli d'une émotion qu'il n'avait jamais connue : la haine. C'était comme une flamme blanche et acérée.

Tyrian se mit à rire. Son rire épais résonna dans la Désolation, telle une avalanche de rocs invisibles sur des pentes escarpées. Cela se mêla au grondement des mouvements de Vermithrax, quelque part dans les profondeurs.

– Me tuer? C'est à cela que tu penses? Espèce de petit imbécile! Regarde-toi! Tu peux à peine soulever cette lance.

Et à nouveau, son rire brusquement stoppé net, il se jeta en avant.

Galen était prêt. Jamais il ne s'était senti aussi alerte ou aussi intensément vivant. Il voyait parfaitement ce qu'il avait à faire. Une fois encore, il para le coup de Tyrian, et tandis que l'épée de l'autre homme glissait sans faire de dégâts, sa propre arme s'abaissa en arrière, ramassée comme la queue sinueuse d'un scorpion, et perça l'épaule de Tyrian juste au-dessus du biceps. Le grand corps du centurion se raidit de douleur, et son bras retomba à son côté, inerte. Le sang gicla. Il regardait alternativement sa blessure et Galen mais son expression n'avait pas changé. Il ne donnait aucun signe de stupéfaction ou de peur. Son rictus demeura implacable. Il ne dit pas un mot. Un bras lui suffisait pour manier l'épée. Sa pointe faisait de petits moulinets à la hauteur des yeux de Galen. Il s'avança.

Cependant, la vigilance de Galen s'était relâchée. Dans l'agitation des assauts de Tyrian, il avait oublié Elspeth, mais il comprit soudain qu'elle n'était plus à ses côtés. Elle avait gravi la moitié de la pente, suivant avec détermination le chemin fatal que Jacopus avait emprunté la veille.

– Non! cria-t-il.

Tyrian s'approcha. Il n'y avait pas de dramatiques coups droits, cette fois-ci. Chaque mouvement comptait. Il feinta, grimaça comme Galen esquivait, feinta encore. Puis il frappa. Le coup était aussi rapide que l'aiguillon d'une langue de serpent, un coup au cœur.

Galen ne sut jamais comment il l'avait évité. Eût-il été plus lent d'un cheveu, il serait mort, épinglé et râlant. Au contraire, il était en vie, dressé sur la pointe des pieds, esquivant tel un jongleur en de versatiles pirouettes, et le côté du cou de Tyrian, emporté par l'élan de son attaque, lui était exposé. Plus tard, en y réfléchissant, il se demanda pourquoi il n'avait pas frappé de toutes ses forces, pourquoi il avait seulement laissé Sicarius glisser le long de ce cou exposé entre casque et tunique. Etait-ce là le dernier avertissement? Ou y avait-il quelque chose de Tyrian au fond de lui-même? Jouait-il avec la vie de l'homme?

En tout cas, la seconde blessure n'eut pas plus d'effet sur Tyrian que la première. Il fit volte-face, et secoua la tête comme pour jeter le sang nouveau tel un chien qui s'ébroue. Puis il s'avança encore. Il respirait lourdement. *Tu vas regretter cela,* disaient ses yeux. *Tu vas payer cela très cher.*

Galen savait avec une froide certitude que l'un d'eux allait mourir. Il se sentait magnifique. Il jeta un coup d'œil vers la colline, et aperçut Elspeth qui entamait tout juste la dernière section escarpée de son ascension vers le repaire du dragon. S'il devait la sauver, il n'y avait plus de temps à perdre.

Il se prépara à attaquer. La lance s'éleva en chantant, et l'emporta avec lui, haut, très haut, jusqu'à ce qu'il lui semblât regarder Tyrian d'une immense montagne, et à l'instant où il allait frapper, méprisant et dédaigneux des mouvements de l'épée de Tyrian, il était partagé entre tant d'émotions différentes, rage et pitié et triomphe, qu'il cria à cause de leur force, débordante, d'un cri sinistre de guerrier qui se répercuta pour prendre sa place parmi les échos de la Désolation.

Sicarius s'abattit.

Maniée avec exubérance, elle perça le poteau derrière lequel Tyrian s'était réfugié, la tête béante du dragon qui ornait son pourpoint, le torse épais de l'homme derrière lui. Puis, aussi vivement qu'elle était entrée, la lame était ressortie, et Galen recula. Il regarda mourir Tyrian. Ce n'était tout à coup plus un ennemi redoutable, menaçant. Ce n'était plus qu'un homme grand avec un bras blessé et un pli soucieux en travers du front, comme s'il avait oublié de remplir une petite promesse, tombant à genoux, essayant de dissimuler sa blessure mortelle, puis glissant doucement sur le côté.

Le sol trembla.

Il n'y eut pas d'autre bruit.

Galen se retourna et commença sa course vers l'entrée de la caverne. Il ne se sentait ni triomphant ni héroïque. Il se sentait malade, le souffle coupé, en proie à des nausées. En fait, il crut un moment qu'il allait devoir s'arrêter et vomir, mais il se contrôla, avala sa salive, et en quelques instants fut au pied du dernier escarpement. Il ne regarda pas les restes de Jacopus, ni ne respira en passant près de l'endroit où flottaient la puanteur du dragon et une odeur de viande rôtie. Au lieu de cela, il se mit à escalader les rochers.

Il ne vit aucun signe d'Elspeth avant d'atteindre le parapet à l'entrée de la tanière. Là, parmi les affreux détritus de l'endroit où perchait le dragon, était une écharpe de soie. Pure et blanche. Elle scintillait. La sienne. Celle d'Elspeth. Mais pourquoi? Etait-elle tombée accidentellement ou l'avait-elle abandonnée pour quelque raison précise avant de s'enfoncer dans l'obscurité?

Il nc la ramassa pas. Il l'aurait fait s'il n'avait vu, plus en avant, quelque chose d'autre qui était blanc, et trop important pour être une autre écharpe. Avec une angoisse prémonitoire qui le terrifiait, il avança dans le tunnel, Sicarius prête à servir.

A nouveau l'odeur âcre le frappa. Elle était incroyablement répugnante et fétide. C'était une puanteur qu'il n'aurait jamais pu imaginer, composée d'excréments, de viande pourrissante, d'une haleine abominable, et d'humus qui poussait entre les crevasses. Il eut un haut-le-cœur, mais se força à continuer. La tache blanche informe brillait plus loin, visible un instant, disparaissant le suivant. Il s'élança vers elle.

Il sentit les murs se fermer derrière lui.

Le tunnel était comme les tripes d'une grande bête. De l'eau chargée de chaux suintait sur les murs. De fines stalactites tombaient de la voûte supérieure, et le passage était glissant au pied à cause de l'eau et de la substance visqueuse du dragon. C'était une galerie maléfique et sinistre, éclairée par d'étranges sources intérieures et par le jour qui filtrait à travers les fissures du sol, au-dessus. La lumière changeait et se modifiait constamment, lueur du jour mourant, puis feu palpitant qui vacillait.

Galen descendait. Il était écœuré, à la fois par le décor ambiant et par sa nouvelle certitude de ce qui l'attendait, car plus il approchait de la tache blanche, plus il était évident qu'elle était horizontale, et que de petites ombres foncées se déplaçaient autour d'elle. Après quelques pas encore dans cette atmosphère putride, il vit que c'était, comme il le craignait, la princesse Elspeth. Ou plutôt, les restes de la princesse. Elle n'avait jamais atteint Vermithrax, n'avait pu s'offrir à lui. Ce qui lui était arrivé était bien pis, plus absurde et horrible encore. Elle était la proie des petits.

Deux petits dragonets bougeaient sur son corps. Ils griffaient, mordaient. Son corps perdait rapidement sa forme. Sa robe avait cessé d'être blanche. Ils avaient la taille de gros chats agiles. Du front bulbeux au-dessus de leurs yeux, nulle corne n'avait encore surgi. Ils ne crachèrent pas le feu à l'approche de Galen. Mais à part cela, ils étaient des répliques exactes de Vermithrax. Leurs dents tapissaient un grand V de gencives dénudées; leurs ailes fibreuses se dressaient, griffes menaçantes; leur queue se terminait en une spatule pointue comme celle que Galen avait sentie sur son crâne.

Ils le contemplèrent avec des yeux rouges et malveillants. Ils mâchaient avec une satisfaction paresseuse, mais leurs postures suggéraient qu'en cas de défaillance de sa part, qu'il trébuche ou montre une quelconque faiblesse, et ils seraient sur lui en un instant, les dents avides.

Il ne flancha pas. Sicarius le guida et détermina ce qui devait être fait. Il décapita le premier dragonet avant que celui-ci ait eu l'occasion de remuer ou de crier. Crachant ses fluides, son corps s'agita en cercles toujours s'élargissant, comme un ressort détaché, tandis que les mâchoires de sa tête sans attaches s'ouvraient et se refermaient, s'ouvraient et se refermaient, voulant sans espoir happer Galen. Le deuxième était déjà en vol, bondissant vers lui, et Sicarius s'abattit sur lui, manquant de peu le cou et l'atteignant sous le thorax. L'abdomen et la queue se détachèrent et tombèrent, mais – horreur! – la partie avant du corps continua son trajet. Portée par d'affreuses petites ailes, elle effleura l'épaule de Galen avant que celui-ci ne réussisse à virevolter dans l'espace restreint du tunnel et la frappa sauvagement. A terre, Galen la frappa encore et encore, transporté par la colère et le dégoût, jusqu'à ce que le dragonet ne soit plus qu'une masse pulpeuse de tissus. Et ce ne fut qu'à ce moment-là, une fois qu'il fut certain de les avoir détruits, et que son soulagement s'exprimait par une attaque de nausées, qu'un troisième se jeta sur lui.

Celui-là avait été en retard pour le festin, et n'avait pas pris part au meurtre d'Elspeth. Il avait attendu que les autres aient terminé, et à présent il se réjouissait avec exaltation de pouvoir entamer un festin bien à lui. Ses ailes embryonnaires se déployèrent et se mirent à battre. Il bavait. Ses petites pattes musculeuses se contractèrent. Il bondit, voleta et se posa sur la tunique de Galen. Ses crocs mordirent. Son souffle, bien que non enflammé, était assez chaud pour lui brûler le cou. Avec un cri d'horreur étranglé, Galen se débattit. Il frappa la chose de son bouclier. Il tenta de la racler contre les parois pour la détacher de lui, mais n'y parvint pas. Seul un effort extraordinaire lui permit de placer la pointe de Sicarius sous son estomac et de frapper vers le haut. Avec un cri perçant, la tête retomba, sa colonne vertébrale sectionnée. La lance l'avait transpercée. Même alors qu'il s'agitait dans les derniers spasmes de l'agonie, le dragonet essaya de saisir la cheville de son ennemi. Galen recula et frappa, encore, et encore, et encore.

Pour un instant le tunnel resta silencieux. Galen chancela, éprouvé par le carnage, effrayé à l'idée de voir surgir hors des ombres une autre créature monstrueuse. Mais il n'y avait rien. Il était seul avec les cadavres.

La terre trembla.

Galen remit Sicarius au fourreau et se mit en marche vers le bas du tunnel, en direction de la tanière.

Plus il descendait, plus la lumière augmentait, et le manche de bois de sa lance se fit moite de sueur. La sueur perlait puis coulait le long de son visage et de son cou. La sueur plaquait ses cheveux et trempait sa tunique. Comme par mimétisme, les murs transpiraient aussi, âcres et sulfureux, et d'étranges insectes blancs et des formes reptiliennes levaient leurs yeux rouges pour le regarder passer. Certaines sifflaient de sibyllins défis; d'autres se hâtaient de regagner des crevasses obscures. L'endroit grouillait de vie squameuse. Comme la chaleur augmentait, la puanteur augmentait aussi. Elle était incroyablement oppressante. Il ne savait comment se tourner ou se courber pour l'éviter. Elle agissait comme un acide, une odeur de mort d'un âge inestimable, rongeant sa peau. Il s'étrangla, trébucha, vacilla vers l'avant, la vue brouillée par la sueur, par la puanteur et par un profond épuisement.

Bientôt le passage s'élargit et la lumière s'y fit plus régulière. A sa stupéfaction, il s'aperçut que ce qu'il avait pris pour les pulsations des nerfs dans sa main et son bras émanait en réalité de la lance, qui palpitait selon un rythme uniforme, impatient, le guidant en avant. Les parois brillaient toutes à présent d'un éclat rosé, et le passage s'ouvrit tout à coup sur un panorama d'une immensité stupéfiante. Là se trouvait un lac souterrain, un lac de feu, à la surface déchirée par des vagues de flammes. Des cryptes de granite le surplombaient, rompues par endroits par des cheminées naturelles d'où provenaient les reflets du jour lointain et finissant. Si intensément qu'il regardait, il ne pouvait évaluer la distance d'une berge à l'autre. Le lac se perdait dans plus d'une demi-douzaine de pièces latérales, qui auraient pu être toutes aussi vastes que celle-ci, et qui auraient pu mener à d'autres pièces encore, en un labyrinthe infini. C'était un dédale de proportions gigantesques, et quelque part dedans se tenait Vermithrax.

Galen se souvint d'avoir attendu à la bouche de la caverne (était-ce seulement deux mois auparavant? Cela lui semblait toute une vie!) et d'avoir murmuré le nom du dragon en un défi qui n'avait jamais été relevé. A présent, les pulsations de la lance lui disaient que la bête était toute proche, bien qu'il distinguât seulement les flammes et leurs reflets, et des formes blanches, surnaturelles, qui évoluaient sous la surface sombre. Il répéta le nom : « Vermithrax! » *Ermithrax... verm... vermi... vermithrax... ithra... ithrax...* répliquèrent les murs, murmurant entre eux jusque dans les recoins les plus éloignés des salles inconnues. Il attendit que les échos se dissipent, puis il répéta le nom une fois encore, d'un ton impérieux, un défi résolu.

Le dragon se leva.

Alors tout se passa si vite que Galen ne pouvait être sûr de la chronologie exacte. En fait, il n'était même pas sûr de savoir d'où Vermithrax était sorti, seulement qu'un instant il regardait les flammes du lac, et que l'instant d'après il plongeait ses yeux dans ceux du dragon. La soudaineté de l'apparition de la bête était si frappante qu'il n'eut pas le temps de réagir avant d'être fixé par ce regard hypnotisant. Seule la lance bondit et se dressa; la lance chantait dans sa main. Galen lui-même était perdu dans ce qu'il voyait au fond des yeux du dragon, et, comme paralysé, il observait ces yeux. Lentement la tête de Vermithrax pencha vers l'arrière. Lentement, sa bouche s'ouvrit. A la toute dernière seconde avant que les flammes ne cascadent, Galen leva son bouclier.

Le choc l'envoya bouler en arrière. Des flammes pleuvaient autour des bords du bouclier, brûlant sa main droite, ses chevilles, ses cheveux. Il cria de douleur et de terreur, et le son de son cri se mêla aux crissements aigus des flammes sur son bouclier. A l'intérieur de celui-ci, la poignée de tilleul fumait déjà. Ses phalanges brûlaient contre les plaques écailleuses. Il était impitoyablement repoussé dans le tunnel et pourtant Vermithrax n'avait pas encore bougé, simplement expiré. A présent, il se déplaçait. A présent, il s'avançait vers lui qui était encore sous l'effet dévastateur du premier assaut, marchant avec une précision remarquable sur les pierres plates au bord du lac. Galen regardait, horrifié, et regarda trop longtemps, car une bouffée de feu l'engloutit, le repoussant derrière son précieux bouclier, étouffant et terrifié, masse impuissante et tremblotante de peur. Seule la lance se dressait. Seule Sicarius prit les flammes du dragon de plein fouet, et brilla d'un blanc éclatant au milieu d'elles, comme si ce feu l'avait trempée une dernière fois. Le jet fut plus court, cette fois. Vermithrax fit un pas, puis un autre. Sa tête était maintenant à cinq ou six mètres de sa victime. Une longue inspiration siffla à travers les fentes de ses mâchoires. Et ensuite viendrait, Galen le savait, un avalement pénible, et puis la cascade de flammes.

Il fit volte-face et se mit à courir. Il courut aussi vite que ses jambes fléchissantes le lui permettaient, tourna le coin et remonta le couloir, juste hors de portée de l'explosion de feu, dépassant vite, vite, l'endroit où il avait tué les dragonets, dépassant la dépouille d'Elspeth. Mais la lance ne cessait pas de protester.

Vermithrax n'était pas loin derrière. Une fois son souffle retrouvé, le dragon s'avança avec une remarquable rapidité; le museau tendu, le cou élongué, étiré loin en avant pour contre-balancer la queue en spatule, les ailes frétillantes, il courait sur ses griffes et ses pieds étonnamment lestes. Il courait sur un terrain familier. Mais il ne courut pas longtemps avant de s'arrêter, tournant les coins avec plus de précautions. La chose humaine était peut-être blessée, mais elle n'était pas morte, et elle portait une lance qui avait chanté pour le sang de Vermithrax. Le dragon avait entendu ce chant; et il l'avait ressenti. Ses flammes étaient autant destinées à la lame qu'à l'homme craintif et il avait vu la lance briller, accueillant ce feu avec joie.

Ainsi, il avançait prudemment car l'homme avait disparu plus haut dans le tunnel. La chose importante n'était pas de détruire l'homme, car sans armes il était impuissant, mais la lance. Vermithrax ralentit. Ses ailes se replièrent, ses pieds cornus raclèrent le passage. Plus haut se trouvait quelque chose d'immobile. Vermithrax cracha un jet de feu pour illuminer le corridor : quelque chose de blanc, et tout autour, des formes familières. Le cou rugueux se tendit; le museau s'agita, respirant des odeurs inquiétantes sur les fraîches brises nocturnes qui venaient de l'extérieur.

Ainsi Vermithrax trouva les cadavres de ses petits. Un par un il les découvrit, et un par un il les renifla et les remua un peu. Il n'y eut nulle manifestation de vie, nul cri aigu de reconnaissance, nulles petites dents pointues pour mordiller son nez ou ses joues. Les corps étaient raides et immobiles. Ils sentaient le sang et d'autres liquides répandus. Avec grand soin, Vermithrax alla de l'un à l'autre, oubliant temporairement Galen, se penchant au-dessus du corps d'Elspeth, atrocement mutilé. Puis, quand il eut vérifié qu'il n'y avait pas là de vie cachée, il fit une chose curieuse et (pour Galen qui se tenait accroupi dans un renfoncement à moins de cinq mètres) ahurissante. Il cracha le feu sur les corps étendus. Ce n'était pas le feu blanc et dévastateur qu'il avait utilisé sur Galen un peu plus tôt, et sur Swanscombe et sur divers héros téméraires et sur des constructions humaines durant les siècles passés, mais c'était plutôt une flamme d'un bleu pâle et frémissant, comme le vacillement des éclairs par une chaude soirée d'été, comme le feu pâle que Galen avait contemplé des remparts de Cragganmore une nuit longtemps auparavant. C'était comme si Vermithrax avait tiré de lui-même toute l'essence fragile de sa vie, l'esprit du dragon à l'état pur, et avait cherché à l'apporter aux pitoyables corps mutilés au-delà de tout espoir. Le feu bleu étincela au-dessus d'eux, comme une bénédiction, et disparut.

Puis Vermithrax leva lentement la tête. Et la flamme qu'il souffla n'était plus bienveillante mais un furieux jet de haine liquide qui frappa la terre et éclata en globules tournoyants à quelques pas de la cachette de Galen. Le souffle était accompagné d'un son qui fit à Galen l'effet de glace passée le long de ses cuisses et de sa colonne vertébrale. C'était un son étrange, impitoyable, un cri d'agonie qui ne pouvait provenir que d'une créature à qui le son était inconnu, presque au-delà de ses capacités. C'était comme si, en ce bref hurlement, Vermithrax avait matérialisé le son, et y avait placé un millénaire de pertes et de défaites. C'était un cri pour tout ce qui aurait pu être, et qui maintenant ne serait jamais.

Il fut heureusement bref. Une fois le cri éteint, Vermithrax se mit en marche, plus sinistrement résolu que jamais, et dans sa hâte, passa à côté du renfoncement où se tenait Galen, paralysé, Sicarius levée au-dessus de sa tête. Galen regarda l'extrémité du museau du dragon apparaître, et la narine encroûtée surmontée d'une corne semblable à un croc, et l'œil rouge enveloppé dans ses replis et ses poches de membranes, et la crête écailleuse qui se prolongeait en deux andouillers reptiliens. Après le crâne vint le cou, long et sinueux, aux côtés renforcés comme par une armure, mais aux écailles fines, palpitantes, vulnérables. « Maintenant! » se dit Galen comme il regardait ce cou passer près de lui, sachant que l'instant d'après l'épaule lourdement protégée serait sous ses yeux. « Frappe maintenant! » Et avec le rugissement du guerrier embusqué qui bondit enfin sur son adversaire, il laissa aller Sicarius.

Il était certain que la lance serait allée à sa destination sans aucune aide de sa part. En fait, il aurait peut-être mieux valu la projeter en avant, ou même la laisser aller. Peut-être qu'en agrippant le manche, il la fit dévier de son chemin prédestiné, car elle rata la gorge et se planta profondément entre deux écailles du cou.

L'effet fut cataclysmique. Le cou du dragon se tordit comme si c'était une créature séparée, et sa tête se leva brusquement, les cornes raclant le plafond, projetant des averses de stalactites et de rocs brisés sur son dos convulsé. Ses griffes firent sauter des éboulis et de la vase, arrachant des tonnes de débris. Ses mâchoires s'ouvrirent sous la douleur; ses intestins eurent des spasmes incontrôlés, libérant d'horribles effluves dans l'air déjà fétide. Sa queue battit l'air telle une massue blindée.

S'agrippant à Sicarius, Galen fut soulevé et jeté contre les murs de la galerie, mais il tint bon, stimulé par la sensation de la lance qui s'enfonçait de plus en plus, en quête d'un endroit fatal. Et soudain il tomba. Le manche de bois s'était brisé.

Tenant encore le morceau cassé, Galen se précipita dans son petit renfoncement, aussi loin qu'il le put, haletant comme le dragon se retounait pour se pencher vers le trou où se terrait Galen. Il était loin d'être mort. L'œil rouge regarda à l'intérieur. La bouche craquelée émit un panache de feu en avertissement, qui se tordit autour de l'entrée et parvint presque aux pieds de Galen, avant de lancer, en coup de grâce, le jet de flammes qui envahirait le renfoncement et réduirait son occupant en cendres blanches. Galen sentit une bouffée d'air frais sur son cou, et en tâtonnant vers le haut, il découvrit une cheminée à peine plus large que son corps. Il s'y engouffra immédiatement et au même instant le souffle du dragon déferla au-dessous de lui comme une mer déchaînée et rugissante. Il se hissa plus haut, avide d'oxygène et, de nouveau, Vermithrax envoya des jets de feu pour purifier la caverne. Mais Galen était hors de danger. Une minute plus tard, il se tenait en plein air.

Plus bas, la terre trembla tandis que Vermithrax se retournait et battait en retraite, blessé mais loin d'avoir été tué, rentrant au Lac de Feu...

Galen resta immobile pendant un long moment. Jamais soirée ne lui avait paru plus belle. Il faisait frais, sans le moindre vent, et quelque part un oiseau nocturne chantait. Le ciel était plein d'étoiles, et au-dessus de l'horizon, à l'est, le berceau de la lune était suspendu aux nuées. Il venait de sortir sur une petite prairie au bord de la Désolation et, à présent, il léchait la rosée et y trouvait un réconfort pour ses lèvres et sa gorge desséchées.

Il n'avait pas la force de s'asseoir. Malgré la douleur, il roula sur lui-même, regarda les étoiles qui brillaient d'un éclat incomparable à travers les nuages mouvants, et s'endormit.

Ce fut ainsi que Valerian le trouva.

Elle était demeurée avec Simon et les autres Urlandais en bordure de la Désolation, impressionnée par la lutte titanesque qu'elle percevait sous ses pieds. Elle était restée toute la soirée, longtemps après le départ des autres, qui étaient rentrés en petits groupes vers leurs foyers. Elle avait même résisté aux supplications de Simon, et comme la nuit tombait, elle s'était mise en marche vers la Désolation, appelant Galen jusqu'à l'entrée même de la caverne, puis, se déplaçant en cercles toujours plus larges, avait cherché jusqu'au bord de la verdure, où elle savait que certains petits tunnels possédaient une sortie. Elle était si attentive que finalement son regard avait été attiré par quelque chose de brillant dans l'herbe : un long bâton de chêne. Ainsi elle avait trouvé Galen. Elle ne l'avait pas réveillé tout de suite. Elle ne voulait pas qu'il puisse voir qu'elle avait pleuré, et qu'elle pleurait encore. Après un moment, quand elle se fut maîtrisée, elle effleura son visage. Il ouvrit les yeux.

– Bonsoir, dit-elle.

Il ne pouvait sourire. Il ne pouvait bouger. Il ne pouvait pas même lever la main pour toucher ses cheveux quand elle se pencha pour l'embrasser.

LE GUÉ DU HÉRON

– Je suis la Résurrection et la Vie, dit le Seigneur.

Une cloche sonna.

– Celui qui ne croira pas en Moi périra...

Encore la cloche.

– ... mais recevra la vie éternelle.

La cloche sonna encore et encore, et il sembla à Galen qu'elle était dans son oreille même, et dans chacune de ses blessures lancinantes. Il pressa ses paumes endolories contre ses tempes, mais la cloche se faisait toujours entendre avec une pénible insistance, et avec elle d'autres mots sincères et gutturaux. Il roula sur le côté, grogna et, au prix d'un grand effort, ouvrit les yeux. Il était de nouveau dans le grenier de Simon, sans savoir comment il y était parvenu. Il se souvenait de l'horreur et des flammes, et pendant un instant il crut être encore parmi elles, car le soleil ruisselait à travers des lézardes du mur et se répandait sur le foin doré en cascades changeantes.

La cloche cessa de résonner. Des voix s'élevaient maintenant d'en dessous. Il reconnut celle de Simon; mais une autre, celle qui avait prêché, il ne sut pas à qui elle appartenait avant que Simon eût prononcé un nom.

– Greil! Mais voyons, que t'arrive-t-il? Qu'est-ce que tout cela, ces histoires de résurrection et de vie éternelle?

– Je l'ai vu mourir, Simon!

– Qui?

– Allons, qui d'autre s'est sacrifié pour Urland? Jacopus, bien entendu.

– Oui, dit Simon. J'ai vu cela moi aussi. Horrible.

– Pas horrible! Merveilleux!

– Eh bien, cela dépend du point de vue.

– Merveilleux! L'homme s'est offert en martyr! Pour nous sauver!

– Ça m'avait bien l'air d'être un suicide.

– Il s'est offert en martyr! Quel courage! Quel altruisme! N'as-tu pas vu comment il a monté la colline? N'as-tu pas vu comment il a défié le dragon?

– J'ai vu comment il est mort, dit Simon. Stupidement.

– Non! Non! Pas stupidement! (La cloche de Greil tintait d'un son discordant tandis qu'il agitait les bras.) D'une façon magnifique! Quand on s'attaque au Mal, on ne peut être stupide, même si on perd la vie. C'est un martyr, Simon, et un autre de ceux qui nous montrent la voie.

– Greil...

– Je t'en prie, je t'en prie. Je sais que nous avons été amis toute notre vie, mais, s'il te plaît, maintenant que je suis né une seconde fois, appelle-moi Gregorius.

– Mais... mais comment le sais-tu?

– Comment je le sais? Je le sais, Simon, c'est tout. C'est une question de foi.

– Mais en tant qu'homme de raison...

– La raison? (Greil rit, sans malveillance.) Certainement tu ne crois pas que n'importe lequel d'entre nous est, pour ce qui est des choses importantes, un homme raisonnable. Est-ce un homme raisonnable qui a marché toutes ces lieues de l'autre côté des montagnes, jusqu'à Cragganmore, avec Harald Wartooth, et Xenophobus le muletier et les autres, dans l'espoir de trouver un magicien qui pourrait nous venir en aide? Etait-ce raisonnable d'avoir un tel espoir aveugle? Une telle foi? Et quant à toi, Simon, était-ce un acte d'homme raisonnable que de penser à préserver ta fille en la déguisant en *garçon?*

Il avait amèrement insisté sur ce mot qui rappelait à Galen le coup quasi fatal de Valerian au bras armé de Greil, et son coup de pied à l'estomac, qui l'avait envoyé à terre. *Garçon...*

– Ou, poursuivit Greil, toute amertume dissipée, me diras-tu que c'est un homme raisonnable qui, il y a bien des années, a forgé Sicarius? Oh oui, je sais tout de cela, et même le sort jeté par Ulrich pour sa fonte. Dis-moi, Simon, mon vieil ami, était-ce là l'acte d'un homme raisonnable? Ou celui d'un homme qui avait la *foi*?

Il y eut un long silence.

– Peut-être, dit Simon, qu'il s'agit de la même chose, après tout.

– Peut-être. Oui, dit Greil. Penses-y, mon vieil ami, réfléchis-y. Viens me voir.

La cloche commença à sonner de nouveau, appelant rythmiquement des convertis qui sortaient des ruines. La voix de Greil s'atténua comme il continuait son chemin sur la route.

Galen s'extirpa péniblement de la paille et se mit à descendre l'échelle. De la cuisine venait l'odeur délicieuse de la soupe et des légumes, du porridge fumant et du pain frais, et il était manifeste que Valerian y travaillait. Mais il n'alla pas dans cette direction; au lieu de cela, il s'avança vers la forge d'où s'élevaient des voix. Il savait qu'il y trouverait Simon. Le grand forgeron était adossé sur le pas de sa porte, en plein soleil, perdu dans ses pensées. Il observait la silhouette de Greil. Et il jouait avec le manche cassé de Sicarius. Galen se tint à l'entrée de la forge pendant plusieurs minutes avant que Simon le remarquât. Puis, lorsque l'homme se tourna vers lui, Galen eut un instant l'horrible impression que Simon allait se mettre à pleurer.

– Je suis navré, mon garçon, dit-il, frappant le bâton brisé contre sa cuisse. Je suis vraiment navré.

– Pourquoi devriez-*vous* être navré?

– J'ai envoyé un jeunot faire le travail d'un homme, et je ne l'ai même pas équipé décemment! Je lui ai donné des armes défectueuses! Bah!

Il jeta le manche dans l'atelier.

– Ce n'était pas votre faute, dit Galen.

– Ma faute? Eh bien, ce n'est jamais la faute de personne, hein? Juste... les circonstances. Nous avons tous fait de notre mieux, je suppose.

Galen hocha la tête d'un air de doute. Avait-il réellement fait de son mieux? Il avait combattu Vermithrax; il s'était montré courageux quand l'affrontement était venu. Mais il avait aussi démontré que le courage ne suffisait pas. Il se souvenait des tentatives patientes d'Ulrich pour lui enseigner la puissance qui aurait pu détruire Vermithrax, sauver Swanscombe, et il se souvint avec regret de sa propre indifférence. Il comprit la déception qu'avait dû éprouver Ulrich. *Un jour viendra où tu auras besoin de cet enchantement. Tu dois te concentrer davantage, Galen!* Et il avait fait cela ou du moins il avait prétendu le faire. Mais les collines étaient trop vertes, la rivière trop riante. La magie qui l'aurait emmené au cœur même de la vie lui avait semblé trop lointaine, et il lui avait préféré les après-midi à paresser et les tours de prestidigitation. Il avait raté sa chance, pour toujours.

– Peut-être que le vieux Greil a raison, dit Simon. C'est un idiot poseur, mais il a peut-être raison. Vieille magie se meurt, n'est-ce pas, Galen ?

– Oui, fit Galen d'une voix faible.

– Elle s'éteint, dit Simon, le fixant avec une étrange intensité. Dans tout Urland. Dans le monde entier. La vieille magie. Et les endroits magiques, où sont-ils à présent, Galen ? Hmmm ? Depuis combien de temps n'as-tu pas traversé un bois de chênes entremêlés de houx, et où les vieux prêtres avaient abandonné des guirlandes de fleurs ?

– Je n'ai vu cela qu'une seule fois, dit Galen, il y a longtemps.

– Ou aperçu un cercle de pierre qui ne s'effritait pas, rongé de mauvaises herbes, mais qu'on entretenait, et dont l'autel servait ?

– Jamais, dit Galen secouant la tête.

– Ou un soir de mai, as-tu rencontré par hasard une cérémonie au dieu cornu ?

– Jamais.

– Cela s'éteint. Tout cela s'éteint. Et sais-tu ce qui va venir prendre la place ?

Simon fit un geste vers la route, où un groupe de villageois s'étaient rassemblés autour de Greil et de sa croix.

– Le christianisme ?

Simon acquiesça.

– Greil a peut-être raison. S'il y a suffisamment d'entre eux...

– Mais...

Galen bégayait, frappé par cette nouvelle éventualité. L'image d'Ulrich dans toute sa splendeur s'imposa à lui, infiniment préférable aux Chrétiens dépenaillés qui étaient passés par Cragganmore, racontant leur étrange histoire. Ils ne pouvaient jamais espérer égaler Ulrich, pensa Galen. Comment leur foi aurait-elle pu égaler le pouvoir des Quatre Eléments? Et cependant, il se rappelait que la magie d'Ulrich n'avait pu le sauver lui-même, que le vieux sorcier n'était plus qu'un tas de cendres dans un sac de cuir. Et il se rappela aussi l'étrange respect que lui avait inspiré le sacrifice de Jacopus.

Loin devant eux, la cloche de Greil sonnait à nouveau. Il allait de l'avant, suivi par la petite foule que son message simple avait captivée.

– Oui, dit Simon, Gregorius a raison. Peut-être que si nous sommes assez nombreux...

Il était si absorbé dans sa rêverie qu'il n'entendit pas même Galen s'en aller.

– Je ne peux pas y croire, dit Galen à Valerian, une fois à l'intérieur. Peu importe combien de Chrétiens il y aura, mille ou dix mille, ils ne seront jamais capables de tuer ce dragon. Et s'ils ne peuvent tuer Vermithrax, quel est leur espoir?

Valerian secoua la tête.

– Ils n'en ont aucun, dit-elle. Nous ne pouvons le tuer, les Chrétiens non plus, et toi non plus. C'est pour cela que je me suis mise à réfléchir. Pourquoi devrions-nous supporter cela plus longtemps? A quoi bon essayer?

– Tu veux dire... juste... s'en aller?

Elle acquiesça.

– Pourquoi pas? As-tu pensé à ce que la vie doit être près d'Urland et du dragon? As-tu pensé à l'effet que cela fait, vivre et travailler constamment dans la peur? Regarder tout le temps par-dessus son épaule pour guetter le dragon ou les troupes de

Casiodorus? Vieillir dans la peur? Et (Valerian regarda ses mains) si nous avons un enfant, une fille, peux-tu imaginer les Tirages au Sort? (Elle frissonna.) Tu n'as pas vécu ici. Tu n'as pas idée de la honte et de la dégradation...

– Si, dit-il, je l'ai vu.

– Même s'il n'y a pas d'enfant...

– Je sais, dit-il, ce serait presque aussi pénible.

Il se souvint brièvement de ses rêves d'il y avait quelques mois – comment il allait partir vers l'ouest et l'aventure – et sourit amèrement. Eh bien, il l'avait eue, son aventure, et il s'en allait vers l'est, battu, pour s'échapper.

– Où irons-nous?

– Oh, dit-elle, loin d'ici! Même aux Iles de l'Ouest.

Galen soupira lourdement.

– D'accord. Tout de suite?

– Oui.

Ils allèrent avertir Simon, resté là où Galen l'avait laissé, le menton enfoncé dans la poitrine avec morosité.

– Je serai un vieil homme très seul, dit-il quand Valerian eut parlé. Mais c'est évidemment ce que vous devez faire. (Il redressa ses épaules et s'éclaircit la gorge.) Je crois que je vais sortir, à présent, et quand je reviendrai, il vaudrait mieux que vous ne soyez plus là. C'est mieux ainsi, je crois. Bien. Disons-nous adieu. (En sanglotant, il embrassa sa fille.) Je n'ai rien à te donner, dit-il, excepté ce que tu possèdes déjà, et mon amour.

– Où vas-tu? demanda Valerian quand il tourna les talons.

– Je vais trouver Gregorius, dit-il sans se retourner. (L'ouïe de Galen aurait pu lui jouer un tour vu l'émotion du moment, mais il lui avait semblé entendre rire Simon.) Je vais apprendre à prier.

Valerian pleura après son départ, et Galen la prit dans ses bras.

Plus tard, les bagages une fois terminés, ils quittèrent la demeure de Simon et remontèrent la route de Swanscombe. Les villageois étaient occupés dans les décombres; certains s'étaient déjà mis à rebâtir. La plupart les ignorèrent, trop occupés ou trop choqués pour leur prêter attention, mais quelques-uns leur offrirent une bénédiction, et quelques autres les maudirent. Les chiens fatigués grognaient et les reniflaient au passage.

C'était un matin sans nuages ni vent, rempli de soleil. Une fois les abords du village dépassés, ils se mirent à gravir la pente douce qui allait vers l'est. Leurs mains se joignirent, et sans un mot, lorsqu'ils atteignirent le haut de la butte, ils firent une pause pour regarder une dernière fois Swanscombe et sa vallée. Même à moitié détruit, le petit village était encore beau à voir. La roue du moulin, qui n'avait pas été détruite, tournait placidement et, dans les champs voisins, le bétail paissait. Çà et là dans les sentiers, des chevaux affairés tiraient charrettes et tombereaux. Le travail de reconstruction avançait, sans inquiétude de la menace du dragon. Sur certaines structures, qui s'étaient pratiquement dressées à nouveau en l'espace d'une nuit, on replaçait déjà le chaume. Et, tout autour, les collines vertes et calmes s'étendaient comme une bénédiction.

Galen ne regarda que brièvement le village, puis continua à avancer en direction de l'est. Il était épuisé et abattu. Il n'aspirait qu'à quitter Urland pour toujours.

A leur droite se trouvait la Désolation. Ils ne

prononcèrent nulle parole en la dépassant. Haut sur la colline, la caverne du dragon ouvrait un œil noir sur le monde. Même à cette distance, Galen pouvait voir le petit trait noir du cadavre de Jacopus. Il frissonna, se rappelant la sensation des flammes sur ses jambes, les yeux du dragon dont il avait failli mourir, hypnotisé, la terreur qu'il avait éprouvée au moment où les grandes mâchoires s'étaient ouvertes pour cracher leur feu...

– Ne regarde pas, dit Valerian, levant sa main comme un écran devant ses yeux. N'y pense plus. C'est terminé, maintenant.

Mais il ne pouvait s'empêcher de se souvenir, longtemps après qu'ils eurent dépassé la Désolation et qu'ils se furent engagés dans le sentier sinueux qui menait à la vallée de la rivière Varn. Puis, pendant la descente, son humeur s'améliora. Après tout, ils quittaient la Désolation pour n'y jamais revenir, et comme l'avait dit Valerian, toutes ces horreurs étaient derrière eux. De plus, c'était un jour splendide, et plus ils s'éloignaient de la Désolation, plus les oiseaux se faisaient nombreux, qui chantaient autour d'eux, et plus abondants les fleurs et les bourgeons verdoyants. Plus bas, calme au soleil, argentée, coulait la Varn. La route conduisait au gué, aux étroits rapides qui grouilleraient de flèches argentées, bondissant avec exubérance dans le soleil. Souvent pendant l'été, il était venu pêcher la truite dans les étangs proches, et il avait passé bien des après-midi à paresser, contemplant le gué, et se demandant quelles aventures et quelles richesses se trouvaient là-bas, dans les pays lointains proches du soleil. A présent, il s'y rendait pour de bon.

Il rit. Il commençait à sentir dans son estomac ce

sentiment de joie infantile qu'il n'avait pas éprouvé depuis des années, pas depuis le commencement de son apprentissage avec Ulrich. Il pouvait se souvenir qu'il était lié aux animaux, et aux vœux qui les réalisaient. Il souhaita... Il souhaita que le temps ait rebroussé chemin, pour que sans incantations, ni amulettes, ni sorts, il puisse de nouveau conjurer, par la force de sa propre innocence, les animaux de ses rêves...

– A quoi penses-tu?

Il rit.

– Je pensais à mon enfance, fit-il. Avant que je n'aille à Cragganmore. Un de ces jours, je t'expliquerai ce que je faisais à l'époque. Un de ces jours...

Il s'interrompit. Il s'arrêta sur place, fixant intensément la vallée. Quelque chose y avait bougé, quelque chose qui y était étranger. C'était blanc. C'était vivement apparu au-dessus des cimes des arbres, puis avait disparu. A nouveau, l'objet apparut, ombre blanche qui soudain voleta dans le sentier et s'approcha jusqu'à ce que Galen reconnût un oiseau, un oiseau blanc, à la forme étrange, un corbeau bl...

– Gringe!

Le corbeau s'éleva au-dessus de leurs têtes et se tourna dans la même direction qu'eux, faisant avec les pointes de ses ailes une série de mouvements que Galen connaissait bien.

– Il veut que nous le suivions. Viens!

Il se mit à courir, entraînant Valerian à sa suite.

Gringe restait juste devant eux, volant si lentement qu'il se maintenait à peine en l'air, jetant des coups d'œil occasionnels derrière lui pour s'assurer de leur compagnie. En quelques minutes, ils eurent atteint la partie plate du lit de la rivière et, après avoir emprunté un court tunnel au milieu des chênes et des bouleaux, ils se retrouvèrent sur une pente douce qui menait à la rivière et au gué du Héron. Un instant, ils furent éblouis par les reflets du soleil sur l'eau bouillonnante et les pierres et les graviers luisants; puis, une fois leurs yeux accoutumés à cette nouvelle lumière, ils sursautèrent d'horreur et le cœur de Galen chavira.

Entre eux et la rivière s'étirait une sombre bande de cavaliers. Au centre, ses vêtements royaux resplendissant au soleil, se tenait Casiodorus.

Pendant un moment, nul ne bougea. Ils étaient tous figés en un tableau immobile. Même Gringe semblait suspendu en plein ciel entre les deux groupes. Puis, comme s'il commandait à la pièce de commencer, le corbeau poussa un cri unique et rauque. Le cheval de Casiodorus s'avança.

En un horrible ralenti, le bras du roi s'étendit en arrière et vers le bas, tombant vers le pommeau de son épée, et Galen sut que la charge allait venir tout de suite, les écrasant contre le gravier.

Mais la charge ne se produisit pas. Casiodorus ne tira pas son épée, et ses hommes ne le suivirent pas. Sa main avait reculé pour imposer l'attente, et il s'avança seul, très lentement, jusqu'à ce qu'il ait couvert environ la moitié de la distance entre la berge et l'endroit à l'ombre des bois où se tenaient Valerian et Galen. Alors le roi mit pied à terre, lâcha les rênes, et s'approcha d'eux. Galen se redressa.

– J'ai quelque chose qui vous appartient, dit Casiodorus.

Son visage était affreux. Cet homme avait traversé le chagrin et l'avait dépassé, et il avait aussi dépassé la peur et l'espoir. Sa peau blafarde était tendue sur ses os, sa voix, sépulcrale et, quand il regarda Galen, ses yeux ne le virent pas, ou plutôt ne le virent que comme un détail insignifiant de l'éternité et de l'espace. L'estomac de Galen se retourna. Il avait déjà vu ce regard une fois, dans les yeux du dragon.

– N'ayez crainte, dit le roi, nous ne vous ferons aucun mal ni ne vous empêcherons de quitter Urland, si vous choisissez cette solution. Mais avant de prendre votre décision, il y a quelque chose que je dois vous remettre. (De sa main gantée il prit un portefeuille de cuir et en sortit l'amulette. Il la mit dans la paume de Galen.) Elle ne m'a apporté que du chagrin, dit Casiodorus. Voyez, et même à présent... (Et il ouvrit sa main pour que Galen puisse y voir les trous brûlés à travers les doigts et la paume de son gant.) Peut-être que si je ne vous l'avais pas prise, ma fille serait encore en vie. Peut-être que le dragon n'aurait pas réapparu. Depuis que je vous l'ai prise, je n'ai pas connu le repos. J'ai connu la souffrance. J'ai eu des visions pires que ce que je pourrais espérer vous décrire. J'ai vu ma terre ravagée et ma fille disparue dans ses profondeurs. Je voudrais n'avoir jamais possédé ce talisman.

– Ce... c'est une pierre ancienne, Votre Majesté, dit Galen faiblement. Je ne comprends pas son pouvoir.

– Mais elle ne vous fait aucun mal. Voyez comme elle se tient calme dans votre main.

– Je... je ne peux expliquer cela, Votre Majesté.

– Moi si. Vous êtes innocent. Vous n'avez pas abusé de son pouvoir, ni d'aucun autre. Vous n'êtes qu'un messager, bien que j'ignore ce que vous portez, et à quelles fins. Faites-en ce qu'il vous plaira, et allez en paix.

Ce disant, le roi leva son bras droit en une bénédiction absente, les pensées déjà loin de là. Il remonta à cheval, et se dirigea le long de la berge, vers Morgenthorne. Ses pas avaient fait jaillir de petites éclaboussures au bord de la rivière. Les autres cavaliers avaient éperonné leurs montures et s'éloignaient derrière lui; deux d'entre eux galopaient un peu plus haut sur la rive, entre le roi et la forêt obscure.

Une fois qu'ils eurent disparu, Valerian poussa un long soupir de soulagement.

– Allons! dit-elle. Traversons la rivière avant qu'il ne change d'idée.

– Il y a quelque chose...

– Viens, Galen!

– Non, attends. Attends. Il y a quelque chose... quelque chose que je dois faire.

Galen avait suivi Valerian à travers les rapides, avant même que le dernier cavalier ait été hors de vue, mais il avait été arrêté, surpris par quelque chose qu'il avait aperçu dans les rapides. Un héron. La présence de l'oiseau n'était pas inhabituelle; ce qui l'était, en réalité, c'était sa position en plein milieu du gué, totalement indifférent aux mouvements des cavaliers, et son regard qui était fixé directement sur Galen. Il se tenait en équilibre sur une patte, dans la position du prédateur, l'autre patte repliée dans les plumes grises de son corps. Son cou allongé était à peine plus large que sa patte. Son bec en forme d'épée formait un petit triangle sous ses yeux vifs. Ses splendides ailes, plus larges que Galen n'était haut, étaient entièrement déployées. Ce n'était pas l'attitude étrange du héron non plus qui avait arrêté Galen. Il *connaissait* ce héron.

– Attends..., répéta-t-il, s'asseyant lentement.

Gringe aussi s'était perché sur un arbre au bord de l'eau, directement au-dessus du héron.

L'amulette était dans sa paume repliée. Il amena ses jambes pour que ses mains reposent sur ses chevilles, puis il regarda la gemme, ou plutôt *dans la gemme,* car son regard fut immédiatement attiré plus profondément qu'il ne l'avait jamais été par le bol de conjuration d'Ulrich. Au centre de la pierre se trouvait une immense caverne remplie d'une bizarre luminosité étincelante. Il y avait un homme, vêtu de peaux, qui regardait quelque chose qui le stupéfiait et le terrifiait en même temps. Galen ne pouvait voir ce que c'était. Il y avait de l'eau et du feu. Galen n'avait jamais vu de feu si ondulant, un feu qui coula devant l'homme et l'engloutit peu à peu, si bien que Galen aurait voulu lui crier un avertissement : *Partez! Partez! C'est un lac de feu! Courez!* Mais alors, au contact des premières flammèches, la silhouette se transforma et fit volte-face. Ses habits de peaux devinrent tunique ample, sa mâchoire carrée devint une barbe blanche, le regard horrifié devint un sourire de triomphe, et ses bras s'ouvrirent en signe d'accueil.

– Ulrich!

Car c'était bien Ulrich, s'élevant hors du Lac de Feu en une vision si réelle que Galen pensa vraiment pendant un instant que le vieux sorcier était encore en vie.

– Mais..., dit Galen en reculant.

La vision disparut.

– Mais...

Le héron était toujours là; et au-dessus de lui,

au-dessus de Gringe, un troisième oiseau était apparu, le gerfaut, qui tournait en spirales étroites. Les trois formaient une parfaite ligne droite au-dessus du gué.

– Ulrich, vous...

Quand toutes choses convergeront, tu sauras avec certitude ce qui doit être fait...

Galen se précipita vers son havresac, en extirpa les cendres et bondit sur ses pieds.

– Il est là! cria-t-il. Il nous a joué un tour! Nous y retournons!

Valerian s'écarta de lui, secouant la tête.

– Non! dit-elle. Non.

– Ecoute-moi! Je t'en prie, écoute-moi! Je sais ce qui doit être fait. Je suis le seul à pouvoir le faire. Je *dois* le faire.

– Pourquoi? Pourquoi le dois-tu?

– Parce que je suis un... Pour l'Art. Pour Ulrich.

– Pour *Ulrich*? Pour un homme mort?

Elle secouait la tête, incrédule.

– Mais il n'est *pas* mort! Voilà l'idée. Enfin, pas vraiment mort.

– Galen, je l'ai *vu* mourir. Tyrian l'a poignardé. Il est mort. Il est incinéré.

– Oui, mais c'est un magicien, ne le comprends-tu pas? C'est ce que tu as oublié, et moi aussi, pendant tout ce temps. C'est une question de foi. De vision.

– Je sais ce que j'ai vu. Une épée entrer dans la poitrine d'un homme et ressortir de l'autre côté. Vas-tu me dire que cet homme est vivant?

– Tu verras! (Galen rit étrangement.) Tu verras!

– Tu viens de parler comme ce vieux fou, tout à coup.

– Hodge? Oui! Hodge savait! C'est pourquoi il

m'a donné le... Oh, j'aurais dû le voir. J'aurais dû le voir. (Il la saisit par le coude.) Viens. Il faut nous dépêcher.

Elle tendit la main pour toucher son visage.

– S'il te plaît, dit-elle. Nous pouvons encore quitter tout cela. Rien que toi et moi.

Il secoua la tête.

– Pas encore, dit-il. Viens.

LE LAC DE FEU

Les oiseaux leur emboîtèrent le pas. Le héron s'éleva d'un battement de ses vastes ailes et passa bas au-dessus d'eux, le cou tendu, le regard fixé sur un point qu'ils ne pouvaient voir. Un moment, le gerfaut décrivit des cercles par-dessus leurs têtes, ses appels aigus et solitaires tombant comme les fragments d'une bénédiction. Puis tous deux passèrent leur chemin, et Gringe resta leur seul compagnon, Gringe, qui glissait lentement entre les arbres, gloussant avec irritation tandis qu'il les attendait.

Ils n'avaient plus de souffle lorsqu'ils parvinrent au faîte de la colline, mais ils se mirent quand même à courir le long de la pente est. La Désolation devint visible, une sombre présence, derrière les buissons à leur gauche, et très vite ils y entrèrent. Ils quittèrent la ligne d'arbres pour commencer l'escalade de la pente qui menait à la tanière du dragon. Les dernières lueurs du soleil transformaient le paysage. Galen avait toujours vu la Désolation par des jours gris et nuageux, et les pentes en étaient assombries par la lumière brumeuse. Mais à présent, le soleil jetait des feux qui donnaient aux rochers et aux crevasses un relief individuel et animait leurs couleurs d'une vie lugubre. Elles étaient sombres, grises et brunes, et rien n'y vivait excepté de rares lézards furtifs, sifflant à l'approche des humains, puis disparaissant aussitôt. Les roches elles-mêmes étaient brunes sur les flancs, couvertes d'un tapis verdâtre qu'on aurait pu prendre pour de la mousse. C'était la vase du dragon, posée là depuis des années, luisant à présent comme une fine pellicule. Galen frémit en sentant ses souliers glisser dessus. Tenant toujours Valerian par la main, il l'entraînait sur la surface inégale. Il était alternativement convulsé par l'horreur de ce qui l'attendait certainement, et exalté par l'espoir de ce qui allait pouvoir être, si seulement...

L'éclipse était en train de se produire.

L'entrée de la caverne béait devant eux. Trébuchant dans des éboulis qui formaient de petites avalanches sous leurs pieds, ils grimacèrent en dépassant la chose carbonisée et couverte de mouches qui avait été Jacopus. Et soudain, ils étaient sur le parapet rocheux, plongeant les yeux dans la noirceur du repaire. Cette fois Galen ne perdit pas de temps à appeler Vermithrax. La dernière chose qu'il voulait était d'avertir le dragon de sa présence. Il porta un doigt à ses lèvres comme Valerian allait lui parler. Rapidement, il posa à terre son paquetage, et en retira le sac de cendres. Puis il se mit à avancer. Il ne s'arrêta pas, pas même pour laisser à ses yeux le temps de s'habituer à la pénombre. Il se dépêcha d'emprunter le passage fétide.

En fait, il n'était pas besoin de faire silence ou d'être prudent. Vermithrax n'était pas en dessous. Agité, torturé par sa blessure au cou, attiré par le faux crépuscule, le dragon avait pris son vol vers la terre ravagée. Il n'avait rencontré aucune opposition, ni aucun défi. Pourtant, il ressentait un profond malaise, un péril qui le fit s'éloigner aussi loin vers l'ouest que le gué du Héron, décrivant de vastes cercles, et le poussa à effectuer trois passages au-dessus de la Désolation elle-même, avant de s'élever vers le sud-est. Le premier de ces passages était survenu juste après que Valerian et Galen furent entrés dans la caverne. Si Galen n'avait pas vivement attiré la jeune fille à l'intérieur, le dragon aurait posé son ombre noire sur eux. Même ainsi, il les avait sentis vaguement, avait viré légèrement, et s'était décidé à faire une reconnaissance aussi brève que possible...

A l'intérieur, les yeux éblouis, Galen faillit trébucher sur les corps d'Elspeth et des dragonets. Il avait oublié d'avertir Valerian au sujet de cette horreur, et elle retint avec peine un cri quand elle l'aperçut. Les poings serrés contre sa bouche, les yeux écarquillés, elle chancela en reculant.

– Désolé, murmura Galen. C'est bien Elspeth. J'aurais voulu te prévenir. (Les murs amplifièrent ses paroles. *J'aurais voulu te prévenir.)* Viens par ici.

Il lui fit signe puis se remit en route vers le Lac de Feu, dans les profondeurs. Au moment où Valerian avait récupéré et s'était éloignée des cadavres, il était hors de vue.

– Galen!... Galen!...

Mais il n'y eut nulle réponse, à part les échos, *Galen...*, des deux passages qui bifurquaient vers la droite et la gauche, en face d'elle. Les murs scintillaient. Quelque chose de mou et d'humide s'enfuit sous ses pas. Elle pensa, incapable de détacher de ses narines l'atroce odeur de l'endroit, qu'elle allait être violemment malade. Elle avait décidé de suivre Galen jusqu'au bout de ce dernier périple, même entre les mâchoires du dragon s'il le fallait. Mais à présent elle flanchait. Elle voyait ces dents bouger sur les ombres des parois. Devant elle, derrière le tournant suivant, elle entendait le battement d'ailes squameuses. Quand quelque chose de froid et visqueux lui recouvrit le pied, elle poussa un cri et s'enfuit vers la lumière et l'air, vers la verdure rassurante qui poussait au bord de la Désolation. Elle arriva à l'extérieur, sanglotant de soulagement.

L'éclipse était presque totale.

Au-dessus de la terre sans éclat, Vermithrax, à cinq kilomètres au sud, vira vers sa tanière.

Loin en avant dans le tunnel, Galen n'avait pas remarqué son absence. Il portait le sac de cendres des deux mains, à la hauteur de sa poitrine, comme un Graal sacré. Il descendait, en transes, plus bas que le renfoncement où il s'était tenu prêt à frapper avec Sicarius, plus bas que les murs humides et les regards des salamandres et des tritons, toujours plus bas, vers le Lac de Feu, là où des ombres pâles remuaient sous la surface. Bientôt, des flammes reflétées lui parvinrent. Il tourna un coin, puis un autre, et il s'y trouva enfin. Des groupes de flammes dansaient à sa surface, se mêlant un instant, se séparant le suivant. Sous les cryptes, d'autres bras du lac s'étendaient vers des régions sépulcrales et inconnues. Devant lui, les marches de pierre lui faisaient signe. Pour faire ce qui devait être fait, il lui faudrait marcher sur ces dalles, et se retrouver aussi vulnérable que la première fois où il avait affronté Vermithrax. Où était Vermithrax? Galen scruta l'obscurité, luttant contre les vapeurs qui montaient du lac et, sans rien voir du dragon, il ne pouvait se débarrasser de l'impression qu'on l'observait. Sa peau frémissait aux endroits charnus de son corps; mais il ne pouvait rebrousser chemin. Il passa de la vase au bord du lac à la première des dalles, son soulier émettant un petit bruit réticent quand il se déplaçait.

Quelque chose trembla; il n'aurait pu dire si c'était la pierre plate, ou le sol sous celle-ci, mais il y avait réellement eu une vibration. Il marcha sur la pierre suivante, puis sur celle d'après. Toujours pas de Vermithrax. Il se tenait à cet endroit même quand le dragon avait surgi la première fois, pensait Galen. Peut-être que... serait-il possible que la lance ait frappé si profond que le coup ait été mortel? Etait-il possible que Vermithrax, à cet instant même, agonise dans quelque recoin éloigné? Comme pour ridiculiser cette éventualité, le sol trembla à nouveau, et des vagues concentriques vacillèrent à la surface du lac.

Les mains palpitantes, se forçant à bouger flegmatiquement, Galen défit les liens du paquet qui contenait les cendres d'Ulrich. Il étendit le sac à bout de bras, le tenant tout en cherchant la formule latine requise, puis en répandit le contenu en un vaste arc de cercle. *Nunc magister reverti jubeo! Ulrich appropinqua!*

Les cendres flottèrent en une bande qui chutait, en réfléchissant les flammes, et comme la première d'entre elles touchait la surface, la terre trembla de nouveau, et ne s'arrêta pas avant qu'elles se soient dispersées parmi les cercles de flammes.

Retenant son souffle, Galen avait regardé leur chute. Mais à part la secousse et le fait que les formes subaquatiques s'étaient regroupées, puis avaient brusquement coulé hors de vue, il n'y eut aucun changement; pendant un instant, son bras demeura tendu; puis il retomba à son côté. Rien. Ainsi il s'était encore une fois trompé, et la vision n'avait été qu'une illusion, le fantasme d'un garçon romantique.

Soudain, un petit tourbillon apparut tout à coup sur la surface. Attirant dans sa spirale toutes les flammes voisines, il tournoyait de plus en plus vite, s'élevant en une colonne haute de près de deux mètres. Tandis que Galen regardait avec une exaltation croissante, la partie épaisse au sommet prit une forme distincte. Un homme reposait sur cette colonne de feu tourbillonnante, dans une complète sérénité, comme s'il avait été sur son bûcher funéraire.

Ulrich!

Galen pouvait à présent distinguer clairement le vieux sorcier : la barbe blanche, le sourcil droit et familier, la cape pourpre déchirée.

– Ulrich! cria-t-il, en applaudissant, vous avez réussi! Vous avez réussi!

Ses cris résonnaient dans la caverne, *Ulrich, Ulrich.*

La silhouette sur le pilier de feu remua. Ses mains se levèrent et vinrent masser les tempes, comme le ferait un homme souffrant d'une furieuse migraine, puis il porta un doigt à ses lèvres et étendit une main lente et apaisante vers Galen.

– Ne crie pas (Très lentement il se tourna et se redressa jusqu'à ce qu'il soit debout sur une dalle à côté de Galen. Ses yeux s'ouvrirent. Il leva un doigt.) Ce latin que tu viens d'utiliser, Galen...

– Oui, Magister?

– *Appropinqua*. Plutôt prétentieux, non? Pourquoi pas un simple *veni*? Tu as toujours été étourdi, Galen. Toujours.

– Oui, Magister.

– Hm. Oh, eh bien, de toute façon, peu importe. Mais tu as été imprévoyant, Galen, n'est-ce pas? Comme toujours. Courant partout en riant et en t'amusant. Vivant pour l'instant. Mais tu as été brillant. Des éclairs de lucidité. Tu avais le Don. C'est pourquoi tu es là, et non Hodge. Exact?

– Oui, Magister. Voyez-vous...

Ulrich leva à nouveau sa main apaisante.

– C'est une longue histoire, n'est-ce pas?

– Oui, maître. Voyez-vous...

– Tu n'as pas besoin de me la raconter, Galen. Je sais tout. En fait, tu n'as pas le *temps* de me la raconter.

Il se plaça sur la plus éloignée des dalles, et derrière lui le tourbillon ondulant se fondit dans la surface du lac.

Il scruta les contours de la caverne. Tout lui semblait familier : le tunnel qui montait vers l'extérieur, le lac qui luisait faiblement, les cryptes et les arches qui s'étiraient en d'interminables étendues. Pendant un instant, son regard fut captivé par quelque chose situé vers le haut, au plafond de la caverne ou plus loin. Ulrich fixa lugubrement cet endroit, et ce faisant ses épaules se redressèrent, et sa barbe blanche pointa en avant avec défiance. Puis il hocha lentement la tête.

– Oui, dit-il si doucement que Galen l'entendit à peine, et pourtant son murmure se répercuta dans les recoins les plus distants de la caverne. Oui. Il est temps.

Un instant, Galen crut entendre (mais c'était

peut-être le chuintement interminable des échos ou les susurrements du lac) un soupir de résignation, une expiration consentante. Ulrich l'avait aussi entendu, car il hocha de nouveau la tête.

– Viens, dit-il, se tournant avec raideur vers Galen. Viens, mon garçon, il est tout proche à présent. Nous devons être à la surface. Donne-moi ton bras! J'ai oublié ma canne.

S'appuyant sur Galen, il tourna le dos au lac et commença à gravir le couloir escarpé. Il avançait lentement, mais son pas était léger et plus jeune de dix ans. Galen lui jetait des coups d'œil anxieux. Il était rempli d'impatience et de sombres pressentiments. Il avait vu un tel éclat dans d'autres yeux, dans les visages de jeunes chevaliers, Saxons et Bretons, qui avaient traversé Cragganmore, en route vers des combats lointains, juste le temps de prendre un repas et un gobelet d'hydromel, de se reposer un peu, et de repartir. Ils n'étaient jamais revenus. Aucun d'entre eux. Le but qui les avait animés contenait leur propre destruction, et la connaissance de cette destruction. *Ils savaient qu'ils allaient mourir, et cela ne faisait aucune différence.* Pendant quelque temps, ils vivaient intensément, et leur rayonnement exaltait les vies de tous ceux qui les entouraient. Il en était de même, à présent, avec Ulrich. Pour Galen, ce voyage à la caverne dont l'entrée se profilait déjà, était en soi une courte vie; et pourtant, s'il ne lui restait qu'une chose des enseignements du sorcier, c'était que la vie et la mort, ces deux associées, voyageaient toujours de concert, et que l'une naissait éternellement grâce à l'autre.

Quand ils parvinrent à l'endroit du carnage, Ulrich jeta un unique regard de compassion vers

Elspeth et les dragonets morts. Il ne s'arrêta pas. *La mort,* disait son regard. *La Décomposition et la Transformation. Le Bon et le Mauvais ensemble.* En fait, Galen crut un instant que le maître avait parlé. Pourtant Ulrich ne dit rien avant d'avoir atteint la gueule de la caverne, distante à peine de quelques pas. Alors il s'arrêta. Au delà, dans le crépuscule presque complet, reposaient les collines vertes et tranquilles. En les contemplant, il demanda à Galen :

– As-tu l'amulette?

– Oui, Magister.

Galen ôta le talisman de son cou et le posa dans la main tendue du vieil homme. Contemplant toujours le vert pastoral des collines, Ulrich referma sa main et sourit.

A ce moment précis, dehors, Vermithrax traversa le bord sud de la Désolation et, perdant de l'altitude, devint impossible à distinguer des collines derrière lui; il aperçut Valerian seule à l'entrée de sa tanière. Son échine se dressa. Du phlegme brûlant s'amassa dans sa gorge. Sa bouche s'ouvrit en silence. Sa descente était parfaite et inaudible, à part le léger bruissement du vent sur ses ailes écailleuses et les débris de la lance encore plantée dans son cou. Il était à cent mètres. Sa bouche s'ouvrit davantage.

A ce moment Ulrich sortit de la caverne et Valerian, tournant le dos au dragon, lut la terreur sur son visage et sur celui de Galen qui le suivait.

Plus tard, elle ne pourrait dire ce qu'elle avait entendu d'abord, la descente sifflante ou un cri d'avertissement rauque et horrifié. Elle les entendit tous les deux, et elle se retourna et regarda droit dans les yeux du dragon et dans ses mâchoires luisantes. Elle était si proche de lui qu'elle put voir dans ces yeux ce que Melissa y avait vu, et ce que des générations d'autres Elues avaient aussi vu, si proche qu'elle vit le jet de flamme qui lui était destiné se former, une spirale flamboyante, au fond de la gorge du dragon, prête à l'engloutir.

Mais cette flamme ne l'atteignit jamais. Un cri perçant avait été proféré par un oiseau blanc qui, tandis qu'elle faisait volte-face, s'était jeté sur le dragon, griffes tendues vers son visage.

– Gringe!

Le cri de Galen se mêla à celui de Valerian et au rugissement du dragon qui tentait de protéger son œil, projetant une traînée de feu éclatante vers la colline.

– Gringe!

Emporté par son élan, le corbeau les regarda en se retournant, poussant encore un cri, un long cri de terreur et de triomphe et d'adieu. Puis le dragon se convulsa, tel un serpent aérien, et prit son petit tourmenteur dans un torrent de flammes. Il y eut un peu de fumée et Gringe disparut. Ce qui restait de lui s'écrasa parmi les rochers, non loin du corps de Jacopus, boule carbonisée au sillage noirâtre.

– Là! commanda Ulrich à Galen et Valerian. Venez près de moi!

Comme le dragon se tournait à nouveau vers la Désolation, préparant un nouvel assaut, il attira les deux jeunes gens contre lui, les serrant avec une force étonnante.

– N'ayez pas peur.

Ses yeux fixèrent le ciel. Il proféra un sort que Galen n'avait jamais entendu auparavant, et ils s'élevèrent.

Ils s'élevèrent sans effort. En l'air, ils virent la

Désolation commencer à tourner au-dessous d'eux, de plus en plus vite, jusqu'à ce qu'elle soit happée dans une spirale étourdissante. Valerian cria, mais le bras d'Ulrich la retint fermement contre lui, et ses mots l'apaisèrent :

– Tout va bien, mon enfant. Notre voyage est très bref.

Un instant après, le tourbillon cessa. Ils étaient sur la plus haute des hauteurs de la Désolation, surplombant la rivière et le village. Vermithrax était beaucoup plus bas, s'élevant.

L'éclipse était totale.

– Il y a quelque chose que tu dois faire, dit Ulrich. Un ultime service.

Ses bras les entouraient toujours. Ses yeux brillaient comme du cristal.

– Tout ce que vous voudrez, maître.

– Tu as bien gardé la pierre, et tu l'as maintenue en sécurité.

Galen ne dit rien, mais Ulrich poursuivit, secouant doucement la tête.

– Mais tu sais que tu n'es pas un sorcier. Plus maintenant. Peut-être est-ce ma faute. Tu es bien d'autres choses. Tu es brave, et bon, et généreux, et ton cœur est pur. Mais tu n'es pas un sorcier. Tu n'es pas Uni à cette pierre comme je le suis. Tu as le Don, et peut-être qu'un jour, dans un autre endroit, un autre temps... Mais mon heure est maintenant, la mienne et celle de la pierre. Tu dois m'aider, Galen.

Le soleil formait une couronne de perles autour de la lune. Le temps s'était arrêté. La Désolation était sombre et silencieuse. Vermithrax s'élevait inexorablement de ses ailes puissantes, le cou tendu.

– Comment, Magister?

– Prends la pierre. Tiens. Il viendra un moment où tu devras la détruire totalement et à jamais. Tu dois libérer en moi ce pouvoir que mon ancêtre y a placé lors de sa création. Tu reconnaîtras le moment. Tu devras agir tant qu'il me restera encore un peu de vie.

– Mais...

– Non! Pas de questions. Ne réfléchis pas! Tu le dois! Tel est mon ordre!

En parlant, il s'était détaché de Galen et Valerian, et les poussait vers la sécurité d'une crevasse proche. Puis il marcha au bord du précipice et sa voix sonna comme une bénédiction au delà de la Désolation et jusqu'aux villages rongés par la peur, plus loin encore.

– Le temps est venu! La paix soit avec vous, pour toujours!

Il se tenait tout au bord de la corniche.

Le dragon était monté en larges spirales. A présent il se tordait, non pas dans la convulsion de son attaque sur Gringe, mais d'un mouvement incroyablement gracieux. Un instant, il parut suspendu en l'air, puis sa tête s'élança et tout son corps suivit, en direction d'Ulrich. Il ressemblait à une flèche acérée, guidé seulement par ses ailes presque repliées. Vermithrax n'avait évidemment pas l'intention de tuer Ulrich par le feu. Il voulait saisir le sorcier et le soulever triomphalement en plein ciel. Même les deux griffes recourbées de ses ailes se tendaient impatiemment vers lui et s'enfoncèrent presque dans sa chair. Elles l'auraient fait si le magicien n'avait pas lancé en avant ses bras repliés, comme pour repousser le dragon. Galen ne put entendre ses paroles, noyées dans le bruit des ailes de

Vermithrax et dans les cris de Valerian qui se cachait derrière lui, posant son visage contre la paroi rocheuse. Mais Vermithrax laissa échapper un cri de douleur et manqua presque complètement sa première attaque; une de ses griffes effleura la tunique d'Ulrich et en arracha un lambeau qui voleta comme un fanion tandis que le dragon reprenait de l'altitude, puis retomba pour se perdre dans les rochers de la Désolation.

Ulrich garda sa position au bord de la corniche en porte à faux ses paumes non plus ouvertes, mais poings fermés en un geste de défi. Il n'avait pas bronché devant les serres. Il continua à crier tandis que le dragon battait en retraite, puis s'élevait à nouveau, et Galen entendit dans ces cris l'exultation d'un homme jeune qui met sa force à l'épreuve pour la première fois. Il aurait voulu crier : *Tuez-le, Ulrich! Tuez-le! Vous n'avez pas besoin de l'amulette!* Mais il ne dit rien. Il n'était pas certain de croire cela. Ulrich était décidé, mais très frêle, et la force du dragon semblait avoir été renforcée par la douleur. Il semblait plus noir, plus mince, plus grand.

– Pourquoi ne l'aides-tu pas? demanda Valerian. (Elle se tordait les mains et sanglotait.) Tu as dit que tu le ferais. Pourquoi ne brises-tu pas l'amulette?

Il tint la gemme serrée. Il pouvait la sentir qui palpitait. Son rayonnement les baignait tous comme l'éclat d'un petit soleil.

– Je ne peux pas, dit-il.

– Tu as peur? Alors donne-la-moi. Laisse-moi faire.

Il secoua la tête.

– Pourquoi *non*?

– Parce que, dit-il en la regardant avec des yeux qui possédaient la clarté et la sagesse d'une connaissance très, très vieille, cela les tuera tous deux.

Le dragon revint. Cette fois, il se laissa tomber d'une plus grande hauteur, plus vite, plus avide. Il fondit sur Ulrich à une vitesse terrifiante, et les enchantements du sorcier se montrèrent moins efficaces cette fois, car le dragon retomba moitié sur la corniche, moitié sur le vieil homme. Seule la lance enfoncée dans le cou de Vermithrax sauva Ulrich, car les muscles déchirés du dragon flanchèrent. Une serre agrippa Ulrich tandis que l'autre ratait complètement la corniche. La bête atterrit lourdement sur son ventre. La tête et le cou d'Ulrich avaient été raclés par une griffe, mais une autre lui avait transpercé la cuisse, le paralysant de douleur. Mais, pendant les secondes où Vermithrax lutta pour retrouver son équilibre, Ulrich se libéra, attaquant les griffes jusqu'à ce que le dragon le lâche en poussant un cri et se laisse tomber, volontairement ou non, de la corniche. Il criait encore en glissant le long de la pente de la colline, presque jusqu'au sol.

Galen ne regardait cependant pas le dragon; il observait Ulrich. La cape déchirée du sorcier était tachée de sang, et il était raidi par la douleur. Quand il essaya de marcher, ses bras battirent d'impuissance, comme sa jambe blessée refusait de le porter. Un instant, il fut un insecte brisé, le simulacre de l'homme qu'il avait été quelques minutes plus tôt. Puis, par miracle, il parvint à se redresser et à contempler la chute de son ennemi vers le sol. Tandis que Vermithrax s'élevait à nouveau, il leva le poing et en une sinistre parodie de rire, découvrit ses dents au milieu d'une barbe souillée de sang.

– Pendant qu'il reste encore un peu de vie, dit-il, se tournant vers Galen. N'oublie pas!

Le dragon s'approchait à nouveau, magnifique contre le ciel obscurci, s'élevant avec une langueur obscène, comme s'il était sûr de pouvoir achever sa proie à loisir. Il s'éleva et s'abattit, une fois encore.

Comme il faisait cela, Ulrich leva les bras, bien que le gauche refusât partiellement de se lever à cause des blessures lancinantes. Galen vit que cette fois, au lieu de le repousser, le vieil homme attirait à lui la bête maléfique.

Agrippant l'amulette, il observa.

Le dragon plana, s'abattit, griffes tendues. Le vent sifflait sur ses protubérances écailleuses. Malgré son dégoût et sa terreur, Galen pensa : *Maudite bête! Tu es magnifique!*

Et le dragon l'était. Ses blessures l'avaient à peine ralenti. A ce moment, sa forme élancée glissant au-dessus des rochers de la Désolation conjurait un autre temps, une absence de datation possible. Il cria par défi, et ce cri devint tous les autres cris depuis longtemps absorbés par le silence. Il était tous les dragons. Le Dragon.

Il fondit sur Ulrich avec la vitesse d'un ouragan, et ses vastes griffes le saisirent proprement. Elles s'ouvrirent et se refermèrent avec une précision totale tandis que les ailes squameuses battaient vers le ciel. Quelques instants, Ulrich resta suspendu, mou et impuissant, comme un rongeur pris par un faucon. Mais, tandis que le dragon s'élevait, il s'accrocha contre lui et l'animal le serra contre son ventre. Le cri de la bête était un pur triomphe, ou presque, car il s'y mêlait aussi quelque chose d'autre, une aspiration si désespérée que le sang de Galen se glaça à l'entendre. La créature ne descendit pas. Inversement, elle se mit à monter, au-dessus du centre de la Désolation. Ses cris se fondaient avec ceux d'Ulrich qui se débattait contre son ventre.

L'horreur transperça Galen comme de l'acier froid. Il tomba à genoux.

– Non! dit-il. Ulrich! Oh, Ulrich, non!

Il avait à peine remarqué que l'amulette était devenue si brûlante qu'il l'avait lâchée, ou qu'elle était devenue plus radieusement brillante, plus régulièrement que jamais auparavant. Il ne pensait à rien d'autre qu'à cette perte et à ce chagrin insupportable. Il ne voyait rien d'autre que le point qui s'éloignait, ce point qui était Vermithrax et Ulrich.

Derrière lui, Valerian pleurait.

L'amulette brillait d'un rayonnement éblouissant. Pourtant, quand il la regarda enfin, il s'aperçut qu'il pouvait voir à travers le rayonnement jusqu'à l'intérieur de la vision au-dessous. Il avait déjà vu une fois ce tableau, dans le bol de conjuration d'Ulrich le matin même de l'arrivée des Urlandais : Ulrich se dispersait, libéré d'un corps vieux et fatigué. Il sut alors avec une certitude absolue ce qu'il devait faire.

Il chercha désespérément un rocher sur l'étroite corniche, en trouva un de la taille d'une tête humaine, et le brandit au-dessus de l'amulette. Puis, après un ultime coup d'œil au dragon et à sa proie, il l'abattit de toutes ses forces sur le talisman scintillant.

Beaucoup plus tard, quand Galen et Valerian

commencèrent à parler de ce jour, ils essayèrent d'abord de décrire le son qu'avait fait l'amulette en se brisant. Valerian dit que cela ressemblait au passage d'une tornade qu'elle avait vue à Swanscombe quand elle était enfant, un vent hurlant, grondant, qui était subitement descendue sur eux et avait disparu presque aussi vite, laissant derrière elle des décombres ravagés. Galen n'avait jamais vu de tornade, mais il avait écouté les cris d'un chat sauvage dans la nuit. Ce son, dit-il, augmenté un millier de fois, était ce qu'il avait entendu en lâchant le rocher.

Tous deux regardèrent le dragon, point sombre contre le ciel, et tous deux surent ce qui allait se produire. L'éclair fut si brillant qu'ils pensèrent que le soleil venait d'émerger. Puis vint l'explosion, et l'ébranlement les renversa sur la corniche.

L'explosion sembla se nourrir d'elle-même. Beaucoup de petites explosions éclataient les unes dans les autres de plus en plus vite, jusqu'à ce qu'elles deviennent de simples nuages de fumée à bonne distance du centre de l'explosion. Des vents soudains balayèrent cette fumée, et Galen et Valerian purent distinguer le dragon qui, contre toute logique, semblait intact, ou du moins suffisamment intact pour être reconnaissable : il y avait la queue spatulée, les ailes anguleuses, le cou allongé. Quelques secondes, il resta suspendu, puis il s'effrita, bascula, tomba encore plus vite, laissant derrière lui des lambeaux de chair telles des bandelettes – chose soudain pitoyable et atroce, complètement et irrévocablement détruite.

Elle s'écrasa dans la vallée de Swanscombe au bord de la Désolation, près de la route. Le dragon ne toucha pas réellement terre, car il atterrit dans une mare près de la rivière Swanscombe. De leur point d'observation, Galen et Valerian virent les énormes éclaboussures causées par l'impact, et ensuite le bouillonnement furieux des eaux comme si elles se révoltaient contre la présence de ce cadavre monstrueux. D'immenses nuages de vapeur montèrent au ciel, obscurcissant certaines parties de la Désolation et des collines environnantes. Puis ils se dissipèrent graduellement, tourbillonnant sous l'effet de brises fraîches, si bien que lorsque le soleil reparut, libéré du voile de la lune, il ne restait plus que quelques traînées de vapeur pour attraper ses rayons. Il brilla comme de l'or pendant un bref instant, ce reste de brume qui ressemblait à de la poussière d'or dans le vent, puis disparut. Tout était calme. La rivière coulait à nouveau. Le soleil brillait chaudement. Quelque part près de la corniche, un oiseau se mit à chanter.

Galen se laissa glisser à genoux. Il tremblait violemment. Une partie de lui savait qu'il aurait dû se réjouir, qu'il devait festoyer avec le petit groupe de paysans de Swanscombe dont les cris de joie et les hourras lui parvenaient à présent. Ils venaient du bord de la Désolation. Mais lui ne se sentait pas d'humeur à jubiler. Il sentait qu'il avait perdu quelque chose de si énorme qu'il ne pouvait savoir s'il en sortirait jamais. Quand ses larmes coulèrent, elles pleuraient tout ce qui avait été rassemblé et avait disparu en ces instants. Il ne pleura pas seulement Ulrich. Il pleura pour Vermithrax, et pour l'amulette, et pour l'art splendide de la magie éblouissante qui n'existerait plus jamais, et pour le pauvre monde réduit et ensoleillé qui s'étendait devant lui.

Il ne pouvait s'arrêter. Il couvrit son visage, mais

les larmes se répandaient à travers ses doigts, et des sons animaux stupides s'échappaient de sa gorge et de sa poitrine. Valerian s'était agenouillée près de lui. Elle l'étreignit, et son visage mouillé fut pressé sur son cou, et elle lui caressait le dos, et elle murmurait les sons inarticulés du réconfort maternel. Il savait tout cela, mais il mit tout de même longtemps à abandonner la position crispée où le choc l'avait jeté, une fois ses pleurs calmés. Finalement, il se leva.

– Quel spectacle! dit-il.

Elle l'étreignait toujours, le visage dans ses cheveux.

– Je ne sais pas pourquoi. Je...

Il allait dire qu'il était désolé, mais elle plaqua une main sur sa bouche.

– Tu es revenu, dit-elle. Tu as fait ce qui devait être fait. Tu l'as tué.

Il acquiesça.

– Et Ulrich. Il est vraiment mort à présent.

– C'était un très, très vieil homme.

– Et tout est mort avec lui.

– Pas tout...

– Tout ce savoir. Toute cette sagesse. J'aurais pu l'apprendre. J'aurais pu la garder et la transmettre.

– Peut-être, dit-elle, n'y a-t-il de place que pour une certaine quantité de sagesse dans le monde. Peut-être que cela varie. Peut-être que cela doit mourir d'une certaine façon pour renaître autrement.

Elle regardait la vallée. La petite foule de villageois qui s'était rassemblé au début de l'éclipse et avait assisté à la lutte finale entre Ulrich et Vermithrax avançait avec hésitation vers le cadavre du dragon, une masse informe à demi submergée. Sous la conduite d'un homme grand aux cheveux roux et qui portait une vaste croix. Même à cette distance, Valerian put reconnaître son père. Derrière Simon, se tenait Gregorius, qui encourageait la foule à chanter. Des bribes de leur chanson parvenaient jusqu'à eux.

– Des Chrétiens! dit Galen, qui regardait aussi. (Certains portaient des piques ou des fourches. Quelques-uns avaient des arcs ou des arbalètes. La plupart étaient sans armes.) Confiants.

– Galen, partons. (Il sentit qu'elle frissonnait tout contre lui.) Quittons cet endroit. Pour de bon. Partons là où il n'y a pas... pas de pouvoir.

Il sourit, secouant la tête.

– Emmène-moi, dit-il.

Ils grimpèrent en silence pour quitter la corniche et se frayèrent un chemin à travers la Désolation. Ils ne se retournèrent pas. Ils observaient tous deux les activités des Chrétiens qui avaient entouré Vermithrax, certains plongés dans la rivière dénaturée jusqu'aux hanches, et tailladant le corps. Certains avaient commencé à creuser un puits profond, et d'autres plaçaient des fragments de Vermithrax sur son bord pour qu'on les y enterre.

– C'est bien, acquiesça Valerian. Débarrassez-vous-en pour toujours. De retour à la poussière.

Elle pouvait nettement voir Simon au milieu des autres. Il avait appuyé sa grande croix de bois au pied d'un arbre et dominait le carnage. Son bras raidi révélait toute sa force comme lorsqu'elle l'avait vu manier le marteau dans sa forge pendant son enfance. Un instant, elle voulut courir vers lui comme si elle était encore une petite fille, et jeter ses bras autour de lui; mais l'impulsion lui passa.

Elle avait dit adieu; lui aussi. Il avait choisi une vie nouvelle, une Foi nouvelle où elle n'avait pas sa place. Et elle, de son côté, avait également fait un choix. Elle serra la main de Galen dans la sienne et prit un chemin oblique à travers la Désolation, un sentier qui les ramenait à la route hors de vue des villageois qui, de toute façon, étaient trop occupés à tailler Vermithrax en pièces pour leur prêter attention.

Une fois sur la route, ils se mirent à avancer d'un pas rapide en direction de l'est. La Désolation et la violence étaient derrière eux, et avec un ciel clair et bleu et une route vide devant eux, ils pouvaient enfin croire à leur départ d'Urland.

Mais la route n'était pas vraiment vide. Au bout d'une demi-lieue, Galen s'arrêta subitement, tendu, l'oreille aux aguets.

– Qu'y a-t-il? demanda Valerian.

Puis elle entendit aussi. Des chevaux. Beaucoup de chevaux qui approchaient avec précaution juste au delà de la crête qui se profilait devant eux. Ils s'immobilisèrent, le cœur chaviré. Ils ne voulaient pas de cavaliers. Ils ne voulaient que traverser la Varn. Exposés, vulnérables, ils attendirent.

Le premier cavalier apparut. Il ressemblait tant à Tyrian que pendant une seconde Galen pensa que la mort du centurion n'avait été qu'un rêve. Cet homme avait la même carrure impressionnante, la même main proche du pommeau de son épée, les mêmes épaulettes et les gantelets aussi, et le même emblème du dragon rampant sur sa poitrine noire. Mais quand Galen cligna des yeux, l'illusion se dissipa. Il vit que l'homme avait une épaisse moustache blonde. Il était tout près d'eux. Il y en avait un autre sur l'autre bord de la route et encore deux autres entre eux, côte à côte, et un dernier fermait la marche de chaque côté. Au milieu de cette troupe, chevauchait Casiodorus, suivi d'un petit groupe qui comprenait Horsrick. Quand les deux éclaireurs eurent accosté Galen et Valerian, ils s'arrêtèrent, les fixant avec suspicion. Ils gardèrent leurs distances jusqu'à l'arrivée du roi. Personne ne souffla mot. Les chevaux piétinèrent doucement sur place. Pendant un long moment, ils se regardèrent, le roi resplendissant et le jeune homme fier, sale et en haillons.

Ils ne parlèrent pas.

Puis, la tête haute, Valerian se fraya un passage au milieu des cavaliers.

– Adieu, dit-elle. Nous partons.

Et c'est ce qu'ils firent. Main dans la main, ils dépassèrent le roi et ses hommes et continuèrent le long de la route. Une fois que Galen fut assez loin pour se retourner, il fut surpris de voir Casiodorus, silhouette sombre et triste, qui les suivait du regard. Au moment où ils atteignirent le sommet de la colline, cependant, la troupe du roi avait rejoint le cadavre du dragon. Très faible à cause de la distance, mais bien reconnaissable au milieu des aboiements des chiens et des piaillements des enfants, retentit le cri de « Hourra pour Casiodorus! Hourra! »

Horsrick avait donné au roi une épée sortie de son fourreau et, une fois qu'on l'eut aidé à descendre de cheval, Casiodorus la leva au-dessus de sa tête et la laissa retomber sur le cadavre, non sans quelque difficulté. Ce geste motiva de nouveaux cris, à l'instigation des cavaliers. « Tueur de Dragons! Hourra! »

Galen et Valerian se détournèrent et commencèrent à descendre la longue pente qui menait vers Heronsford et la Varn. On distinguait la rivière à travers les arbres, tel un ruban argenté au soleil. Quand ils y parvinrent, Valerian aurait immédiatement traversé le gué, mais Galen la retint.

– Pourquoi? demanda-t-elle.

Il haussa les épaules.

– Pas ici, dit-il. Il y a un meilleur endroit où personne ne va jamais.

Il la conduisit plus en amont, dans les ombres de la forêt. Comme ils marchaient, ils sentaient parfois l'humus élastique du sol forestier, et parfois la terre plus solide d'un sentier ancien et couvert d'herbe. Bientôt ils arrivèrent à un endroit aux profondes ombres où l'eau coulait lente et profonde.

– Ici, dit-il.

– Mais on ne *peut pas* traverser ici. Il n'y a pas de pont, et c'est *profond*.

– Hum. Raison de plus, dit-il en enlevant ses vêtements.

Ensuite il se jeta à l'eau, et la rivière froide et pure le nettoya, pansa ses blessures, et il nagea sous la surface aussi longtemps qu'il put retenir son souffle. Quand il fit surface, Valerian nageait vers lui, et ils se laissèrent porter par le courant pendant un moment avant de remonter paresseusement la rivière vers l'endroit où ils avaient posé leurs vêtements. Nageant sur le dos, ils retraversèrent, tenant leurs affaires au-dessus de l'eau, et s'habillèrent sur l'autre rive.

Dans l'ombre d'un grand chêne, une chauve-souris somnolente les regardait avec indifférence.

– Où allons-nous?

– Je ne sais pas, dit-il.

– Mais on part en voyage? Un long voyage?

S-F nouveaux talents

Jacques Sadoul, découvreur infatigable, présente ici une nouvelle génération d'auteurs, pour la plupart inédits.

Demandez à votre libraire le catalogue semestriel gratuit.

BAKER Scott
L'idiot-roi (1221★★★)
Diminué sur la Terre, il veut s'épanouir sur une nouvelle planète. Inédit.

BARBET Pierre
L'empire du Baphomet (768★)
Le démon Baphomet des Templiers n'aurait-il été qu'une créature venue des étoiles ?

BOVA Ben
Colonie (2 t. 1028★★★ et 1029★★★)
David Adams, l'homme artificiel, quitte la splendeur d'Ile n° 1, la colonie spatiale, pour porter secours à la Terre ravagée.

CHERRYH Carolyn J.
Hestia (1183★★)
Il aime une non-humaine : leur vie est en danger. Inédit.
Chasseurs de mondes (1280★★★★)
C'était une race de prédateurs incapables de la moindre émotion. Inédit.
Le crépuscule du soleil (1354★★★)
L'agonie du soleil est le symbole du crépuscule de la civilisation sur Terre. Inédit.
Les seigneurs de l'Hydre (1420★★★)
Les êtres venus de l'Hydre pourchassent les humains. Inédit.
Chanur (1475★★★★)
A bord d'un vaisseau extra-terrestre, une femme-chat découvre un humain. Inédit.

DELANY Samuel
Nova (760★★★)
Un space-opéra flamboyant qui plonge au cœur des étoiles en explosion.
Babel 17 (1127★★★)
Le langage peut-il être l'arme absolue ?

DOUAY Dominique
L'échiquier de la création (708★★)
Un jeu d'échecs cosmique où les pions sont humains.

ELLISON Harlan
Dangereuses visions
(2 t. 626★★★ et 627★★★)
L'anthologie qui a révolutionné en 1967 le monde de la S-F américaine.

FORD John M.
Les fileurs d'anges (1393★★★★)
Un hors-la-loi de génie lutte contre un super réseau d'ordinateurs. Inédit.

HIGON Albert
Le jour des Voies (761★★)
Les Voies, annoncées par la nouvelle religion, conduisent-elles vraiment à un autre monde ?

KING Stephen
Danse macabre (1355★★★★)
Les meilleures nouvelles d'un des maîtres du fantastique moderne.

KLOTZ et GOURMELIN
Les innommables (967★★★)
... ou la vie quotidienne de l'homme préhistorique. Illustrations : Gourmelin.

– Dans ce cas, dit-elle, il vaudrait mieux que nous ayons un animal à monter. J'aimerais avoir un cheval.

Galen rit.

– Quand j'étais très petit, avant d'être amené chez Ulrich pour apprendre des choses sérieuses, des incantations et des sorts et ainsi de suite, je pouvais appeler des chevaux rien qu'en faisant *ça.* (Il claqua des doigts.) Je pensais : *cheval blanc,* et je claquais des doigts et il était là. (Il mit son sac à l'épaule.) Mais c'était à l'époque où j'étais enfant, et innocent.

Tout près, juste devant eux sur le sentier, retentit un son qui ressemblait à un doux rire. Il y eut un bruit de sabots, et un instant après ils virent tous deux un flanc blanc parmi les feuilles.

Galen rit avec délices, mais Valerian fit volte-face, refermant ses mains sur les doigts de Galen qui allaient claquer à nouveau.

– Assez! dit-elle.

LONGYEAR Barry B.

Le cirque de Baraboo (1316★★★)
Pour survivre, le dernier cirque terrien s'exile dans les étoiles. Inédit.

MARTIN George R.R.

Chanson pour Lya (1380★★★)
Trouver le bonheur dans la fusion totale avec un dieu extraterrestre, n'est-ce pas le plus dangereux de tous les pièges ? Inédit.
Des astres et des ombres (1462★★★)
Un recueil de nouvelles d'un nouveau grand de la S-F américaine. Inédit.

MONDOLONI Jacques

Je suis une herbe (1341★★★)
La flore, animée d'une intelligence collective, peut-elle détruire la civilisation humaine ? Inédit.

MORRIS Janet E.

La Grande Fornicatrice de Silistra (1245★★★)
Estri vit tous les bonheurs ; ceux d'un érotisme masochiste et ceux d'un pouvoir sans partage. Inédit.
L'ère des Fornicatrices (1328★★★★)
Devenue esclave, Estri recherche le dieu qui l'a engendrée. Inédit.
Le vent du chaos (1448★★★★)
Estri a perdu à la fois la mémoire et tous ses pouvoirs. Inédit.

PELOT Pierre

Les barreaux de l'Eden (728★★)
Communiquer avec les morts est une consolation pour les travailleurs opprimés. Inédit.
Parabellum Tango (1048★★★)
Un régime totalitaire peut-il être ébranlé par une chansonnette subversive ? Inédit.
Kid Jésus (1140★★★)
Il est toujours dangereux de prendre la tête d'une croisade. Inédit.

PRIEST Christopher

Le monde inverti (725★★★)
Arrivé à l'âge de 1000 km, Helward Mann entre dans la guilde des Topographes du Futur.

TEVIS Walter

L'oiseau d'Amérique (1246★★★★)
Un homme, une femme, un robot.

VARLEY John

Le Canal Ophite (1463★★★)
Peut-on tuer une femme si ses clones sont là pour la remplacer ?

WINTREBERT Joëlle

Les maîtres-feu (1408★★★)
L'odyssée d'une adolescente et d'un saurien intelligent.

Achevé d'imprimer sur les presses de l'imprimerie Brodard et Taupin
7, Bd Romain-Rolland, Montrouge. Usine de La Flèche,
le 6 juin 1983
6662-5 Dépôt Légal juin 1983. ISBN : 2 - 277 - 21490 - 6
Imprimé en France

1490
★★★

Editions J'ai Lu
31, rue de Tournon, 75006 Paris
diffusion France et étranger : Flammarion